何家好媳婦

2

風 文創
901

不歸客 著

目錄

第十一章

四娘緊閉著眼睛，但想像中的疼痛卻沒有到來。

相反地，一聲尖銳的破空聲傳來，都兒手中的刀「噹」地一聲掉落。

一支箭從都兒的咽喉處前後貫穿，都兒碩大的身軀把四娘壓倒在地，四娘被壓得差點喘不過氣。

突厥馬賊瞬間一陣慌亂，四處尋找是從哪射來的箭？

此時，躲在一旁的馬隊的人喊出聲來。「是睿侯的軍隊來了！看那旗子，是睿侯的軍隊沒錯！」

馬賊們再顧不上打殺，紛紛上馬奔逃。只是哪裡還能逃走？一陣箭雨飛來，馬賊紛紛被射殺。

四娘躺在被太陽烤得滾燙的地面上，看到遠方一隊穿著銀甲的士兵騎馬而來，領頭的那人彷彿見過，只是還沒想起來，便再也支撐不住地暈厥過去。

何思遠指揮著手下收拾戰場，然後下馬朝著地上那昏倒的人走去。竟然是他？真是巧了！

前兩日追擊兩個突厥首領，在四海樓的樓下受了他的幫忙，還未來得及親口道謝便回去覆命了。沒想到今日接到這群突厥馬賊的消息，一路追蹤而來，因緣巧合的又救了這人。

這幫馬賊極其狡猾，善於隱藏，苦於沒有掌握他們的確切消息，所以一直沒能一網打盡，此次收到線報說他們要出手，便循著形跡一路跟蹤過來。還好趕上了，不然這小兄弟豈不是要送了命？

一腳把都兒的屍體踢開，看到小兄弟滿口是血，何思遠嚇了一跳，難道是受了內傷？

之前四海樓時驚鴻一瞥，那裝滿星子般的雙眸此時緊閉，雪白細嫩的臉上滿佈塵土血跡，狼狽極了。手指在脖頸上輕觸，柔嫩的觸覺從指尖一直傳到心臟。還好，只是暈過去了。只是，到底哪裡受了傷？要不要查看一番？

張鵬遠拖著受傷的腿，一瘸一拐地走過來，見到那領頭的軍爺似乎要幫四娘檢查身上是否受傷，嚇得趕緊出聲打斷。「多謝軍爺今日相救！我東家只是被那突厥賊子給砸暈了，並沒有受傷。」

何思遠皺著眉看了看躺在地上的小身板，這也太單薄了些，被人一砸都會暈？「你確定？我看你這東家滿嘴的血，是不是受了內傷？」

「並無，那血是這突厥賊人的。」張鵬遠用目光示意都兒手臂上一排極深的牙印。

牙口還挺厲害的嘛，這牙印怪整齊的！何思遠心想。「你們今日是怎麼招惹了這群突厥馬賊？他們近兩年極少在大越朝境內出現。」何思遠問道。

張鵬遠先叫醒鶯歌，兩人把四娘扶到一旁的長椅上，然後對何思遠把事情的經過講述了一遍。

「這些突厥馬賊已死，那貴子，就是他聯絡這幫馬賊。若是軍爺要審問，便帶走吧。只是我兩位東家都受傷了，能不能煩勞軍爺派人往歸綏城中的芳華閣帶個話，讓人派輛馬車來？」

「何必麻煩，我今日要進城，帶你們一程便是。上次在四海樓，還沒來得及多謝你們呢！」何思遠說。

張鵬遠聽聞這句話，才敢仔細地打量眼前的軍爺，怪不得有些眼熟，原來就是那日穿著黑衣在四海樓樓下和兩個突厥人大打出手的人。

「將軍，屍體都已經清點完畢，是否此刻啟程去歸綏？」手下士兵來請示何思遠。

原來還是個將軍啊！張鵬遠心想。

「去附近找輛馬車來，有人受了傷，待馬車過來，咱們便啟程。」何思遠吩咐道。

手下奇怪地看了眼旁邊昏迷的那個小子，將軍平日是極為嚴厲，何時這麼體恤人了？畢竟不敢多問，便聽令退下尋車去了。

待馬車尋來，想把四娘扶到車上，但張鵬遠傷在腿上和背上，根本無法用力，鶯歌自己又扶不動，想叫李昭搭把手吧，李昭又噗地吐出了一口血。

何思遠挑挑眉，一把撈起昏迷不醒的四娘，雙手抱著，平穩地往馬車走去。

張鵬遠和鶯歌阻攔不及，又不好挑破四娘是女子的身分，只能眼睜睜看著。

怎地這麼輕，腰細得一隻手便能掐住？還有這身子也太軟了些，一點都不像個大老爺們，怪不得這麼輕易就被砸暈了！何思遠心裡不住的唸叨。

到了馬車上，何思遠瞅著昏迷的人無意識緊皺著的眉頭，不知為何便放輕了動作，平著把人放在褥子上，還悄悄地用袖子擦了擦他嘴邊的血跡。髒髒的，有點礙眼。何思遠心想著。

鶯歌和李昭匆匆跟著上車，李昭衝何思遠說了聲。「多謝將軍，麻煩趕緊送我們回城吧，我家小弟需要看大夫。」

何思遠點了點頭，喊了聲「出發」。

入夜時分，終於回到了歸綏城內。

四娘躺在客棧的房裡，臉上血跡已經被鶯歌擦拭乾淨。只是面上還有不正常的紅暈，額頭滾燙。

被急急請來的老大夫為她號了脈後，捋著鬍子說：「並無大礙，只是急火攻心才暈過去的。因受了驚嚇，這才發了高熱。我開兩劑藥，服下後若無意外，明日便能醒來。」

李昭謝過大夫，又讓大夫給張鵬遠和自己看了傷，一陣忙碌後早已夜深。

鶯歌給四娘灌下藥後，守著四娘睡過去。

李昭和張鵬遠坐在自己房間裡愁眉苦臉。

「回到夷陵後，我怕是要被涂夫人給罵死了！」

張鵬遠也露出個牙疼的表情。「我沒看護好東家，讓東家受了驚嚇，我都不敢想涂夫人發怒的樣子了。也不知為何，我一瞧見涂夫人那雙眼睛，腿就發軟，真他娘的邪門！」

「你哪裡知道涂夫人的厲害，在宮裡伺候了太后娘娘十幾年，宮裡貴人瞧見她都要後背發涼呢！」李昭苦笑。

何思遠把李昭一行人送到客棧便趕去歸綏衙門，馬後還拖著一個貴子，要連夜審問他和突厥那幫馬賊的聯繫，看看是否還有漏網之魚？

夜裡，一眾士兵被安排在衙門的客院裡，房間不多，但長年征戰在外，有時候席地而睡也是常事，故而並不挑剔。

審問完那貴子後，何思遠打了水，沖了個涼，回到房間。

跟何思遠同屋住的叫張虎，是個千戶。一進屋就被一股臭腳丫的味道熏了個仰倒，何思遠踢了踢呼嚕打得震天響的張虎。「這麼熱的天，跑了一日，也不洗洗就睡！快去沖一沖，我快被你熏死了！」

都是戰場一起殺過敵的交情，平日裡只要認真訓練、不出岔子，何思遠還是很好說話的，因此張虎被踹醒便道：「我說將軍，你真是講究，都是大老爺們，臭點有什麼關係？要是有媳婦兒摟著睡，我就是洗八遍也樂意！」

「少扯淡，我鼻子都熏得聞不到味了！趕緊去，不然你換個地方睡！」

張虎笑著起身去沖涼了，何思遠也不上床，坐在桌子前愣神。

也不知道那小兄弟醒了沒有？瞧傍晚那會兒小臉煞白，該不會是那張鵬遠沒有瞧清楚，確實是被突厥人給打出內傷了吧？畢竟也算救過自己，明天忙完抽空去客棧瞧瞧好了。若是實在不行，找歸綏的知府去薦個醫術好的大夫給他看看。

四娘醒來時天將將破曉，好像是作了一夜噩夢。

夢裡一會兒是在上輩子那個世界裡，每日穿梭在鋼筋叢林、高樓大廈；一會兒又回到楊城小時候，整日裡穿著寬大破舊的衣服跟在大姊身後；忽地又看到那突厥人獰笑著掐住自己的手臂……

醒來時渾身痠痛，裡衣被冷汗浸濕。四娘叫醒趴在一旁睡著的鶯歌，嘴巴又苦又乾，渴死了。

鶯歌睡得極輕，被四娘叫醒後哭著撲過去。

「姑娘妳可醒了！快把我嚇死了……」

「別哭了，我這不是好好的嗎？快給我倒杯水來，喉嚨乾得要冒煙了。」

鶯歌倒了杯溫水，扶著四娘餵她喝下。

「姑娘，昨天真是太險了，要不是那將軍帶著人把那一幫突厥馬賊給射死了，我就再也見不到妳了！」

一杯溫水下肚，四娘才覺得好受一些。

「人家救了咱們，咱們理當報答。有沒有問清楚恩人的姓名？我也好親自道謝。」

鶯歌一邊擦淚一邊說：「那將軍就是上次在四海樓時，姑娘讓張鏢師出手相助的那個人！真是巧了，今日偏被他給救了。聽說挾持妳的那個突厥人就是被他離得老遠一箭給射死的，箭法好極了！」

倒真是巧！無論如何，也是要找機會道謝的。

吩咐鶯歌備水，四娘要好好泡個熱水澡。折騰了一天，又是汗、又是土的，身上黏黏的，難受死了。

沐浴過，換上乾爽的衣服，四娘才覺得緩過勁來。

此時已經天光大亮，炙熱的陽光灑進窗子。

鶯歌讓店家送來一桌早點，都是些清粥小菜，四娘高熱剛退，只能吃一些清淡的食物。

還沒吃完，李昭和張鵬遠都過來敲門。

見四娘已經無礙，都長出了一口氣。

「昨日可是把我們嚇得不輕，誰能想到，捉個內鬼竟還會遇到突厥的馬賊。所幸妳雖受了些驚嚇，到底無大礙。我和張大哥昨晚一夜沒睡，就是擔心妳若是有個三長兩短，何家伯父伯娘那裡無法交差，更別提涂夫人了，想一想我都後背冒汗！」李昭心有戚戚焉。

「看把你倆嚇的，我乾娘又不吃人，至於嗎？李大哥傷得不重吧？還有張大哥，這腿都包成這樣了，怎麼還不安生歇著？」四娘問道。

「無礙，一點皮肉傷而已，沒有傷到骨頭，不算什麼，就是包紮得嚇人些罷了。李東家也無事，就是吐了口血。」

張鵬遠從小習武，後來走鏢也遇見過不少生死場面，能活下來就是老天爺還不想收這條命，故而看得十分淡然。

「如今既然都沒有大礙，接下來就是要理清楚芳華閣的事情了。鶯歌一會兒去芳華閣幫我給胡掌櫃傳句話，把那蕊兒先制住，待我晚些再去處置。」早一點把事情處理好，也好早些回夷陵。經歷了昨天的事情，四娘開始想家了。

「姑娘還是好好養養再出門吧，高熱剛退呢，瞧妳這臉色白的！再說，那蕊兒讓胡掌櫃處理便是了，多大的臉啊，還要妳親自去辦呢！」鶯歌抱怨道。

「歸綏離夷陵太遠，咱們無法時刻掌控這裡的情況，借此機會，也好震懾人心。」四娘解釋。

鶯歌看四娘堅持，也不再多勸。

歸綏芳華閣後門，蕊兒焦急地站在門口四處張望。

和貴子說好了，得手後今天一早便把貨給拿來，她還等著今夜把東西送到黃公子的客棧去呢！到時藉著夜色，跟那公子花前月下聊天談心。若是黃公子有意，自己便捨了臉面把生米煮成熟飯，後半輩子的榮華富貴便有了；若是無意也無礙，幾千兩銀子到手了，到時候遠走高飛，離開這個破地方！

正當蕊兒心急如焚的時候，胡掌櫃帶著兩個壯實的婆子，氣勢洶洶地趕過來。

「把這個吃裡扒外的下賤蹄子給我綁了！」

兩個婆子上前一把擰了蕊兒的雙手。

蕊兒顧不得疼痛，連聲質問。「憑什麼綁我？便是我犯法了也該由官府處理，胡掌櫃要私設刑堂不成？」

「牙尖嘴利！別急，待東家親自審問了妳，會把妳交給官府的！」胡掌櫃扔下一句話，便扭身開了芳華閣的後門，讓兩個婆子先把蕊兒關進倉庫，堵了嘴，免得她喊叫驚了前面的客人。

四娘坐在蕊兒面前時，蕊兒還有些愣怔，這不是黃公子嗎？怎麼會出現在這裡？

「把她嘴裡的帕子拿走，我有話問她。」四娘淡淡地吩咐胡掌櫃。

胡掌櫃把蕊兒嘴裡的帕子掏出來，轉身站到四娘身後。

「你不是要找我買貨嗎？你是誰？如何會在這裡？」蕊兒驚恐地睜大眼睛。

一個婆子一巴掌搧得蕊兒的臉偏到一旁去。「放肆！在東家面前大呼小叫！睜大妳的狗眼看看，這是芳華的正經東家！」

蕊兒彷彿被雷劈了一般，原來，他一早便在看自己演戲！

「蕊兒姑娘，妳可知妳找的幫妳偷貨的貴子，悄悄聯繫了突厥馬賊，昨日，那些突厥人險些把貨全搶了？」四娘喝了口茶。

蕊兒不住地搖頭。「不會的，我只是讓貴子偷偷拿貨，並沒有讓他通知馬賊截貨！並且，貴子從來不把歸綏的商隊消息透露給那幫馬賊的！」

「看來妳是早就知道貴子和那幫馬賊有聯繫了？」四娘問。

「我、我雖知道，但我從沒有參與過啊！東家，我頂多算一個偷盜之罪，那馬賊與我無關，都是貴子一個人的主意啊！」

蕊兒聲嘶力竭。從小出生在邊疆，見多了戰事，蕊兒知道若是被扣上一頂通敵的帽子，那便是殺頭的罪啊！蕊兒瘋狂地掙扎起來，兩個婆子差點摁不住她。

「東家，求求你了，饒了我吧！蕊兒願意當牛做馬地伺候你，哪怕是做個沒名沒分的丫頭都行，求你別把我送官，我不想坐牢！」

鶯歌再也壓不住脾氣。「呸！不要臉的賤胚子！到這個時候了還想要勾引男人，當妳自己是天仙呢！那貴子雖壞，對妳卻死心塌地，昨天一直把罪名往自己身上攬，妳呢？一股腦兒地只管把髒水都往他身上潑，還敢肖想東家！妳的臉皮怎就那麼厚？怎麼不照照鏡子？妳這樣吃裡扒外的東西，誰敢要妳！因為妳，東家昨日差點喪命，妳這樣背主的東西，就該直接打殺了妳！」鶯歌早就想把這蕊兒的臉撕爛了，姑娘就是好性！要是她說，直接打個半死扔給衙門便是了！

「貴子已經交給衙門了，想必衙門昨夜已經審問了。妳的事情我先問個清楚，若是妳配合，全都交代了，在證詞上面畫押，我便保證衙門不再給妳用刑，如何？」四娘骨子裡還是個現代人，不想對一個女人用刑。

蕊兒萬念俱灰，癱軟在地上。貴子果真被抓了？衙門審人有各種嚴苛手段，貴子雖然跟在自己身後像一條狗一樣，讓他幹什麼便幹什麼，但關乎到生死的大事，自己又算什麼？

蕊兒咬咬牙道：「我說，我全都說！只求東家看在我也是被逼無奈的分上，別讓我在衙門受罪！」

蕊兒因為親娘早逝，親爹又是個酒鬼加賭鬼，家裡早就一貧如洗。那賭鬼爹，好幾次都差點把閨女輸給賭場，要不是有貴子一直在幫著蕊兒還債，蕊兒早就不知道被賣去了哪裡。

一年多前，歸綏開了芳華閣，招工時告示上寫了各種要求，特地標注了貧家女子優先。蕊兒便抱著試一試的態度來報名，後來如願以償地留在芳華閣做工。只是自家親爹一直不改喝酒和賭博的毛病，蕊兒賺的銀子還不夠給他還債的。

蕊兒在芳華閣做的是給客人上妝的事情，由於生意好、客人多，芳華的各種護膚品和妝品消耗得極快，有一次妝品用完了，蕊兒去找胡掌櫃拿貨，在倉庫拿了妝品，胡掌櫃讓蕊兒在帳本上簽字，蕊兒無意間看到了貨物耗損的一欄，腦海裡靈光一閃，便打起了主意。

自家姨母便是在夜市擺攤賣胭脂水粉的，曾無數次地跟自己說過，芳華的產品外面一瓶難求。若是自己能拿到芳華的東西，再交給姨母賣出去，銀子可不就來了？要知道，即便是在芳華閣，這些產品也是一套難求的，因此哪怕多加些銀子，也有的是人買！

想了幾天，還是貴子做此事方便，於是蕊兒便找了貴子，哄他說想多賺些銀子，等攢夠了，就拿著銀子和貴子離開歸綏，走得遠遠的，兩人清清靜靜地過日子。

貴子本就對蕊兒癡迷已久，哪裡會不應？於是兩人合計好了，蕊兒打聽芳華貨物到碼頭的時間，順便多拿一些用完的產品瓶子，交給貴子偷梁換柱用，貴子便藉著在自家叔父的茶寮裡幫忙的機會，找時機偷換貨物。

如此這般，兩人多次在貨物耗損裡做手腳，以為能人不知、鬼不覺。

誰料到東家來到歸綏，無意間在夜市攤子上得知了芳華的產品外流的事情，然後設下了引蛇出洞的計謀。

至此，真相大白，事情敗露。

看著蕊兒在供詞上摁下手印，又吩咐胡掌櫃使人把蕊兒連同證詞送到衙門，忙完這些，四娘的額頭已經隱隱冒汗。

鶯歌想讓四娘回客棧休息，四娘擺擺手，吩咐胡掌櫃。「中午半個時辰的用餐時間，給我擠出一刻鐘來，我有話要說給大家聽。」

胡掌櫃應是，又請四娘先去辦公處喝茶休息一會兒。

午飯時分，芳華閣眾人在後院裡見到了傳說中芳華的東家。

四娘換回了女裝，一身月白色長裙，隨意挽起的元寶髻，一支碧玉簪斜斜簪在髮上。為了讓臉色好看些許，四娘自己上了一點粉和唇脂，就那麼隨意地坐在樹下的石凳上，美得彷彿一幅畫。

眾人屏氣悄悄打量著東家，如此年輕貌美，在大越朝開創了芳華這個牌子，推廣到整個國家。不說銀子賺得多了去，就是在商場中，許多人都在猜測芳華的東家到底是何許人也？恐怕誰都不會想到，竟是面前這個貌似天仙的十五歲姑娘！

「莫要緊張，歸綏的芳華閣已經開業了一年多，我還是頭次前來，所以想見見各位，跟妳們說說話。」四娘臉上露出一個溫婉的笑。「這一年多來，透過帳本，我也看到了各位的努力。歸綏雖是邊疆，在不知情的人眼裡，乃是戰亂四起的不毛之地，但是歸綏的芳華閣卻做得不比其他府城的芳華閣差，這都是妳們的心血，四娘在此謝過各位了。」

下面一聲聲「不敢當」響起，四娘擺擺手。

「想必蕊兒的事情各位心裡有許多猜測，我便給大家解惑。蕊兒勾結外賊，許多次偷拿芳華貨物倒賣出去，如今證據確鑿，已經抓了送去官府。她的罪名不小，還有勾結突厥馬賊的嫌疑，我估計官府不會輕判。年紀輕輕，這一輩子便因為貪念毀了。」

眾人震驚地紛紛開始交頭接耳，都在說那蕊兒真是膽大包天，敢偷拿貨物還勾結突厥馬賊！芳華的東西多貴啊，偷了那麼多，東家這得損失多少銀子？這下被抓了也是報應！

四娘輕咳一聲，止住了議論聲。

「我芳華閣在招工的時候便說了，優先招聘那些家貧的女子，為的就是在這個時代，女子大多活得不易。我知各位有許多都是窮苦人家出身，妳們用自己的手腳、自己的勞動得來的工錢報酬，值得人尊敬。我想告訴妳們的是，女子既然不易，便更要挺直自己的腰板，賺自己該得的銀子，如此花用起來也更踏實。那些用邪門歪道得來的銀子，總有一天會以更大的代價還回去的。蕊兒只是個特例，有她這個例子在前，相信大家都知道該怎麼做是對的。我相信妳們，相信胡掌櫃，芳華閣因有妳們這些勤勞能幹的員工，會越來越好，我也保證不會虧待了大家！」

一番話說完，眾人都心潮澎湃。

四娘一個前世好歹在現代世界活過幾十年的人，太明白一個老闆該如何激勵員工了，幾句話便說得大夥兒熱血沸騰。

末了，四娘又對胡掌櫃說：「這個月芳華閣上下都多發一個月工錢，就算是我這個東家給大家的見面禮了。從今往後，望大家不忘初心，團結一致，我們一起賺多多的銀子！」

在一眾員工的歡呼聲中，這個簡短的會議結束了。

處理完芳華閣事宜，四娘已經累得不輕，一陣陣虛汗直往外冒。

鶯歌趕緊叫了輛馬車，趕回客棧。

何思遠早已等在客棧裡，李昭與張鵬遠正陪著聊天。

四娘還沒進院子，便被李昭特意交代過的小二攔下了。無法，四娘還是一身女裝，不好這樣見面。隨意找了間別的空屋子，換回男裝，洗去脂粉，這才匆匆往裡走。

何思遠見到小兄弟從外面回來，臉色比昨日還白，想也沒想，一句話脫口就出。

「你這身子還沒好，亂跑什麼！」

四娘和李昭、張鵬遠皆愣了。大家很熟悉嗎？這不把自己當外人的語氣是怎麼回事？

何思遠說完才反應過來自己一個才見過幾面的人，怎麼能用這麼熟稔的語氣說話？實在是有些唐突。「對不起，因昨日好不容易才從突厥馬賊中把小兄弟救下，上次你又幫過我，實在是不想你出事，這才唐突了。」何思遠認真地道歉。

四娘笑著打圓場。「無礙，我還正想著忙完後親自去找將軍道謝呢，倒煩勞將軍百忙中前來看我。」

眾人坐下喝茶說話，四娘讓鶯歌去叫些點心來，她覺得自己應該有點低血糖，這才臉色發白冒虛汗。

「還不知小兄弟如何稱呼？」何思遠問道。

「我在家行四，將軍稱我四弟便可。」四娘不欲把名字告訴外人。

「諸位在歸綏的事情可有辦完？若是能多留些日子，便能看到我朝大軍得勝歸來的場面。大軍已經攻破了突厥都城，捉了突厥可汗，現正在往回走的路上，準備入京獻俘，我便是提前回來掃清餘孽的。」何思遠說。

「真是不巧，家中妹妹下月便要成婚，我們急著趕回夷陵，否則還真想目睹我朝大軍的風采！」李昭回道。

何思遠聽到「夷陵」兩字後眼光閃了閃。「各位竟是從夷陵來的？」

「不錯，我們正是從夷陵來的，來視察生意，歸綏是最後一站。這邊事情已經處理完，明日便要從漳州碼頭乘船回夷陵了。怎麼，將軍在夷陵有親舊？」四娘問。

何思遠有些激動，或許眼前的幾人有認識爹娘呢！便是不認識也無礙，自己手書一封，讓他們回去後幫忙打聽一二，說不定便能把信交到爹娘手裡！

「我有一事想請各位幫忙，就是有些麻煩。」

「將軍但說無妨，你救了我們幾條人命，於我們是有大恩的，只要能辦到，我一定盡力。」四娘正好想還一還人情，總不好就這麼欠著人家。

何思遠便把自己如何與爹娘家人失去聯繫的事情簡單說了一遍，知道爹娘遷去夷陵後，自己又上了戰場。三年來，一直在和突厥周旋，心裡即便牽掛，但苦於不知爹娘到底在夷陵的何處，於是便拖到了如今。

「四弟若是能找到我爹娘的住處，便幫我遞一封信，告訴他們，兒子沒死，如今馬上得勝還朝了，等回到京城論功行賞後，我便回夷陵接他們進京，一家人親親熱熱地過日子。」何思遠鄭重其事的拜託。

四娘越聽越不對，心裡有個念頭呼之欲出，遂試探著問：「敢問將軍姓名，還有你爹娘的姓名？回去後我找衙門裡的人翻翻冊子，若是三年前在夷陵落戶的，想必好找。」

「我叫何思遠，我爹叫何旺，我娘姓王，還有個弟弟叫何思道。」

「……」四娘只覺得天雷滾滾，對面坐著的這個男人就是自己名義上已經死去的夫君?!

一旁的李昭聽到一串熟悉的名字時也已經僵住了，這是什麼劇情？

只有張鵬遠在一邊不知狀況，瞧著兩個東家的表情，暗自奇怪。「東家，該不會妳正好認識吧？」

四娘在桌下踢了李昭一腳，暗示他先別出聲。「真是巧了，將軍說的人我正好認識。真是有緣分，原來你是何大叔的大兒子啊！你弟弟思道同我極熟悉，如今已經是有秀才功名在身了。」

「真的?!四弟，麻煩你多給我講一講我家的事情，這幾年來，我無時無刻都在想念家人。」何思遠喜上心頭，真是太好了，這下算是有爹娘的消息了！

四娘看著眼前這個高大的漢子，長期在戰場上曬得黝黑的膚色，一身結實有力的肌肉，還有那輪廓分明的五官露出的歡喜神色，一時間心裡不知道是個什麼滋味。她揀了些大概的事情給何思遠講了講後，又試探著問：「將軍可知你爹娘給你找了個媳婦？當時知道你戰死，因擔心你以後無人祭拜，便尋了個姑娘給你守寡。如今將軍活得好好的，還有了戰功，得了官身，以後回家，不知將軍準備如何安置那姑娘？」

「我聽說那姑娘年齡比我小許多，我兒時彷彿見過幾面，只是不記得了。如今許多年過去，更是不知彼此性情，若是這樣糊裡糊塗的便過起了日子，想來兩人都不自在。我是想著，回家之後與父母商議一二，若是那姑娘同意，和離後讓爹娘把她當作女兒待，再幫她說門親事，或是給她一筆銀子，讓她去過自己的日子吧。」何思遠確實覺得爹娘給找的這個小媳婦有些不可靠，比自己小這麼多就算了，印象裡那個小女孩瘦得跟竹竿似的，自己怎麼能下得了嘴？

四娘不知為何，心裡一股無名火直往上竄。

一旁的李昭則用同情的目光看著何思遠，這廝慘了，他還不知道自己面對的是誰，這些話說得簡直是在作死的邊緣翻滾。

壓住火氣，四娘繼續問：「將軍是否這麼多年在外已經有了心儀之人？我看那姑娘也是個通情達理的人，若是如此，想必她也能體諒。」

何思遠連連搖頭。「並沒有，我長年在軍中，哪有機會遇見什麼女子？便是遇到了，沒有爹娘之命，我也萬不敢私自定下的。」

李昭舒了口氣，還好還好，沒有在作死的路上越走越遠。

四娘又問：「將軍年輕有為，想必有許多做官人家把你當成乘龍快婿的人選，若是到了京城，將軍家裡的門檻都要被踏平了。不知道將軍喜歡什麼樣的女子？」

李昭看著四娘笑著的臉，莫名的有些脊背發涼。為什麼他從四娘那雙帶著笑意的鳳眼裡看到了殺氣啊？

「四弟過讚了，我是從死人堆裡撿回一條命的人，真是富貴人家也嫌我晦氣。若是問我喜歡什麼樣的姑娘，我想就是性子溫柔，能在家裡孝順父母、操持家務的那種吧。我覺得女子能守好自己的本分，替我守好家中便足夠了。李昭兄弟覺得我說得對不對？平常人家過日子，不就是男主外、女主內嗎？」何思遠仔細想了想後回答道，還拉著李昭詢問意見。

李昭有點想撞牆。你還問我對不對？你媳婦兒就在你對面坐著！你說的那種姑娘，你媳婦兒可不是，但你媳婦長得美，能賺大把的銀子，還有個四品女官的乾娘是太后娘娘的心腹！我覺得，你有點慘！

四娘忍住要潑何思遠一臉水的衝動，露出一個溫婉的笑。「既然如此，將軍便寫封信吧。待我回夷陵，一定親手交給將軍的爹娘，必能讓將軍如願！」

去你大爺的給一筆銀子！老娘缺你的銀子？老娘能用銀子砸死你信不信？還性子溫柔、守好本分，本姑娘若是那性子溫柔的女子，早就死了八百遍了！何家爹娘都支持自己做生意，沒想到何思遠是個大男人主義極其嚴重的人！這樣的夫君，還真是叫人「驚喜」啊！

何思遠樂滋滋地謝過四娘。「多謝四弟了！若是沒有遇到你們，我還不知道要多久才能有家人的消息呢！他日若有機會，到了京城，我請你們喝酒。聽睿侯說，京城的姑娘不錯，到時候，若是四弟還未成親，我便請睿侯夫人給你說門親事如何？」

李昭此時已經完全不敢再看四娘的臉了，他覺得要是有把刀在這裡，四娘能一刀了結了何思遠！

「那小弟在這裡先謝過將軍了，我想若是有緣，以後定會在京城相見的。」四娘繼續保持著得體的微笑，但後槽牙暗暗用力，好想咬死這廝怎麼辦？

說定了讓四娘幫何思遠給爹娘帶信的消息之後，何思遠便樂滋滋的告辭了。他急著回去趕緊寫封信，再給爹、娘和弟弟帶點什麼東西，明天四娘他們一行人走之前得送過來！

屋內的氣氛一瞬間陷入了莫名的沈默。

張鵬遠依舊是一臉迷糊，不明白這突然而至的尷尬氛圍是為什麼？

李昭此時很想問問四娘是什麼想法，畢竟瞬間遇到了自己從未謀面的夫君，更別提這位夫君還是個憨的。

要李昭說，這也怪不得何思遠，畢竟啥也不知道就突然多了個媳婦，正常人都會在心裡嘀咕一下的，那種情形下定下來去家裡守寡的女子能有多好？若是條件特別好的，也不會嫁到人家家裡守寡去了。可沒人知道這媳婦女大十八變啊，幾年下來別說容貌出落得跟仙女似的，單說那能幹的程度，在大越朝滿地找也找不出幾個來！

四娘若是真的跟何思遠和離了，什麼樣的不好找？說出去，還是為了戰死疆場的夫君守的望門寡，無怨無悔地伺候公婆、扶持小叔這麼多年，便是朝廷知道了也只有表彰的分兒。即使官宦人家找不了，那些商戶人家可會搶著要好嗎？這就是個會生銀子的金鳳凰啊！

礙於張鵬遠一個外人在，李昭不好和四娘細說，想著四娘這會兒心裡也不好受，畢竟在這種情況下被夫君嫌棄了。剛想說點什麼打破這詭異的僵局，就聽到四娘喊鶯歌。

「去四海樓給我要桌席面來，妳家姑娘快餓死了！記得給我要隻烤羊腿，早上那點清粥小菜頂什麼飽？我餓得心慌，快讓我吃頓好的吧！李昭大哥和張大哥也留下一起，咱們都有傷不能喝酒，讓店家給榨壺甜瓜汁來解解渴！」歸綏由於靠北，日照充足，早晚溫差大，本地出產的一種甜瓜特別甘甜，四娘覺得這就是後世哈密瓜的前身，吃過一次便惦記上了。

鶯歌應了便匆匆去吩咐，剛才她在屋外也聽了個大概，模模糊糊的覺得不對，怎麼聽著救了姑娘的那將軍就是姑娘的夫君啊？姑娘為什麼不直接表明身分呢？那將軍看起來年輕有為，長得又不錯，跟姑娘般配極了！可主家的事情，她一個奴婢不好開口問，便帶著一腦袋疑惑上四海樓叫席面去了。

滿滿的一桌菜擺好，四娘先拎起烤羊腿狠狠地咬了一口。

李昭看得齜牙咧嘴，覺得四娘是被何思遠氣的，才拿這烤羊腿洩憤。「妳慢點吃，當心傷到胃。」李昭也只能這樣勸。

四娘看李昭和張鵬遠都盯著自己瞧，問了句。「你們也想吃？那可不行，你倆受了內傷的，這烤羊肉火氣大。好哥哥，就讓我吃個獨食吧，等你們好了，我請你倆吃更好的！」

李昭無言。「……」

一頓飯，四娘吃得香甜，張鵬遠也大快朵頤，只李昭一人食不知味。

吃完飯後，四娘便回了自己房間，時間還早，她得補個覺。

鶯歌看著姑娘該吃吃、該睡睡，心裡更是沒底了。

要說四娘怎麼想，剛知道何思遠想法的時候，她確實是有點生氣的。一個好好的姑娘家，守了這麼多年寡，夫君連一面都沒見到過，便把她給嫌棄了，還早早地打算好回家後就打發了自己，這擱誰誰親耳聽到心裡不難受？

但後來四娘便不氣了，她本來去何家守寡就是為了以後不用嫁人。這個時代，有點本事的男人就左一個小妾、右一個姨娘的，何思遠已經是將軍了，等回朝論功後還能再往上升。這樣年輕有為、相貌堂堂，還立有戰功之人，怎麼會跟平常人家一樣過一夫一妻的安穩日子？何思遠畢竟是個土生土長的古代人，若是跟他講「你以後不許納妾，只能有我一個女人」，估計何思遠會當她腦子有病，是個妒忌成性的婦人。

和離了也好，自己該做的都做了。即便以後離了何家，也會把何旺夫妻倆當親爹娘待。畢竟當初走投無路的時候，是人家救了她。

和離之後，自己便跟著乾娘過自在的日子去。想去哪兒去哪兒，想做什麼做什麼，再不用被教條束縛！

這樣的日子，想想四娘也能笑醒，有什麼愁的？這是個大好事啊！何思遠看不上她可真是太好了，若是何思遠就聽從了父母之命，她才要愁呢！沒有感情基礎的兩人要過一輩子，以後她還要守著官夫人的規矩，想想都可怕！

第二日一早，李昭和張鵬遠眾人把行李什麼的放在馬車上綁好。今日就要趕到漳州碼頭了，越快越好，離開家這麼久，歸鄉之情都很迫切。

何思遠也騎著馬前來送信和包裹，許多東西都是現準備的，也不好太多，畢竟要麻煩別人捎帶。

四娘已經能用平常心來對待這位「夫君」了，笑著跟何思遠打招呼。「將軍早！怎麼就這一個包裹？我們馬車上還有許多空位呢，再多帶些也無妨。」

何思遠把信遞給四娘。「能跟家人聯繫上已經很好了，什麼都不如知道我們都好好地活著重要。我在包袱裡放了一些銀票和首飾，回去麻煩四弟親手交給我娘。還有給我弟弟帶的一些小玩意兒，也不知道他現在還愛不愛玩？都是做秀才的人了，想必成熟不少。這封信是最重要的，裡面有我在京城的住處，若是爹娘給我寫信，便寄到此處，我回返京城便能收到。」

四娘接過信，不管怎樣，何思遠對家人的一片心是沒錯的。「定不負將軍所託，一定親手把東西交給將軍的家人。願將軍以後步步高升，光耀門楣！」

何思遠伸手拍拍四娘的肩膀。「好四弟，借你吉言，等我回夷陵或是以後你去京城，咱們一定把酒言歡，我請你聽曲兒、看歌舞！聽睿侯說，京城的秦樓楚館裡好看的姑娘極多，我也還沒去過，到時候咱們不醉不歸！」

四娘的嘴角抽了抽，請自己媳婦去秦樓楚館喝酒、看歌舞？這位將軍大概是大越朝頭一個了！

李昭在後面抖啊抖的，跟風中殘花似的。何思遠，你真是膽大！不知以後知道了你的好四弟就是你媳婦的時候，你還能不能笑得出來？

何思遠送四娘一行人到城門，然後揮手告別，哼著小曲回了衙門。如今知道了爹娘的消息，他們都好好的，戰事也已經到了尾聲，以後……以後便能跟家人團聚，好好地過日子了！

第十二章

漳州碼頭，四娘一行人上了船。

這是李氏商貿回程的大船，自家的船，當然是怎麼舒服怎麼安排。李昭上了船便挑了個和四娘相鄰的房間，他都憋了兩天了，一直找不到機會和四娘說一說何思遠的事情。等回到夷陵總要跟家中父母交代此事吧？無論如何，李昭是站在四娘這邊的。若是有哪裡需要他說話描補的地方，兩人也能通通氣啊！

四娘聽了李昭的一通絮叨，總結就一個意思：*妳預備如何？這個將軍夫君要還是不要？*

四娘依舊是男裝打扮，托著腮，瞅著窗外一望無際的水面。

江中有艘小舟，一老叟坐在船頭垂釣。在陽光照映下，水面波光粼粼，閃爍著光芒。

「李大哥，你已經快二十歲的人了，至今還沒定下婚事，你想找個什麼樣的人呢？」

李昭不知道話題怎麼扯到自己身上來了，不過這些年他把四娘當作親妹子，兩人又是生意夥伴，配合得極好，所以無話不談。

李昭想了想，道：「前些年，我覺得到了成婚的年紀，想著找個對家裡生意有幫助的女子成家，然後便能一心一意地接了父親的擔子，壯大李氏商貿。可是，這些年我突然發現，即便是不聯姻，我也能做到。這幾年，咱們一起把芳華推到了大越朝的每個城市，銀子大把地賺。說實話，若是沒有那些必須的要求和條件在前面擺著，我是想找一個自己喜歡的、她也喜歡我的女子，兩個人有話聊，即使每日什麼都不做，瞧著對方便開心，再生兩個孩子，想一想便覺得圓滿。所以這些年我爹娘催我，都被我給推了。」

「那李大哥，你覺得我配不配找個合心意的、對我好的夫君？何思遠配不配找個兩情相悅的妻子？」四娘又問。

李昭一時語塞，別說，這兩人都配。

何思遠已經是從四品將軍了，在京城也是能在那些小戶富足人家的女孩隨便挑的。更別提四娘這麼能幹又貌美的女子，若是和離後涂婆婆放出話來要招贅上門，相信來的人也能把家裡門檻踩平。更何況涂婆婆一個四品女官，在太后面前又極有臉面，若是求一求太后下個旨、賜一門婚事，也是不難的。便是不成婚又怎樣？生意做得風生水起，而且本來人家就是奔著去何家守寡過清靜日子的，以後不用伺候公婆和小叔子，想幹麼就幹麼，這樣的日子不香嗎？

「李大哥，你明白了吧？我們兩人都配得上過自己想要的生活，所以，我尊重他的選擇。我這幾年所有的努力都是為了使自己的分量變得重一些，能夠有自己的話語權。如今的我，能做到。」四娘的語氣裡有一種極大的底氣，這種底氣來自於她這些年的拚搏，她無比有自信能掌控自己的人生。「所以他要和離便和離吧，我是不懼的。只不過，恐怕他會被罵得很慘！」四娘想像一下乾娘和榮婆婆的戰力，嘴角不由得翹起。

水上的日子很無趣，除了吃便是睡，還好四娘眾人幾乎不暈船，不然真是連床都下不了。

除了在大的碼頭城鎮停留補給，其餘時間幾乎是漲滿帆疾行。

船上的飯菜並不很好吃，張鵬遠整日嚷嚷著嘴裡要淡出個鳥來了。

這日又到了晚飯時分，張鵬遠和李昭蹲在船頭，對著船上撈出來的一堆魚愁眉苦臉。

要說船上最不缺的便是魚了，一張網撒下去，要多少有多少。水裡的魚極肥、鮮美並且少刺，但也抵不住頓頓吃啊！

四娘正趁著太陽落山不曬的時候帶著鶯歌來船頭散心，瞧見兩人跟大型犬一樣對著一堆魚大眼瞪小眼。「李大哥和張大哥怎麼了？」四娘問鶯歌。

鶯歌捂住嘴偷笑。「他兩人吃魚吃到都快吐了，如今看見魚就難受呢！」

四娘也不由得笑出聲來，走向前去打量著那一堆魚。

「你倆別盯著瞧了，再瞧也還是魚。張大哥，去把你私藏的醉春風搬一罈出來。李大哥，我記得船上有爐子，搬過來再拿些炭來。今日我讓你們改善伙食！」

張鵬遠依舊是一副生無可戀的模樣。「魚怎麼做都還是那個味，燉的、炸的、蒸的，我打嗝都是魚腥氣！」

李昭卻立即麻溜地站起身來。「我這就去！好妹妹，妳可要多弄點，咱們胃口大，別不夠分。」又彎腰去扯張鵬遠的袖子。「還不快去搬酒？我妹子的手藝，如今等閒可吃不著，你要是跑得慢了可別後悔，鶯歌那丫頭你都不一定搶得過！」

鶯歌站在一旁只是笑，姑娘有好些日子沒做好吃的了，怪想的！

四娘讓廚下把魚處理好，又讓鶯歌去行李裡翻出在歸綏時買的調料，她今天要做烤魚。

當初在歸綏的四海樓吃烤羊腿的時候，四娘便對一些調料上心了，那裡產的許多香料夷陵都沒有，於是她便到處搜羅了一些。如今幾人傷都好得差不多了，烤的東西能吃了，喝酒也沒問題，便藉此機會打個牙祭。

魚處理乾淨，打上花刀。用點白酒和五香粉均勻按摩魚身，再放蔥薑蒜一起靜置一會兒。

爐子點上，找一個鐵網覆在上面，刷上油，然後把魚鋪到網上烤。四娘拿著一雙長筷子來回地翻面，免得烤焦。待魚八成熟時，再刷一遍油，撒鹽，最亮眼的是刷一層薄薄的蜂蜜。

炭火的炙烤下，魚皮呈現蜜色的收縮紋路。然後往魚身上均勻地撒上磨成粉的香料，再烤一會兒便能直接吃了。

水面上風大，煙和著烤魚的焦香被傳出好遠。船上此時在外面蹲著吃飯的船工們，立刻覺得碗裡的飯不香了。

張鵬遠早就按捺不住了，跑到一旁觀看。娘的，真香！口水都要下來了，魚還能這樣吃？

四娘挾起一條烤好的遞給張鵬遠。「先給張大哥嚐嚐味道，多謝你在歸綏時不顧自身，奮力護我。」

張鵬遠一面拿著盤子去接，一面說：「東家說的哪裡的話，本就是我的本分，又是收了銀子的，何必客氣！」不行了，這香味直往鼻子裡鑽！烤魚雖也烤過，但也只是烤熟了撒點鹽就吃，咬起來還帶著一股腥味。但四娘烤的魚就是不一樣，外面的魚皮已經烤得發酥，咬一口，鹹香的魚肉還有點燙嘴。舌尖打個轉，讓魚肉在嘴裡翻滾一下，卻意外地嚐到了各種香料炙烤過的複雜味道，還有刷在魚身上的那層蜂蜜帶來的一點點甜，把整條魚的鮮味釋放得更徹底。

李昭剛伸出手想撕下一點魚肉嚐嚐味，張鵬遠卻一個扭身跑了！

張鵬遠跑到擺放在甲板上的桌子邊，拍開醉春風的泥封，倒出一碗酒，就著烤魚邊吃邊喝。那模樣，好不愜意。

有了吃的，連東家都不顧了！李昭臭著臉，繼續等下一條魚。

四娘一連烤了七、八條魚，覺得夠他們四個吃了才罷手，扭頭對著遠遠觀看、不敢靠近的船老大眾人招手。「來，這還剩下許多醃製好的魚沒烤，剛才我烤的手法可瞧清楚了？照著烤便是，調料都在這裡，盡夠的，你們自己烤來吃吧。這魚極肥美，別浪費了。」

船老大不住地拱手感謝。跑船這麼久，魚早就吃到麻木了，但今日這東家做的烤魚香得讓人心慌，根本控制不住腳地往甲板上跑，哪怕吃不著，聞聞味也是好的。誰知東家大方，讓他們自己烤來吃！船老大哪裡不知道，這烤魚好吃的原因在於四娘醃魚的手法和那包磨碎的香料，要是讓他們自己弄，能烤熟便是，哪有這些講究？

四娘、李昭、張鵬遠和鶯歌四人圍坐在一張桌子旁，出門在外沒有這些主僕的講究，何況幾人也算是過命的交情了。

船老大為了感謝四娘那些烤魚的調料，讓後廚給送來了幾道拿手的小菜。夜晚的水面上極涼爽，月亮又大又圓，月光灑在水面上，如夢似幻。

四娘幾人碰了一碗酒，邊吃邊聊天。

「張大哥，此次出門受你照顧頗多，為了我還累你受了傷，我這心裡怪過意不去的。待到夷陵，你這趟鏢走完，我還有謝禮相送。」

張鵬遠從嘴裡吐出一根魚刺，不以為然地擺擺手。「東家說的是哪裡的話？走鏢便是這樣，既收了人家的銀子，便要為人家賣命。此次這幾刀不算什麼，都是皮肉傷，咱們這麼多年鏢走下來，什麼場面沒見過？吃這行飯，還能一看打不過便把主家扔了就跑的？那以後在江湖上還要不要臉了！」

李昭也湊話。「我路上有時跟張大哥住一屋，沐浴時也見過張大哥身上的傷疤，好幾處都危險得很呢！走鏢這活計，當真是把命繫在褲腰帶上。」

古代鏢師確實是個高風險行業，不論是護送貨物還是護送人，都免不了路上出些意外情況。運氣好的能撿條命，運氣不好折了便折了，除了家人能拿筆收殮銀子，也沒有別的辦法。

「我雖不會武功，但看得出張大哥身手不錯，可是拜了名師的？」四娘問。

「我跟著我岳父學的，我家岳父就我娘子一個閨女。我幼時父母雙亡，師傅收下我當徒弟，就給我和娘子訂親了。我這身手只能算中上，比不得我岳父。後來岳父仙逝，我便憑著這身武藝入了鏢行。我這都是粗功夫，大刀也只是看著唬人，總不夠靈巧。我娘子使飛鏢和鞭子，功夫比我還俊。就是鏢局不收女子，不然且輪不到我來賺這幾個銀子。」張鵬遠端起一碗酒，喝了個痛快。

「還沒問張大哥可有孩子？如今多大了？」

「有個兒子，今年十歲，極淘氣。倒是繼承了我們夫妻的性子，只愛耍兵器，叫他唸個書，跟要殺了他一樣！要我說，學功夫幹什麼？還不如去考功名，當了秀才多體面，說不定還能考個狀元啥的，讓他娘老子風光風光！」

李昭和四娘一口酒噴出來，聽張大哥這話，還以為狀元多好考呢！可知多少人一生都只是個白頭秀才。

一路上在說說笑笑中度過，幾日過去，便能遠遠地瞧見夷陵碼頭了。

如同走時的樣子，夷陵碼頭依舊是密密麻麻地停泊著許多船隻，人來人往地搬卸著貨物。只是當時還是寒冬節氣，如今夏日都只剩下尾巴。

四娘站在船頭看向越來越近的碼頭，心裡想的卻是要如何跟何家二老說何思遠的事情？

若是只說何思遠還活著，何家眾人定是要高興瘋了。但，還要提何思遠想跟她和離的事情，並且這件事自己說出來總覺得有些不太對勁，何家眾人萬一問「妳當時為何不表露身分？若是表露了身分，何思遠一看妳這長得跟個仙女一樣的，哪裡還會有想和離的心？」怎麼辦？四娘當時為了套出何思遠的真正想法，便沒有說自己是他那未見過的媳婦兒，後來聽了那番真心話，又氣得不想跟他表露身分了。如今可不是不上不下的，卡得四娘難受極了。

還是要把李昭拉到何家去，替她解釋說明，畢竟李昭全程都在場。無論如何，這鍋不能讓自己一個人揹了……

「姑娘，妳瞧，咱家馬車在碼頭呢，定是來接咱們的！」

鶯歌的喊叫聲打斷了四娘的思緒，乾娘和何家爹娘定是算著日子，天天叫家裡的馬車來碼頭等了。她心內一暖，家人在的地方便是家，有家真好！

四娘交代船上的人記得把她帶的東西都搬下來，給各家帶的禮物都已經分門別類包好，莫要弄混了。又給張鵬遠結清餘下的銀子，另外多給了個大紅包。

張鵬遠掂了掂紅包，估摸著得有五十兩。

「一路上張大哥和各位兄弟辛苦了，路上行了許久，各位先回家報個平安。待我休整幾日後，請大家喝酒，到時一定要來！」四娘笑著對張鵬遠一眾人說。

張鵬遠遂帶著一眾鏢師各自回家。離家大半年，家人不知惦記成什麼樣，帶了銀子和禮物回去，家裡老婆和孩子也能歡樂一陣子了。

四娘又拉了李昭。「李大哥，還要麻煩你跟我回趟家。我與何思遠的事情，從我口中說出來多有不便。更何況，是他想和離的事情。一大家子人，我怕我安撫住一個，安撫不住一群。」

李昭牙疼似地吸了口氣。「妹子，妳可別拿我當槍使，什麼叫他想和離？那不是妳也想嗎？」

「李大哥到時只需說我畢竟是女子，面皮薄，還未來得及表明身分，那何思遠便說出了『回家後要打發了先前定下的媳婦』的事。至於爹、娘和我乾娘，到時若是鬧起來，你幫我安撫一下。好大哥，你一定會幫我的是不是？」四娘一定要拉上李昭，自己面對這一群人，還真是有點心虛。

李昭無奈。「我真是欠了妳的！先說好了，待此事過了，妳可要把妳姊夫家新出的梨花白給我搬幾罈子來。近些年張家酒坊的名氣越來越大了，若沒有妳的面子，最多一次只能買一罈。我可是饞那酒許久了，不比醉春風差。」

張伯懷家的酒坊近幾年生意越來越好，夷陵水好，加上張老漢精湛的釀酒技藝，已釀出了幾種好酒，整日買酒還要排隊，這每人限購一罈的主意還是四娘出的。

四娘自然是滿口答應，扶著鶯歌上了自家馬車，李昭騎馬跟隨。

小廝早就提前回家報信去了。

何府換了新的宅子，離李宅不遠，是座三進的大宅子，家裡丫頭、小廝也添置了不少。

涂婆婆和榮婆婆得了信，都急匆匆地趕到何府。大半年不見，也不知四娘一路上吃了多少苦？雖有鏢師跟隨，但畢竟在外，總不如家裡處處妥貼。

何旺使了小廝去學裡報了信，叫何思道趕緊回家來，今日一家團聚，都要在場，熱熱鬧鬧地擺他一桌宴席才好。

四娘剛到大門口，涂婆婆便坐不住地迎了出來，一聲「娘」還沒叫出口，便被涂婆婆上上下下摸了個遍。

「瘦了，還黑了！我就說不讓妳去，妳偏要去！女孩子家，非這麼好強！看這臉，可要有些日子才能養回來了！」

「娘可是太想我，都出現幻覺了？我哪裡瘦了？一路上各地的美食都被我吃了個遍呢！前幾天還說我這裙子的腰身都緊了，偏娘說我瘦了！」四娘抱著涂婆婆的胳膊撒嬌。

涂婆婆捏了四娘的鼻子。「還給我回嘴，等我讓妳榮婆婆給妳熬幾日調理身子的藥喝了，妳才會學乖！出門這麼久，調理的藥妳都多久沒喝了，一會兒讓妳榮婆婆給妳再把把脈，看看還有哪裡不妥貼的？」

四娘還沒來得及反抗，便看到榮婆婆也走了出來。

「妳們娘兩個就在這裡聊起來了？屋裡還有一堆人等著呢！我還沒撈著四娘親香呢，妳這又分配活計給我了！」

四娘急忙轉移話題。「娘快讓我進屋歇歇吧，坐了一路的船，我這會兒踩在地上還覺得在飄呢！我給大家都帶了禮物，快進去分分！」左右牽著乾娘和榮婆婆的手往正廳走。

王氏和何旺早就伸長脖子等著。何思道也回來了，一旁還站著榮夢龍，這兩人也算大小夥子了，不好表現得太急切。

四娘走到正廳，盈盈拜下。「四娘遠行回來了，爹和娘可還安好？」

王氏急急把四娘扶起。「回來就好，爹娘都念著妳呢！妳第一次出門這麼久，快讓娘看看！」四娘還未換回女裝，依舊是一副公子打扮。王氏輕撫著四娘那風流俊秀的臉龐，真是越看越愛。當年那個瘦得只剩一把骨頭的女孩兒，出落成如今的模樣，她心裡無比的滿足。

何旺輕咳一聲。「四娘一路上辛苦了，夫人且讓孩子歇一歇吧。回來了以後日日都得見的，哪裡就差了這一時？」

王氏白了一眼何旺。「這個老頭子，這時倒是不急了！從五、六天前便一直唸叨著四娘該回來了，還日日派人去碼頭等著，倒是比我這個婦人家還嘮叨呢，直聽得我腦門疼！」

何旺藉著端起茶碗喝茶的動作，來掩飾自己的尷尬。這麼多人呢，老婆子也不知道給自己留點面子！

眾人憋笑，趕緊把話題岔開去。

何思道早就按捺不住了。「嫂子，妳都去了哪裡？快講給我聽聽！先生說，讀萬卷書不如行萬里路，我如今雖是秀才，但若是想考舉人還需再多磨練幾年。妳多給我講講一路上的山河風景，也讓我開開眼界。」

一路跟著四娘進來的李昭被無視個徹底，他算是見識到四娘在家裡的地位，簡直是集寵愛於一身啊！還是榮夢龍瞅見了他，率先跟他打了個招呼。李昭給各位長輩見了個禮，而後自己挑了個末位坐下。

四娘讓鶯歌帶著丫鬟把禮物拿上來，一路上見到什麼好的、夷陵沒有的，四娘都要買一些帶回來。加上如今四娘也是大富豪了，銀子花起來毫不手軟。

桌面上擺了各色首飾、布料是給女人們的；遊記書籍並一些玩意兒是給何思道和榮夢龍的；給何旺的則是上好的煙絲和煙斗，還有各地出產的好酒。

女人都好打扮，瞧著一堆琳琅滿目的東西，各自在身上、頭上比劃著，說個不停。

何思道和榮夢龍也翻著各色書籍，癡迷地看了起來。

何旺因年紀最長，又覺得自己是個男人，不好跟一群婦人一般翻撿，只看著四娘帶給自己的禮物，笑著點點頭，想著等晚點回房再細細看去，便跟李昭聊了起來。

「四娘雖好強，但畢竟是個女孩家，一路上多虧賢姪照看了。」

李昭連忙回話。「本就是應該的，這生意也有我家的一份，不能只讓妹妹操心，我也順便巡視了李氏商貿。再說四娘也極省心，不用我怎麼操心的。」

「離家這許久，你爹、娘也極是擔心你呢，可有使人回家報一聲平安？倒累著你先跟著四娘來我家了，回頭我可是要好好請你爹喝頓酒！」何旺有些不解，這都到家門口了，李昭怎麼還跟著進來了？定是有什麼事情吧？

李昭看著四娘苦笑，重頭戲來了。

「爹、娘，是我要李昭大哥跟著我回來的。我有些事情要告知爹娘，但怕我一人說不清，所以便求了李昭大哥跟著走一趟。」

四娘一出聲，眾人都停下交談，各自尋座位坐下。

「爹、娘，夫君沒死，他還好好活著呢。」

眾人半天都沒有作聲，腦子飛快地轉動著。夫君？四娘的夫君是誰來著？

這些年，何旺夫妻都把四娘當作女兒養著，失去兒子的傷痛也漸漸被撫平了，是以四娘口中的「夫君」兩字說出口，大家一時沒有回過神來。

還是何旺先反應過來，手中的茶碗驚得掉在地上，摔了個粉碎。「四娘，妳說什麼？思遠沒死？妳在哪裡得到的消息？若是還活著，何以當年報了戰死？」

王氏也是急切地盯著四娘，大兒還活著？

四娘嚥了口口水，把在歸綏如何遇到何思遠講了一遍。

李昭則在一旁適時地補充一些。

待講完，王氏早已哭得快要暈厥過去。

四娘急忙過去拍著王氏的後背安撫。「娘莫哭，這是好事呢！」

「這麼多年了，我給他燒了無數的紙錢，只盼著他在那邊能過得好。當時接到他戰死的消息，跟剜了我的心一般啊！老天有眼，如今好了，我家思遠還活著！」王氏滿面淚痕。

四娘從袖中拿出一封信交給何旺。

何旺顫抖著手接過來，撕開信封，細細看下去。何思遠在信裡講述了這些年的經歷，還有當年事情的來龍去脈，並說待此次大軍回朝，自己領完賞便會趕到夷陵接爹娘眾人進京團聚。何旺老淚縱橫，對著王氏說：「思遠如今已是從四品的將軍了，這孩子掙了軍功。雖九死一生，但好在如今得了消息，只要他平平安安的，咱們就開心！」

何思道在一旁也激動得渾身發抖，大哥仍活著，且還當了將軍！真好，那個無所不能的大哥，還活著！

榮夢龍的嘴角露出一絲苦澀，悄悄地看向四娘。本還想著，待自己考上舉人、做了官，便大著膽子跟娘求一求，使她跟涂婆婆說一說，自己心悅四娘，只要何家父母同意，不論是什麼條件，自己都願娶了她。如今……如今她的夫君卻還活著，自己這一腔心思，該何去何從？

王氏拉著四娘的手，懇切地說：「好孩子，這些年苦了妳了！如今思遠已經有了消息，待他辦完事情回家，爹跟娘一定給你們重新操辦婚禮！咱們辦得熱熱鬧鬧的，也讓妳揚眉吐氣一回，人家有的，妳也一定有！」

四娘垂下眼睛，緩緩道：「夫君他……他說，他與我從未相處過，亦不了解彼此。當時的情形下，爹和娘匆匆訂下的親事做不得數，他想和離。」

四娘一句話，猶如平地放了個驚雷，震得大家紛紛都傻了。

第一個反應過來的是涂婆婆，她哪裡受得了自己放在手心裡養了三年多的女兒被別人挑剔嫌棄？一個從四品的將軍罷了，有什麼大不了的！京城裡一塊磚頭掉下來，能砸到一堆的玩意兒！「親家養的好兒子，我竟不知父母之命做不得數了！想必是我那好女婿在外許久，眼界也漸漸高了。我這女兒不說十全十美，但我也敢說一聲論長相、論言談，就是在京城也是數得上的！如今竟然還想和離，是欺負我閨女沒人撐腰嗎？當我老婆子是死的不成？」

涂婆婆一段話，罵得何旺老臉脹紅。別的不說，四娘自從來到何家後，勤勤懇懇，沒有半分不妥的地方，更別提來到夷陵後，開鋪子、辦工廠，如今家裡的家財萬貫都是人家賺來的！「親家先消消氣，這裡面是不是有什麼誤會？四娘這相貌、這氣度，我家思遠便是再高的眼光，那也挑不出錯來啊！」

四娘給李昭使了個眼色，意思是「該你上了」，自己則低下頭裝鵪鶉。

李昭無奈。「好叫眾位知道，當時我們都未來得及表明身分，何大哥聽到我們來自夷陵，便跟我們打聽家人的消息。四娘在外都是男裝打扮，亦不好意思厚著臉皮跟夫君相認。我們也是試探著問了一句，家裡爹娘給訂了婚事，那姑娘是極好的，問何大哥作何想法？何大哥便說，當日家人以為他死了，才作出這決定，再說了，他與四娘差七歲呢，又彼此不了解，因此想等回到家中，稟過爹娘後，給些銀子打發了便是。這樣一番話下來，四娘便更不好說自己是他媳婦了。再加上，何大哥說他喜歡溫柔賢慧的，能在家中操持家事、孝順父母、照顧小叔，言語中，彷彿並不喜歡在外拋頭露面的女子。是以，我與四娘也不知該怎麼才好，只有帶著信件回來，稟告長輩們。此事便是這樣了，我今日跟著過來，也是怕四娘面薄，有些話不好講清楚。」

李昭一段話講完，何旺都不知該說些什麼好了。這傻兒子喲，可知你媳婦是個萬里挑一的女孩兒？過了這村，可沒這店了！要說這事也怨不得人家乾娘惱，這麼出挑的閨女，長成個天仙模樣，又會大把地賺銀子，人家離了你馬上就能找個更好的，你這是作什麼死呢？再說，涂婆婆是好惹的嗎？正四品的女官身分，加上跟太后的香火情，這一下可得罪狠了！

王氏倒是沒想這麼多，只拉著四娘的手勸道：「好孩子，他一個粗人，只知道打仗，都打傻了，哪知道妳好不好呢？再說，妳當日又是男裝，他只當妳是兄弟呢！等他回來，咱們換上女裝打扮，定晃花他的眼！到時候要打要罵，娘都不心疼！娘知道妳受委屈了，只是莫要跟他一般見識好不好？」王氏心裡對四娘早就當自己親閨女待了，貼心又能幹。若是自己兒子犯渾，定要他爹打斷他的腿！再者，王氏心裡還有個說不出口的想法，莫不是兒子離家幾年，認識了什麼別的狐狸精？若真是這樣，拚著不認這個兒子也不能遂了他的願！眼下只能先哄好四娘，再做打算。

涂婆婆何許人也，王氏想得到的，她哪裡會想不到？心裡暗罵：給你家守了幾年寡了，你這廂說和離便要和離，照著誰的臉抽呢？我還剛好嫌我閨女在你家委屈了，如此正好，離了你家，我閨女能找個更好的！再說，那何思遠也沒見過，是個什麼品行、什麼模樣通通不知道，這年頭當兵的都是粗人一個，極少有潔身自好的，若是個渾人，真不甘心讓四娘受這委屈！只這事是何家對不住四娘，此事再沒這麼容易過去的！

涂婆婆抬起下巴道：「閨女，收拾東西，這便搬去娘那裡！我雖沒什麼本事，但也知道要臉，女婿既然嫌棄妳，咱們便離了何家！」

榮婆婆也跟著幫腔。「要我說，既然何家女婿不想認這門親，我們也不好硬貼著不是？結親從來就是講究個你情我願，當日是以為女婿為國捐軀了，四娘也甘願守著。這麼些年都安安分分的，還給何家賺了不少的銀子。和離也罷，我家正好差個兒媳婦呢！等我家夢龍考了進士，我可要跟我涂妹妹好好求一求，這樣好的金鳳凰，不知道能不能落在我家？」

榮婆婆早就眼饞四娘這麼好的女孩了，自家那便宜兒子的心思自己也看出了些許。雖榮夢龍平時掩飾得極好，但每次瞧見四娘，那傻兒子的眼睛都比平時要亮幾分，平時若是跟涂妹妹說起四娘，他也總裝作不經意的樣子在一旁豎起耳朵聽得認真。本來還想著，等兒子中了進士，再和涂妹妹商量此事，沒想到，機會這就來了，榮婆婆心裡都快樂死了！這樣好的媳婦兒，誰娶誰賺啊！

榮夢龍在一旁聞言，臉紅得都快滴出血來了，隨之而來的是一陣狂喜，娘竟然也想讓四娘做兒媳婦？若是四娘與何思遠和離了，自己是不是就有機會娶了她？

何旺與王氏則是心裡一陣發慌，怎麼還有等著挖牆腳的？自家兒子已經把媳婦和媳婦娘家人都得罪了，除了有個從四品的將軍官職還能拿出手，其餘的可是跟榮家那小子沒得比啊！人家年紀與四娘相當不說，還是個少年舉人，長得也一副俊秀書生的模樣，哪家不喜歡這樣的女婿啊？再說，涂婆婆跟榮婆婆是莫逆之交，有涂婆婆盯著，榮夢龍定是不敢有什麼么蛾子，四娘在他家過得更舒坦！

四娘則是一臉懵，這是神助攻嗎？這段婚事還沒解決，怎麼下段婚事就上趕著找上自己了？自己並不是因為和離煩惱，是因為不想嫁人，還想自由自在地過一輩子呢！榮婆婆這是早便盯著自己了？

何思道想不了那些彎彎繞，只脹紅了臉喊道：「嫂子不要和離！若是大哥定要跟妳和離，我便不認這個大哥了！」他不知道什麼男女之情，只知道他與四娘從小便認識，打小四娘就主意極多，護著他少吃了好些虧。從四娘來到何家做了他嫂子，何思道更是跟著四娘吃了不少好吃的，四娘吃穿都給他安排得極周到，便是後來到了李府家學，嫂子還為了自己不受排擠，做了不少吃的讓自己極快地和同窗打成一片。更別提嫂子做了生意，在夷陵誰提起嫂子不豎起大拇指，直說嫂子不輸沈萬三？這樣好的嫂子，才不要讓給別人家！何思道又衝著榮夢龍說：「莫要打我嫂子主意！若是你想搶了我嫂子回家去，我便跟你割袍斷義！」

榮夢龍一臉尷尬。

李昭看著四娘呆滯的表情，憋得都快不行了。心內暗爽道：妳個死丫頭，搬起石頭砸了自己的腳！現在這一攤子場面，我看妳還怎麼繼續裝！

誰料到，四娘朝鶯歌使了個眼色，然後眼睛一閉，身子一軟，便往後倒去！

鶯歌會意，瞬時撲上去大喊：「姑娘！姑娘妳怎麼了？莫不是在歸綏遇到馬賊受驚還沒好徹底？好姑娘，快醒醒啊……」

頓時一陣人仰馬翻，何旺大聲使喚小廝去找大夫，涂婆婆和王氏只忙著抱著四娘「兒啊」、「肉啊」地哭喊，榮婆婆都插不了手去。

大夫來了之後把了脈，只說或是因為長途奔波，加上天熱。如今雖是入秋了，但秋老虎極厲害，或許中了暑氣。開了一帖藥，先靜養兩日，若是還不好，再使人叫他過來。

四娘閉著眼睛躺在床上，王氏、涂婆婆及榮婆婆都守著，還是鶯歌說了句「姑娘在船上休息得不好，許多日都沒有睡安穩了，讓她睡個好覺或許便好了」，眾人才各自散去。

等到沒有動靜了，四娘才敢睜開眼。

鶯歌在一旁擔心地看著四娘。「姑娘，妳真的要與姑爺和離嗎？妳若是跟姑爺和離了，是不是便像榮夫人說的那樣，要嫁到她家做兒媳婦去？」

四娘此刻腦子裡一片混亂，哪裡還能說得清？若是跟鶯歌說，自己這一輩子都不想嫁人，估計鶯歌得嚇傻了去！

此時門吱呀地響了一聲，四娘還以為是王氏等人去而復返，急忙閉上了眼睛繼續裝睡。

誰知，卻是李昭悄悄地溜了進來。

「別裝了，是我。怎麼樣，這下妳的目的可是達到了？」李昭的語氣裡滿是調侃。

四娘睜開眼睛，白了李昭一眼，讓鶯歌去門外守著。

李昭找了張椅子坐下。「妳這一暈，誰都顧不上我，我還是悄悄溜過來的，跟妳說幾句話便走，否則要是被妳那一堆長輩瞧見我來了妳閨房，估計會撕吃了我。接下來，妳準備怎麼辦？」

四娘煩躁地嘆了口氣。「我也不知，誰知道一句話說出來，他們的反應會那麼大，竟連我和離再嫁的事情都想好了。我不是想和離，我壓根兒就是不想嫁人好嗎？」

「那妳這樣裝病躲著也不是辦法啊！躲得了一時，躲不了一世。」李昭說。

「等我先想想吧，過兩日，我還是先跟我乾娘談談，莫要答應榮婆婆把我嫁給她兒子啊！我根本一直把榮哥哥當哥哥，一點男女之情都沒有。」四娘真是服了這些古代婦女的腦迴路。

李昭打開扇子，有一搭、沒一搭地搧著。「我看倒不是榮夫人亂點鴛鴦譜，那榮家小子對妳有些意思。」

「怎麼會？我跟榮哥哥話都沒有單獨說過，每次見面都在長輩的眼皮子底下，我怎麼沒發現？」四娘納悶。

「男人最了解男人了，那小子看妳的眼神都不一樣。更何況，剛才榮夫人說了把妳搶回家做兒媳婦的時候，榮夢龍的眼瞬間就亮了，臉更是紅得不行，我哪裡還能不明白？」

四娘哀叫了一聲。「越來越亂了，我真是不該去歸綏，平白地惹出這些心煩的事情！」

昨日李昭走後，四娘思緒紛亂，本就在外顛簸這些時日，驀地一躺在熟悉的床上，倒是生出了睡意。反正也想不明白，她決定先睡一覺再說。結果這一覺便睡到了今天早上，醒來時已經日上三竿。

院子裡傳來一個奶甜的聲音——

「小姨還沒醒嗎？太陽都曬屁股了！」

原來是黃大娘帶著兒子來了。昨日便聽說四娘到家了，想著路上這麼久，定是沒有休息好，便想著第二日再上門。

四娘急匆匆地套上衣服，天熱，只洗個臉、拍一層花露便妥當了。

「小酒兒，快來讓小姨抱抱，想死小姨了！」

小酒兒已經快滿三歲，長相隨了黃大娘，白白嫩嫩的，被養得極壯實。一瞅見四娘，小酒兒便炮彈似地衝了過去，摟住四娘的脖子不停地撒嬌。「小姨怎麼這麼久才回來啊？小酒兒想死小姨了！我還給小姨留了糕糕，都放壞了！小姨有沒有給我帶好吃的、好玩的呀？」

「哎喲喲，可不得了，我走的時候說話還不索利，只幾個字幾個字地往外蹦呢，這半年多不見，跟換了個人似的，我家小酒兒真厲害！」四娘看著呆萌的小酒兒，心簡直都要化了。

黃大娘走過來說：「可別提了，打從能說長句子後，也不知隨了誰，一天天的就沒個消停的時候。整日裡嘰嘰喳喳，吵得我腦仁疼，偏他祖父和祖母都寵著，說他這是聰明！依我看，莫不是個雀兒投胎？」

四娘捏著小酒兒臉頰上胖嘟嘟的肉，笑說：「可不是聰明來著？妳和姊夫都不愛說話，不如我們小酒兒，嘴巴巧。以後做個御史大夫，可不就是該這樣的嗎？」又抱起小酒兒往屋裡走去。「快跟小姨來，給你帶了好些東西呢！咱們進屋好好挑。」

小酒兒看著鶯歌抱出的一堆東西，瞬間歡呼一聲撲了上去，這個瞧瞧、那個看看，愛不釋手。

黃大娘拉著四娘坐下說話。「這一路上挺好的吧？妳不回來，我心裡就一直揪著呢！一個女孩子，偏要四處跑。」

四娘吩咐鶯歌把早飯擺到屋裡來，然後對黃大娘說：「這不是回來了嗎？都挺好的。我給大姊帶了東西，都裝好了，走的時候讓丫頭給妳放車上。裡面好些好料子呢，可別捨不得，回去後給家裡每人裁套衣服穿。」

「如今日子好過了，哪裡就差那些料子了？再說我手裡也有錢呢，妳那芳華閣這幾年的分紅都在我手裡擱著，除了給小酒兒買個果子吃，也沒別的花銷。」黃大娘如今也是過得十分舒心，公婆都能幹，丈夫踏實，兒子也健康可愛。

「大姊別捨不得花錢，看到什麼首飾、衣服，喜歡就買。你們家如今也不算小門小戶了，有時候跟別的商戶的主母走動起來，妳若是穿得好了，別人才不會小看妳。」哪裡都是先敬羅衣後敬人的，何況張家如今也是中等人家，總是要交際的。

黃大娘一一應了，看了眼玩得不亦樂乎的兒子，然後小聲地問妹妹。「你們家可是有什麼事？我今天來，在前面見到妳婆婆，總覺得她欲言又止的，像是想跟我說什麼又沒說出來。」

四娘聽見這事就頭疼，只得跟大姊含含糊糊地說了在歸綏的事情，說何家大兒子沒死，不過人家回來後想和離。

黃大娘驚得差點沒坐住。「這不是欺負人嗎？怎地妳給他守了這麼多年，他活著回來了便要和離？若是和離了，妳怎麼辦？」說著說著，黃大娘的眼淚都要下來了。這苦命的四娘喲！本想著當時進了何家守寡是無奈為之，只要不被賣了，守寡便守寡吧。這好不容易日子過好了，夫君也找回來了，回來不是更應該善待為自己守了這麼多年的娘子嗎？怎地就生了和離的念頭了？女子若是和離了，以後怎麼還能抬得起頭啊！

四娘看到大姊眼裡兩泡淚，更是腦仁疼。大姊心善人好，就是沒有主見，總覺得女子就該以夫為天。也不想想，守寡與和離基本上都一樣好嗎？反正都是沒有男人，和離還更自在呢！「大姊妳別急啊，其實我比他更想和離呢！妳想啊，我跟他差著七歲呢，也不知道他是個什麼脾性。聽說當兵的都愛喝酒、打老婆來著，妳妹妹我這小身板，幾個夠他打啊？本來當時就是我求著來何家守寡的，若是和離了，他家還欠著我人情呢！

再說，乾娘和榮婆婆都說了，若是和離了就給我找個讀書人，豈不是更好？」四娘只能這樣哄大姊，先別讓她哭就好，自己實在受不了大姊淚眼汪汪的模樣。

「可是榮家那小子？我看著不錯，人溫和得很，也沒有讀書人的酸氣，長得也俊秀呢！我之前就覺得那小子對妳有意思，還在可惜妳怎麼就要在何家守一輩子了，如今倒是正好呢！」

看著大姊立時眉開眼笑的表情，這次換四娘快哭了。難不成自己以前是個瞎子不成？怎麼人人都覺得榮夢龍對自己有意思？難道只有自己沒看出來？

味如嚼蠟地喝著碗裡的白粥，這都哪兒跟哪兒啊？就沒人想過和離了讓自己先消停地過幾年日子嗎？一輩子不嫁人不行嗎？榮婆婆和乾娘不就是這個年紀了都還沒嫁嗎？

不行，必須得先跟乾娘把事情說明白了！只要有一個人明白自己的意思就行，可別亂點鴛鴦譜了！

第十三章

吃完飯，送走大姊後，四娘叫上鶯歌，坐上車便去了芳華閣。離開這麼久，也不知道運營得怎樣，回來了定是要先查看查看的。

芳華閣依舊是人流如織，如今孫小青已升為芳華閣的掌櫃。這麼幾年她也已經磨練出來了，一身的氣勢，看起來和之前天差地別。

四娘剛踏進芳華閣，孫小青便迎了出來。「東家回來了！一路上可好？」

「都挺順利的。我離開這半年，芳華閣沒什麼大事吧？」四娘走到辦公室坐下問。

「沒什麼大事，能依舊例的我便按東家之前的處理方式處理了，若是拿不定主意的，我便和涂夫人商量著來，一切都好。」

孫小青動作麻利地給四娘倒了碗茶，然後拿起櫃子裡的一沓帳本擺在四娘面前。

「這是半年來的帳目，東家請過目。」

三年來，孫小青從一個普通的芳華閣侍女，做到了今天的掌櫃位置。她付出了努力，也收穫了不少，不僅僅是每年豐厚的銀子紅封，更重要的是挺起了腰板。在家裡，那後娘馬桂花更是不敢再搓磨自己和弟弟虎子了。虎子如今也被送去了學堂，馬桂花更是要巴結著自己，想著能從自己手裡漏出些銀子給她花用。

孫小青自然不是個菩薩，當日馬桂花如何對自己姊弟的，她仍舊歷歷在目。如今心情好了便給馬桂花幾兩銀子，馬桂花嘴裡那好聽的話便跟不要錢似地往外掏，孫小青只當自己花錢買個開心了。畢竟爹年紀大了，身體也不好，還需要馬桂花照顧呢，有自己在，馬桂花也不敢不好好伺候爹。

四娘大概地看了下帳本，心裡滿意地點頭。孫小青算是歷練出來了，帳目清晰，每個月的營業額也都在增長，並沒有因為東家半年不在家便敷衍了事。

四娘對孫小青的工作表示了肯定，然後讓她自去忙，自己起身去往乾娘家。

涂婆婆如今正在家裡生悶氣呢，榮婆婆在一旁給她打著扇子，嘴裡還不停地推銷自家兒子。

「我說妳生個什麼氣，那何思遠有眼無珠不是正好？離了他們家，咱們四娘算是解脫了。我那兒子妳看著不好嗎？跟妳閨女年紀相當，等中了進士後，更是門第也般配了，算是在咱們倆眼皮子底下長大的孩子，品性妳都看在眼裡了。好妹妹，妳這四品女官的丈母娘可滿意我家這未來進士？若是還嫌不足，我回頭便鞭策他，至少考個探花回來給妳長臉可行？」

昨日回家，榮婆婆便問了榮夢龍，問他可對四娘有意？若是有意，自己便跟涂妹妹好好求一求。自己那便宜兒子當即歡喜得嘴角一個勁兒地往上翹，壓都壓不住。向來穩重的少年，倒是露出了幾分孩子氣來。她這當娘的一看，還有什麼不明白的？這是早就情根深種了！那還有什麼好猶豫？這樣的好姑娘，還不趕緊地哄回家供起來，誰往外推誰傻！

涂婆婆只扶著腦袋，擰著眉頭。「妳可別招我，如今我聽見女婿兩字就來氣！我女兒什麼時候輪到他個武夫來挑挑揀揀的？真是好大的臉面！」

四娘在窗戶下聽了會兒牆腳，覺得自己再不露臉，榮婆婆便要使出十八般武藝忽悠乾娘了！四娘提著裙子進了廳內，給兩位長輩先行了個禮。

榮婆婆連忙親手把她扶起來，按到椅子上坐下。

「身子可好些了？妳這出門一趟身子是不是累得虧空了？可憐見的，我這便找幾個方子去，給妳好好調養調養！」

涂婆婆也一臉關心地看過去。「妳這又是趕路、又是遇上馬賊的，我今天早上還特意見了張鵬遠，問了路上的情況。妳這孩子怎麼這麼大膽？可知君子不立於危牆之下的道理？若是妳當時有個三長兩短的，叫我老婆子可怎麼活？」

四娘忙裝乖巧。「娘就別生氣了，當日以為只是抓個小賊，誰知正好趕上了突厥馬賊。後來不是被那誰救了嘛，現在不是好好的？下次再有這種事情，我一定躲得遠遠的好不好？」

「哼！便是那何思遠救了妳，我也還是生氣！一碼歸一碼，他救了妳的命，我願意給他銀子謝他，更何況是自家的娘子，他要是不救才是喪良心呢！怎地，若是讓那突厥馬賊殺了，連和離都不用了豈不是更省事？」涂婆婆一提起何思遠來，更是火冒三丈。

「娘啊，當時我不是沒有表露身分嗎？人家不知道我是他媳婦啊！再說了，這事，也不能光怨他。」四娘看乾娘越說越不像話了，趕緊解釋道。

「人家？人家是誰？哪個有眼無珠的渾小子！」

四娘無奈，看來得趕緊說清楚了。於是轉頭對榮婆婆說：「婆婆，我和我娘有幾句體己話要說，我娘這火氣大的，勞您吩咐廚下給我娘煮一鍋綠豆湯來。」

榮婆婆極有眼色，忙不迭地吩咐豆子去廚下安排人煮，自己則避去了外院。

四娘不再繞圈子，乾娘這樣的人，見多識廣，在皇宮那種地方待了半輩子，什麼樣的事情沒有見過？只是關心則亂罷了，心裡是拿自己當親生女兒待，才會如此生氣。

「娘，我知您是覺得女兒受了委屈才這樣生氣的。您聽女兒一句心裡話，那何思遠連我的真實樣子都沒有見過，便是他死活要和離了，只要我哄住了何家爹娘，諒他怎麼折騰也是甩不掉我的，您說對不對？」

「這道理我如何不知道？妳為他守了三、四年，別的不提，就光伺候公婆、教養小叔這一條，便是告上官府去他也不能休了妳！」涂婆婆依舊沒個好聲氣。

「實是女兒也想和離，我覺得一個人的日子清靜自在。」四娘這句話終於說出了口。

涂婆婆瞪大了眼睛看著她。「妳說什麼？妳也想和離？」

四娘走到涂婆婆身邊蹲下，雙手扶著乾娘的膝蓋。「娘，確實是我想和離。您看，您和榮婆婆都是孤身一人過到如今，也沒什麼不好是不是？若是何思遠回來了，我依禮和他成親，他如今已經是從四品將軍了，回朝後定是還能再升一升的。您也知道，做為官眷，不僅僅只是和官場上別家的夫人交際，我還要管好他的後宅，要納妾、把庶子當親生的一樣撫育，還不能妒，要大度。女兒實在不想過那樣的日子，整日只圍著夫君和兒女打轉，那樣像被關在籠子裡一樣的日子，女兒想想便覺得憋悶。」

涂婆婆長吸一口氣，靜默許久。

四娘就偎在乾娘的膝上，靜靜地靠著她。

涂婆婆看著四娘這張嬌花一樣的面龐，在心裡默默嘆氣。自己這個女兒呀，雖說做起生意來是一套又一套的，銀子大把賺，但卻還是個沒開竅的孩子呢，哪裡知道男女感情的事情。

「孩子，娘知道妳極有主意。妳只看到我和妳榮婆婆如今過得自在，但妳可知道，若是能選擇，我兩人絕對不會選擇這樣的日子。當年賣身為奴，自己根本作不了自己的主，再過了十幾年，心都被磨平、磨硬了。但午夜夢迴的時候，我也曾想過，若是家中沒有變故，安安生生地長到十五、六歲，爹娘定也會給我尋一個安穩踏實的良人嫁了吧？幾個兒女環繞膝下，那樣的日子該有多好？只有無人可依靠的時候，迫不得已，自己才必須要撐起來。這個時代，女子要是一輩子不嫁人，若是妳沒有足夠的底氣和本事，妳可知妳要面對的是什麼？」

「女兒知道，女兒想過自己想要的日子。我知道您疼我，娘您就讓我任性一回可好？左右女兒還小呢，說不定我過幾年便改變主意了，所以您先別給我定這個定那個的，到時候女兒若是有了心儀之人，一定第一個告訴娘好不好？」四娘知道涂婆婆還是個道地古代人的思想，若是放到現代，就是一輩子不嫁又能怎樣？自己養活得起自己，說不定還要被人讚一聲女強人呢！如今只能連哄帶撒嬌的，先過了這關再說。

「罷了，我知妳極有主意。傻閨女，即便是要和離，也得讓理都在咱們這邊。我當時為何聽到妳說何思遠要和離便立刻翻了臉？我能不知道問一問實際情況如何？是否有內情嗎？只是何家爹娘畢竟是妳公婆，我若不能立時壓住了他們，後頭他親兒子回來三言兩語地哄了什麼，到時候妳便是外人了，還有誰能記得妳是受了委屈的？說到底，妳也不過是他們家二十五兩銀子買回來的媳婦罷了！不是我故意要把人心想得壞，而是做了母親，當為兒女計。妳想不到、顧不上的，娘要替妳想得周全，萬不能給人家留了破綻。」

涂婆婆還有些話不好說出來，傻閨女一心撲在生意上，對於情一字還沒有開竅。夫妻之間，若是能哄住了男人，什麼小妾、庶子的，這世間後宅乾淨的難道就沒有了？只在於男人的心在不在妳那邊？若是他心裡有妳，便是放個天仙在身邊也是不會有二心的。

「娘知道妳一心想和離，但不能操之過急，至少也要等到妳那夫君回來再說。妳只見了他幾面而已，哪裡知道他合不合妳心意呢？若是個極好的男子，卻因妳執拗而錯過了，豈不是要後悔一輩子？」涂婆婆語重心長，恨不能把所有的道理都掰開來、揉碎了講給女兒聽。

四娘怕乾娘再生氣，把何思遠要帶她去秦樓楚館看姑娘的荒唐話按下了。這話要是說出來，保准乾娘會去何家鬧個天翻地覆！這樣的男人，覺得逛個窯子跟吃頓飯一樣平常，哪裡會是個好男人呢？即便他還沒去過，身邊那些人一直攛掇著，還能忍得住不去不成？

「那娘萬不能這邊我剛和離了，那邊您就張羅著給我再找一個。女兒還想再清靜幾年呢，不能這邊才脫離乾淨了，那邊又要嫁人去做那勞什子的賢婦。」四娘心裡反正已經下定決心了，何思遠想和離，自己更想和離。兩個當事人都意見一致，別人是再攔不住的。

涂婆婆還能說什麼？「兒女都是債！妳榮婆婆在我耳邊嘮叨了一天，快把我煩死了。妳當真不喜歡榮小子那樣的？娘看那小子還算踏實，若是當成個女婿人選也是不錯的。」

四娘拉住乾娘的袖子撒嬌。「我真把榮哥哥當哥哥待的，和李昭大哥並無不同。女兒不是說了，若是有了心上人，定要讓娘給我作主的？」

「好好好，那我便先婉拒了妳榮婆婆。妳呀，這幾年做生意做得心都野了，一點都不像個女孩子家！妳說說，咱家如今又不缺銀子，先不說我那些家底，便是妳這幾年放在我這裡的銀子，在京城過上半輩子也綽綽有餘了，妳賺銀子還賺出癮來了啊？」遇上這麼個女兒能怎麼辦？自然是寵著！

四娘還有一件事情不知如何處理。「那娘，我以後在何家爹娘面前該如何？此事一出，我總覺得彆扭呢！」

涂婆婆一指頭點上了四娘的腦門。「剛還覺得妳聰明，這點小事都處理不好了？妳記住，既然是那何思遠先說出了和離的想法，妳便是受委屈的那個。妳只需要在公婆面前做足了姿態，讓他們覺得是何家欠了妳的。不管最後和離與否，妳在何家都是能直著腰的。」

「我本來便是被何家爹娘從爛泥灘裡拉了一把才有如今的，我心裡早就把他們當成我的親爹娘。即使真的和離了，我也會繼續把他倆當爹娘待，再不能忘恩的。」

「既然如此，妳更要表明態度了。有恩報恩，說到哪裡都是沒錯的。妳這孩子本來就心眼軟，妳只如以前一樣，做妳該做的便是，萬事都等到何思遠回來再說。」

事情都說好，四娘便又撒嬌作癡地哄得乾娘露出笑臉才作罷。

涂婆婆指了四娘。「妳個活猴，該做什麼做什麼去，快別再鬧我了！妳一回來，我便不得清靜了！」

辭別了乾娘後，四娘又去工廠裡巡視了一圈。

見事事都條理分明，即使東家不在的日子，各人也都兢兢業業，四娘暗暗點頭。

回家路上，四娘拐了一道，去買了王氏平日喜歡吃的那家包子，這才帶著鶯歌，悠哉悠哉地往家去了。

王氏看見四娘回來了，慌忙地迎過去。「可還有哪裡不舒服？怎地不好好歇兩日再去忙生意？」

四娘笑盈盈的。「娘莫要擔心了，我睡了一覺便覺得好了。這些日子都在坐船，我覺得自己都是憋的，這出去走走更是覺得舒坦。我給娘帶了包子，大半年沒去買了，也不知還是不是那個味道？娘快趁熱吃。」

王氏接過包子，哪裡能吃得下去？「四娘，是思遠不好，說出和離這樣輕狂的話來。昨夜娘跟妳爹商量了一夜，再不能讓他這樣自己作了決定的。今天一早妳爹便去寄了信，算算日子，他也應該到了京城，你爹讓他忙完便速回。好孩子，妳放心，我再不會讓妳受委屈的！」

「娘和爹別再操心了，咱們便等夫君回來再商議此事吧。我今日也去勸了我乾娘，若是兩人不合適，強摁著過一輩子也是不舒心的不是？若是夫君一定要和離，四娘便尊重夫君的意思。本來當年來到何家便是為了讓我娘不要把我隨意賣了，何家於我有再生之恩。再說，夫君如今青年有為，若是真的娶了我一個做生意、拋頭露面的女子，想來夫君在朝堂上也會受人恥笑。若是無緣，不如好聚好散。但不管怎樣，四娘會一直把二老當親爹娘待，您和爹對我的一片拳拳之心，四娘這輩子都不能忘。」四娘看著王氏一臉的憔悴，心裡也是不好受，天下間的爹娘都想給兒女最好的，更別提若是沒有何家爹娘，自己如今在哪裡還真是不好說。

王氏暗暗嘆息，這樣好的孩子，怎麼能捨得她離了何家？心裡暗暗下定決心，待兒子回來，定要讓他好好瞧瞧自己媳婦，這樣的貼心又貌美能幹，誰要和離誰眼瞎！後頭還有個榮家虎視眈眈呢，若是傻兒子不上心，回頭有他哭的！

七月底，小酒兒過了三周歲生辰。

四娘在張家熱鬧了一天，小酒兒一整日都纏著四娘，吳氏瞅著都直泛酸。

「個臭小子！見了你小姨，眼裡便誰都沒有了，竟是白疼你了！」

「吳婆婆莫要吃醋，小酒兒這是知道小姨今日給包了大紅包的，若是不哄好了我，臨走我再反悔，到時候我們小酒兒可要哭鼻子了！」四娘捏著小酒兒的臉說笑。

小酒兒見大家都笑，也跟著傻樂，腦袋上綁的沖天炮一晃一晃的。

如今小酒也已經滿三歲了，吳婆婆又提起讓兒媳婦再生一胎的說法。四娘這次沒再阻攔，大姊身子不錯，這幾年日子過得好了，家裡也有一二僕婦使喚著，再加上頭胎生了兒子，二胎不論男女都沒有壓力。

小酒兒生辰過後不久，便到了李晴出嫁的日子。

四娘早就跑了幾趟李府，之前遠行時邱氏便列了單子，讓四娘盯著李昭在外採買。許多東西夷陵見不著的，或是極稀奇的，都羅列了來。

四娘真是大開眼界，古代女子出嫁，嫁妝原來如此繁瑣，小到馬桶、面盆，大到床鋪，都要娘家預備，意為即便嫁出去了，女孩用的還是娘家給備的東西，不需要瞧婆家的臉色。

婚禮前一日，李晴便提前要四娘住了過來。原本在這樣的喜事上，四娘做為一個寡婦的身分是不好露面的，但邱氏知道了四娘的夫君不僅沒死還升了官，心裡隱隱覺得四娘是個有福氣的，不僅自己能幹，更是旺夫家，便誠心請了幾回，一定要四娘來送嫁。

早些時候邱氏來給李晴做婚前教育，四娘極有眼色地躲去了耳房。再回來時便看到李晴臉紅紅的，要滴出血來了。四娘心中暗笑，剛想逗李晴兩句，哪知道李晴從袖子裡掏出個東西扔到四娘身上。

四娘從裙子上撿起來一看，原來是一個小巧的木雕，上面一男一女衣衫不整，正在做那不可描述之事，雕工極其精細，連細節部分都栩栩如生。四娘瞬間也鬧了個大紅臉，古代的婚前教育都這麼彪悍的嗎？

夜裡四娘和李晴在一個床上睡覺，李晴翻來覆去的睡不著。

「晴姊姊，今日妳不休息好，明天皮膚狀態差，可不好上妝。」四娘勸道。

「我就是睡不著嘛，今日是在娘家的最後一夜，以後即便是再回來也是別人家的人了。也不知趙潤寶在幹麼呢？哎呀煩死了！」李晴嘟嘟囔囔的，腦子裡亂七八糟的想法。

「姊夫能幹麼？估計也睡不著。」

「他有什麼好睡不著的？又不是他嫁到我家來！」

「我那姊夫一想到明日夜裡便能摟著娘子睡覺了，不再是獨自一人，便樂得睡不著唄！」四娘咬著被角笑。

李晴伸手便去掐四娘的臉。「好呀，讓妳嘲笑我！我可聽我娘說了，妹夫也快回來了，妹夫是個上過戰場的漢子，肯定力氣極大，到時候，有妳哭的！」

四娘恨不能吐出一口血來！姊姊，我懷疑妳在開車！邱嬸娘到底是怎麼給妳描述的新婚之夜，妳上路這麼快嗎？

四娘提前交代過李昭，先別和李家人提起之後她要和離的事情，一個一個地挨著解釋實在太累了，還不如等和離辦好後，該知道的就都能知道了。

鬧累了，李晴和四娘倒是很快睡去。

第二日天還沒亮，兩人便被下人叫醒了。

四娘趴在床上繼續補覺，李晴則被一群人擺弄開了。

沐浴淨身，一層層地在身上塗抹潤膚香膏。晾乾頭髮，梳頭的全福娘子梳頭盤髮髻。然後開面，把臉上細小的汗毛絞去。

趁著沒上妝，李晴被葡萄餵了幾口吃的，今天要頂著極厚重的行頭累一天，加上天氣熱，不吃飽了怕會撐不住。

邱氏極有經驗，給準備的食物都是能頂飽的東西。就是只給李晴喝了一小碗的清水，交代了喝多了湯湯水水的就要上廁所，到時候可要出醜的。

李晴吃完了飯，四娘也起床收拾好了。今天是喜事，四娘自然也是一身喜慶的水紅色。她挽起袖子，親自給李晴上妝。

在古代長到十五歲，四娘也見過幾次新娘子出嫁時的妝容。叫四娘說，那臉塗得簡直慘不忍睹，不知道新郎晚上揭了蓋頭，會不會嚇一跳？

四娘準備為李晴上的妝容要比日常的再濃一些，但不會很誇張。四娘有些惡趣味地把今日的妝容化得嫵媚一些，心裡暗暗想著，不知道晚上趙潤寶見到個如此誘人的娘子，會不會把持得住？

上完妝後，李晴跟個扭股糖似的不停動來動去，一會兒這不舒服、一會兒那裡疼的，邱氏都恨不能打一頓讓她老實，四娘則捂嘴笑，李晴這是緊張呢！

一直到過了中午許久，外面才響起了鞭炮聲。熱鬧的聲音從大門口一直傳到了後宅，李嬤嬤飛快地跑來。

「夫人、小姐，花轎到了！姑爺現被攔在大門口，大少爺帶著一幫人在攔門呢，奴婢偷偷瞧了一眼，咱們姑爺今日真是精神，一身大紅衣服俊秀極了！」

邱氏急忙站起身，拿起繡著鴛鴦戲水的大紅蓋頭給李晴蓋上。

李晴慌著去扯。「我還沒見到趙潤寶今日穿上喜服是什麼樣呢！娘好歹讓我瞅一眼再蓋上呀，怪悶的！」

一屋子人都笑開了，邱氏更是氣得戳了李晴一指頭。「快閉嘴吧，不害臊！嫁過去了有妳看的！」

趙潤寶過五關、斬六將地來到了李晴閨房外，這最後一道門便是李晴的一眾送嫁小姊妹們來攔。

這一群小姐們出的都是些詩詞歌賦，趙家男人都是習武的，趙潤寶對詩文並不精通，不過他早有準備，迎親的隊伍裡請了榮夢龍，為的便是對付這些出詩文題目的人。閨中小姐們畢竟面皮薄，幾個對子並作詩，見難不住一身藍袍的榮進士，便不再開口了。

四娘聽著動靜差不多了，便從裡頭打開了門。「新郎官算是通過了，想娶到我們晴姊姊可是不容易。今日把我晴姊姊娶回家，定要好好待她，否則別怪我們打上門去撓你個滿臉花！」

笑意盈盈的四娘一身水紅色衣裙站在門口，恍若是一朵怒放的石榴花。榮夢龍的臉「嗡」的一下似喝醉了般，紅了個徹底。

旁邊迎親隊伍裡還有沒見過四娘的少年們，在一個勁兒地問：這是誰家小姐？長得可真是個好模樣！掐著腰、理直氣壯地說出那些話來，簡直讓人愛極了她那嬌俏的樣子！

李昭扶額無奈，趕緊推著自家妹夫進了房。

手裡被塞上紅綢子，趙潤寶牽著李晴，先去正廳拜別父母。

李青山和邱氏坐在上座，邱氏看著下首跪著的女兒，眼淚不停的掉。放在手心裡養了十幾年的嬌嬌兒，出嫁了便是別人家的人了，她心裡跟剜了一塊肉似的疼！

李青山也是眼睛有些酸澀，彷彿女兒還是那個五、六歲、只會鬧脾氣的驕縱小姑娘，怎麼一眨眼，便要嫁人了？

眼看著吹吹打打，新郎帶著新娘往趙家去了，四娘便扶了邱氏往裡走。李府這邊還有一眾客人要招待，今日四娘便在李府幫忙。

晚上吃宴席的時候，四娘彷彿看到了邱如玉，瞅了個空檔忙拉住李嬤嬤問：「我看邱家二小姐梳著婦人頭，不知嫁了誰？」

四娘也不是外人，且當初的事情還多虧了四娘才避免了娶個這樣不守婦道的人來李府，李嬤嬤遂撇了嘴道：「能嫁給誰？當時事情鬧得那樣難堪，夫人都差點跟邱府翻臉了。本來邱府極雷厲地攆了那姓孟的，誰知他那娘是個混不吝的，知道兒子丟了官衙的差事，便在邱家大門口哭，只說邱家二小姐與她兒子私定了終身，但邱府看不起他們孤兒寡母，所以棒打鴛鴦呢！鬧得我們邱同知差點丟了大臉，回到府中便喊了大爺，直說備副嫁妝，趕緊把表小姐嫁給了那孟倪！我早便說那姓孟的不是個好人，分明就是為了邱府的權勢，他娘更是個老虔婆。看表小姐如今的樣子，只是強撐著在外面好看罷了，心裡是個什麼滋味，只她自己知道！」

李嬤嬤可真是料事如神了！

自邱如玉匆匆地嫁到孟家後，才知道自己跳進了怎樣的一個火坑。

孟倪的娘本就強勢，如今兒子把同知家的千金都娶到了，那更是不得了。先是跟邱如玉抱怨家裡院子小，這麼多人都轉不開身。

邱如玉嫁過來時雖沒有很大的排場，但畢竟是官家小姐，大夫人又心疼閨女，便給陪嫁了兩個丫頭並一房陪房。邱如玉看著孟家窄小的宅院也是煩心，從小到大，她何曾住過這樣逼仄的屋子？

加上家裡地方小、不隔音，新婚夫妻又總是貪戀閨房之事，但凡孟倪夜裡鬧得狠了，有一點點動靜傳出來，第二日婆母便會讓邱如玉立規矩，在婆母身旁端茶、倒水、布菜地折騰一整日。邱如玉夜裡才被孟倪折騰得腰痠背疼，再被婆母這樣立一天規矩，簡直苦不堪言。無法，便從自己嫁妝裡拿出二千兩銀子，買了一處小三進的宅院，還給婆母買了兩個丫頭伺候著，想著能在婆母這裡得個好臉。

哪知道，婆母一看邱如玉這麼好擺弄，便四處找藉口從她手裡摳銀子，今天要吃燕窩、明日要吃銀耳。若是邱如玉不買來，便在兒子面前哭訴這些年把他養大有多辛苦，想著如今娶了兒媳婦可以享福了，自己卻連吃個補品還要看兒媳的臉色！

孟倪回房便不給邱如玉好臉色，因懼著邱如玉的祖父畢竟是同知，不敢打罵，但卻趁著邱如玉來月事，睡了邱如玉的陪嫁丫鬟，算是給了邱如玉一個教訓。

本來古代的陪嫁丫鬟便是給家裡夫君準備的，任誰說妻子不方便的那幾日，夫君即便是睡了丫鬟也不是什麼大事，因此邱如玉有苦也只能往肚子裡嚥，又怕孟倪厭棄了她，更是打起精神地伺候婆母，對婆母的要求言聽計從。

如今李府的李晴出嫁，畢竟是親戚，李家也給孟家下了帖子。邱氏也是想著出一口氣，讓邱如玉看看她錯過了什麼！錯拿狗屎當寶，可不是眼瞎嗎？

邱如玉坐在李府的宴席上，食不下嚥。若是自己當初安分地嫁了，如今李府的金碧輝煌、膏粱滿席，便都是自己的。哪裡想到，如今在孟家，整日和婆母算計來算計去的，連十兩銀子都能心疼半日，真是悔不當初啊！

在李府忙了一整天，深夜客人紛紛散去，四娘也尋到了何旺夫妻倆，一起回家。何家的宅子離李府極近，幾人便沒有坐馬車，只溜達著便往家去了。

已經入秋了，除了白日還有些燥熱，夜晚倒是頗涼爽，些許的微風吹來，不知誰家院牆裡種的薔薇還在開著，一陣帶著花香的氣息撲面而來，角落裡的蟈蟈響亮地叫著，月亮明晃晃地掛在天空中，四娘愜意地深吸了一口薔薇的芬芳氣息。

王氏在宴席上也飲了些酒，有些微微的醉意。

何旺在男席上與李青山一起喝得更多些，所以何思道扶著爹爹一步一步散步似地走著。

路上幾人間或說幾句今日的見聞，或是談一談今年郊外幾頃地的收成。

如今芳華的生意越做越大，鮮花的需求量也跟著越來越高。雖說外地的花農也聞風而來，找上門賣給四娘鮮花，但保險起見，四娘還是又大批地買了許多田地。不需要那極好的上等田，山地便好，只為了種花而已，並不要求這麼多。

現在夷陵城外的一大半山地都是何家的，四娘建了好幾個莊子，分別以不同季節的花命名，裡面都對應著種了花，閒來無事在花季過去小住幾日，別有樂趣。

四娘和王氏商量著，秋日了，桂花馬上都要開成一片，尋個日子，一家人去桂園住上幾日。正好此時山裡的野雞、兔子都肥了，到時候獵幾隻雞兔，做頓好吃的。

拐個彎便看到了何家的大門，此時大門口的石墩上卻繫著一匹馬，紅色鬃毛，仰著腦袋正在啃牆頭上長出院牆外的一叢芭蕉葉子。

陰影裡還有個個子極高的男人立著，聽見幾人的腳步聲，這才回過頭看過來。

何旺走在前面，恍惚地看了一眼，對何思道說：「爹是不是眼花了？怎麼看著咱們門口像是站著個人，瞧那身形，彷彿是你大哥？」

何思道抬起頭，也往大門口的方向看去，此時陰影裡的人走到了有光的地方，明晃晃的月光下，那一身勁裝打扮、風塵僕僕的人不是何思遠是誰？

何思道張大嘴，嗓子裡像是被塞了一團棉花，半晌才高喊：「大哥！」

一聲「大哥」喊出口，何旺和王氏、四娘都看過去。

四娘心想：冤家！回來的倒是快！

何思遠看到了熟悉的家人，顧不得許多，撲通一聲就跪下，眼淚奪眶而出。「爹、娘，不孝子思遠回來了！」

王氏撲上去便是一通哭，何旺也是老淚縱橫。

四娘握著兩手站在最後面，不知該做何反應。

還是門房聽到了夫人和老爺的聲音，急忙打開大門，這才把人迎進去。

何思遠是傍晚入城的，還帶著幾個親兵。

班師回朝後，論功行賞，何思遠升了官，如今已經是正四品了，聖上給了個五城兵馬司指揮檢事的官職，負責京城的秩序安危。去衙門交接報備後，他便要了假期趕到夷陵來尋家人。

因一路上走的都是官路，夜裡宿在官驛，早有離夷陵最近的官驛傳消息到夷陵來，說是有京城來的正四品武將要去夷陵辦事，所以傍晚剛入城驗了身分，便有早就等在夷陵城門口的副巡檢迎了上來。京城來的四品官員突然到了夷陵，不知道是公幹還是私事，副巡檢心頭惴惴，別是京城派來查夷陵官場之事的，要探聽清楚才是。

何思遠尋親心切，懶得周旋，便直言告知本次是來探親的。副巡檢長呼一口氣，慌忙幫著打聽何家住處，告訴何思遠今日夷陵李府有嫁女之喜，何家與李家關係極近，定是全家都去吃酒，不到夜裡是不會回家的，因此晚上想留何思遠招待飲宴。

但何思遠得了何家住處，哪裡還能留得住，便把親兵交給了副巡檢招待，自己趕往何家。到了後他也不急著敲門，就靜立在大門口，一人一馬，一直等到了暮色四起。

何家眾人訴了這幾年的離別之情，四娘不好打擾，便去了後廚，讓廚娘趕緊地做幾個頂飽的飯食端上去。看何思遠那風塵僕僕的樣子，定是還沒吃飯呢。

廚娘手腳麻利地生了火，炒了一葷一素兩個熱菜，又在瓦罐裡熱了雞湯，下了一碗雞湯麵。

丫鬟把菜端上去，何旺急忙讓大兒子先吃口東西，一路上急著趕路，定是沒有好好吃飯。

王氏知道這是四娘去後廚安排的，心裡更是對兒媳十分滿意。嘴裡說著和離，心裡還是想著自家夫君的。

何思遠吃飯速度極快，在戰場上養成的習慣，吃飯也跟打仗似的。

四娘坐在自己房間裡，揉了揉太陽穴。從進門後何家眾人便圍著何思遠轉，四娘便乘機避開了。這都進門半天了，何思遠還沒發現四娘。或許是隱約地知道進門時後面跟著的低著頭的女子便是爹娘給自己定的媳婦，但選擇性的忽略了吧。

鶯歌咬著唇，站在四娘一旁，氣得小胸脯一起一伏的，心裡默默地咬牙切齒。早知道，當日在歸綏四海樓時，姑娘就不該開口讓張鵬遠去救他！進了門這麼久，竟然都不知道問一聲姑娘，好歹也是他名義上的媳婦，真是眼裡沒人！

四娘吩咐鶯歌，去前院二少爺的書房隔壁整理出一間房來備著，總不能兩人還不熟悉便被塞到一間屋子過夜吧？

何思遠吃完飯，夜已經很深了。

「爹、娘，我三年前回夷陵尋你們時見到了堂叔，堂叔說你們給我訂了一門親事。」

王氏急忙開口道：「沒錯，剛才進門時娘只顧著哭，倒是忘了讓你倆見一面。你媳婦許是害羞呢，去廚下安排了吃食便回房了。娘跟你說，這媳婦真是給你娶對了，你見了一定會喜歡！」

何旺也在一旁點頭。「四娘的品性極佳，給你寄信讓你速回也是為了等你回來後，爹娘準備給你倆補個婚宴。你媳婦這些年很是能幹，把家裡收拾得極好，爹娘和你弟弟也多得她照顧。你小子可要好好珍惜，跟你媳婦好好地過日子！」

「大哥，我嫂子當真沒話說，不僅人長得好看，還會做許多新鮮的吃食，我這些年都被嫂子把嘴給養刁了呢！」何思道也急著幫四娘說話。

「爹、娘，當時你們接到我戰死的消息，才急急忙忙地給我訂了這門親事，我也知道是為了以後逢年過節有個人給我燒紙上供。如今兒子不是好好的回來了嗎？還得了四品的官位。兒子想著，那女孩比我小七歲呢，年齡上也不般配，不如跟她好好說說，看她有什麼要求，咱們都答應了她。等把爹、娘都接到京城去，好姑娘多著呢，到時候爹和娘幫我好好挑一挑，咱們找個好的怎樣？」何思遠想得很簡單，反正他不想跟個小女孩過一輩子。小時候見著了便覺得那女孩又瘦又小、面黃肌瘦的，自己稍稍大聲說話都怕嚇著了她，這是找媳婦呢還是養孩子？

何旺一巴掌驀地拍在桌子上。「跪下！」

何思遠撲通一聲跪下了，卻是不明白自家爹為何生這麼大的氣？

「你這個孽障！你給我如實說，莫不是這些年在外你相中了別人家的什麼姑娘了吧？又或是被哪個不三不四的狐狸精迷了你的眼？」

何旺這一嗓子吼得王氏都嚇了一跳，何旺平日裡脾氣極好，對誰都是一副笑模樣，難得見他發這麼大的火。

何思遠跪在下首，忙回答。「爹，您別氣壞了身子，兒子真沒有！這幾年都在戰場上呢，哪裡有機會認識誰家的小姐？更別提什麼狐狸精了！軍中連個母的都沒有，您信兒子！」

王氏連忙跟著勸。「爹娘給你找的媳婦當真好，不僅能幹還長得好看，娘保證你一見到就喜歡！你可知道你若是與你媳婦和離了，再想找個這麼好的可是難了！滿夷陵打聽去，若是知道她離了何家，下一刻便能有無數媒婆上門！你這媳婦呀，當真是個寶呢！」

何思遠心裡暗暗有些不滿，沒想到那小丫頭片子，倒是把爹跟娘都哄得向著她說話。

王氏把何思遠拉起來。「快去後院，先見一見你媳婦！先別覺得你如今出息了，她配不上你，你今日在哪裡過夜還要聽你媳婦安排呢！娘不坑你，你先去見見可好？」

何旺咳了一聲。「我和你娘的房間就隔得不遠，醜話說在前面，你若是耍那臭脾氣，或是敢動手，嚇著了你媳婦，當心我敲斷你的腿！」

何思遠心中更氣了，此時倒是想看看這小媳婦是何方神聖，竟哄得爹跟娘都親疏不分了！

鶯歌在前院收拾完房間後，順便聽了半天壁腳，聽到何思遠要往後院去了，忙跑得飛快，去給四娘報信。

「姑娘！大少爺往後院來了！」鶯歌上下打量了一番四娘，還好白日時參加婚宴的那一身紅衣還沒有換下，妝容也沒來得及卸去。俗話說燈下看美人，越看越著迷。等著吧，什麼破將軍，有眼無珠，等會兒晃瞎你的眼！

王氏帶著何思遠來到四娘門外，給兒子使了個眼色，自己便回房了。

何思遠抬手敲門，裡面傳來一道有些熟悉的聲音——

「進吧，門沒鎖。」

推開門，看到桌邊坐著的姑娘，何思遠彷彿被一道悶雷當頭劈下，愣在門口半天都沒能動彈。

那姑娘托著腮，扭頭一雙鳳眼懶懶地看過來，眼角紅痣在燭火的映襯下，勾魂攝魄。

「將軍，別來無恙？」

何思遠看著那張熟悉又陌生的臉，不知該作何反應。「四、四弟？你怎麼——這……」

四娘吩咐鶯歌倒杯茶來，又對何思遠說：「嚇著將軍了吧？對不起。當日在外，為了方便，一直都是男裝打扮，這世道女子在外行走麻煩事多，還望將軍諒解。」

鶯歌倒了熱茶來，又引著何思遠在桌邊坐下。

「既然當日聽到我自報家門，知道妳我的關係，為何當時不直言妳是我、我的……」

四娘輕笑一聲，燭火晃了晃，燈下那如花的容顏更是嬌豔無比。

「要我直接相認嗎？直接告訴將軍『我乃是您的妻』這句話？若是我說了，將軍預備怎麼辦？」

何思遠想了想，還真是，那種情況下，就是想破腦袋也想不到會這麼巧。

「更何況，將軍以為我是男子，跟我相談甚歡，直言告知我，您喜歡的是相夫教子、溫順賢淑的女子。可我，十歲面臨被賣，拚著一條命求了將軍的父母將我救來何家，為將軍守寡，結果過不到半年的好日子，便趕上楊城爆發瘟疫，千辛萬苦一路跟著何家到了夷陵，後又做生意、賺銀子。我這些做為實在算不上一個合格的後宅女子所為，將軍想要和離更是在情理之中。實話告訴將軍，我不是那種安於後宅的女子，我有我的抱負與理想，更有自己想過的生活。若是讓我一輩子關在後宅相夫教子、管束小妾，不如殺了我。所以，如今這般不是挺好？」

四娘一番話，說得何思遠無言以對。

「我已讓鶯歌把前院的房間收拾好了，既然我們都對和離沒有異議，待將軍方便的時候，咱們便去衙門把和離書簽了吧？今日夜已深，鶯歌，帶將軍去房間休息吧。」

何思遠暈乎乎地被請出了四娘的房間，剛跨出門檻，又想起什麼似的轉身問：「若是和離了，妳準備怎麼辦？」

四娘歪著腦袋，像看神經病一樣地看著何思遠。「什麼怎麼辦？芳華閣如今紅遍整個大越朝，而等著我和離後娶我的現成的都有，我要銀子有銀子，要相貌有相貌。想自在生活，我便好好做我的生意；若是想成家了，便挑個順眼的嫁了，怎麼樣不成啊？」

何思遠更暈了，這反應還真是讓人想像不到。還想著回來談和離，她若是哭鬧，大不了多給些銀子。結果這麼省事的兩句話便答應了和離這件事，這多少讓何思遠有些失落。自己這好歹也算是年少有為吧？更別提已經是正四品京官了，怎麼在她的言語中，跟自己和離是一件讓人覺得解脫的事情？

鶯歌提著燈籠在前面走，何思遠跟在後頭。

「將軍，這便是您的房間了。姑娘交代我給您都收拾好了，您看看，若是缺什麼，我這就給您添上。」鶯歌把燭火都點亮，耳房裡浴桶內已經讓小廝打好了熱水以供洗浴。

何思遠坐在房間裡四處打量，一切都妥貼。「妳怎麼稱呼她『姑娘』？不該是稱呼『少夫人』的嗎？」何思遠不解。

「奴婢本是李家的下人，何家在剛來夷陵時借住在李府，李府夫人派奴婢去伺候姑娘，後來便跟著姑娘來了何家。在奴婢心裡，姑娘就是奴婢的姑娘，不是什麼少夫人。」鶯歌心裡沒好氣，對著何思遠更是擺不出好臉色。

何思遠默默無語，不管是爹、娘、弟弟還是下人，怎麼都護著她？

鶯歌見何思遠沒有什麼吩咐的，便行了一禮退下了。

何思遠躺在暄軟的被子上輾轉反側，累了一路了，本該是倒頭就睡的，誰知卻怎麼都睡不著。

後院四娘的房間裡，鶯歌一邊幫四娘梳頭，一邊絮叨。「姑娘也太好性了些，他說和離您便答應了，怎麼著都得提個什麼條件為難為難他啊！這麼乾脆的和離了，便是以後再嫁人了，人家說起來也說姑娘是個二婚的，多難聽！」

四娘手裡把玩著一根白玉簪子，漫不經心地說：「何必要提什麼條件？若真是提個讓他為難的條件，他還以為我捨不得這將軍夫人的位置了。我真是想和離想得不行，算是我們兩廂成全吧。」

「奴婢可是替姑娘委屈呢！本來您為他守了這些年，若不是您這人品相貌，要找個好的，什麼樣的找不到呢？」

「怎麼又在我面前稱奴婢了？不是說了在我面前不要奴婢來、奴婢去的嗎？」

鶯歌吐吐舌頭。「剛剛在將軍面前說習慣了，若是跟將軍稱『我』，沒得還讓他覺得姑娘的丫頭沒規矩了呢！」

「好鶯歌，別替我抱屈了。當年我既然決定來守寡，便是想著過清靜日子的，如今他願意和離，更別提讓我多稱心如意了。等姑娘和離了，帶妳過更逍遙的日子去，咱們想幹什麼便幹什麼！我還想要替妳找個好夫君呢，到時放了妳的身契，讓妳也過一過自在的日子！」四娘笑著對鶯歌說。

鶯歌面上燒紅。「姑娘少來打趣我！姑娘不嫁，我也不嫁人，只要妳去哪兒都得帶著我，我願意照顧姑娘一輩子呢！我平日裡往李府去送東西時，昔日的小姊妹不知有多羨慕我呢，都說我憨人有憨福，跟著小姐算是撿到大便宜了……」

主僕兩人說說笑笑半晌，洗漱過後便睡下了。

第十四章

天將將露出魚肚白，何思遠才睡著，沒過一會兒就又被小廝喊醒了，說老爺和夫人請大少爺去後廳用早飯，一家人都齊了，只等著大少爺呢！

冷水洗了把臉，何思遠換了身衣服便去了後院。

正廳裡，桌上擺著豐富的各色早膳，四娘正笑盈盈地給何旺與王氏盛粥。王氏喜甜，何旺喜鹹，何思道和四娘一樣最愛煮得軟爛的白米粥。

何思道在一旁打著哈欠問：「嫂子前日做的辣白菜可還有？那個配著粥才下飯呢！」

何思道的丫鬟在一旁笑說：「二少爺可少吃點吧，也就一罈子，都進了您的肚子了！吃多了又說渴，光茶水都要多喝幾壺，一上午光見您往恭房跑了！」

四娘也跟著笑。「之前天熱，我怕壞了，便多放了些鹽，可不是鹹了些？你等嫂子閒了再做一次，這次不做這麼鹹了。今天先湊合著吃點吧，過幾日去莊子上，我們烤肉吃，配著辣白菜，解膩又好吃！」

隨著丫鬟的一聲「大少爺」，廳裡的說笑聲像是被按下了暫停鍵。

何思遠摸摸鼻子，先給爹娘請了安，然後何旺指著四娘旁邊的座位，讓何思遠坐下。

「將軍是喝鹹粥還是甜粥？讓丫鬟給將軍盛來。」

四娘臉上依舊是帶著笑的，可何思遠莫名的覺得這笑沒有剛才的發自內心。還有，大家的粥都是她盛的，為何自己的要讓丫鬟盛？不好問出口，何思遠便板著臉說了聲。

「白粥。」

丫鬟手腳麻利地盛好粥放到何思遠面前。

何旺對著四娘說：「莫要將軍將軍的稱呼了，自己家裡，稱呼這官職做什麼？顯得疏遠了。再說，如今思遠已經離了戰場，聖上給了五城兵馬司的指揮檢事一職，也不用在戰場上拚命了。以後咱們一家人在一起親親熱熱的過日子，這樣的日子，爹跟娘便是立時閉上眼睛也沒有遺憾了！」

王氏踢了何旺一腳。「大好的日子，說什麼喪氣話？要想閉眼你自己去，別捎帶上我！剛與大兒團聚，媳婦又這麼合我心意，我還等著當祖母呢！」

何旺不住地點頭。「夫人說得是，好日子才剛開始，過不夠呢！」

下人都捂著嘴笑。

四娘不停地給何思遠使眼色：不是說好了要和離嗎？爹跟娘這邊可都交給你去說，

反正我都答應你去和離了！

豈料何思遠端著碗喝粥，裝作什麼都不知道的樣子，把四娘氣了個仰倒。這人怎麼回事？昨天晚上不是談得好好的嗎，怎麼這會兒在這邊裝傻？

算了，反正話都說開了，早晚的事情。此時何家爹娘剛與兒子團聚，還在興頭上，不好說些敗興的話。找個機會再慢慢地講吧，不急於這一時。

一家人其樂融融地吃完了早飯。

廠子裡最近又要出新品了，四娘要過去看看，和爹娘說了，王氏便一迭聲地要何思遠陪著四娘一起去，四娘不好推辭，便只好默許了何思遠跟著。

出了何家大門，四娘立即對著何思遠說：「大少爺只管忙去，我自己一人便可，爹、娘那裡，回來我就說您陪了我大半日。」

何思遠木著張臉走在前面。「反正都出來了，我也沒什麼事，跟著妳去看看便是了。」

四娘氣結，這人腦子有病嗎？都說不用他跟著了，不彆扭嗎？況且到了廠子裡，她要怎麼跟一群人介紹啊？

芳華這期準備推出一批新色號的唇脂，四娘與榮婆婆忙了幾日，幾十種顏色按照比例實驗了許久，這才定下來七種新色。今日要再試一遍這些新品的顏色，然後定下新的包裝與名字。

榮婆婆一早便來了工廠，面前擺著七個小巧雅致的瓷罐，裡面裝的便是新出的唇脂。榮夢龍也在一旁站著，榮婆婆要他來幫忙給這批唇脂起名字，畢竟家裡有個進士，不用白不用。再說，榮婆婆還想要讓自家兒子和四娘多多接觸，說不定近水樓台，好事便成了！

四娘剛進門，榮夢龍便瞅見了。

「妹妹來了？我剛剛起了幾個名字，妳看看可合心意？」

四娘接過紙張，先誇了句。「榮哥哥真是寫得一手好字，讓你這個舉人給我的唇脂起名字可是大材小用了！」

榮婆婆笑得嘴都合不上了。「都是自家人，本就該幫忙。再說了，給妳幫忙，我這傻小子高興著呢！」

榮婆婆話中的意思太明顯，四娘低下頭看名字，不好接話。

雖說涂婆婆私下跟榮婆婆說了，四娘和離這件事還要等何思遠回來再辦，也不好這邊還沒和離，那邊就忙著找下家的，傳出去不好聽，一切都等塵埃落定再提別的。但榮婆婆覺得這還不是遲早的事？早點下手給兩個孩子製造點機會培養感情，還是可行的。

何思遠站在門口，見不但沒人注意自己，屋裡怎麼還有個外男對著四娘這麼殷勤？當即重重地咳嗽了一聲。

這聲咳嗽引得榮婆婆和榮夢龍看過去。

「這位是？」榮婆婆問。

四娘見躲不過去，只得含糊道：「這是何家大少爺，昨日剛從京城趕回來。」

榮夢龍和何思遠同時上下打量著對方。

何思遠看著榮夢龍那單薄的身板，不由得在心裡暗暗冷哼，瘦得跟風吹就倒般，看起來連個女人都打不過！剛聽四娘說，這還是個進士來著。讀書人、小白臉，瞧那臉白的，跟個娘們似的！

榮夢龍心知，這位便是四娘那名義上的夫君了，瞧著倒是高大威猛，衣裳下的結實身材若隱若現。戰場上見過血的漢子，在家不會一個不高興就打女人吧？私下裡可要好好問問四娘，若是他敢動手，自己便是拚了命也會為四娘討個公道！

四娘不管他們的眉眼官司，看過榮夢龍起的名字後，又坐到辦公桌邊，打開新出的唇脂，準備試色。

何思遠與榮夢龍互相敷衍地打了個招呼後，自己找個位子坐下，看著四娘擺弄面前那一堆小瓶子，一言不發。

四娘拿出一支乾淨的唇刷，先沾取其中的一瓶唇脂，對著鏡子，往自己唇上畫下去。

這瓶是大紅色的唇脂，費了好大的勁才調出這麼純正的紅色。四娘仔細地感受著唇脂在唇上的滋潤度和上色程度，一筆一筆的落下，瞬間飽滿的唇便填滿了顏色。

對著鏡子左看右看，又讓榮婆婆對著光瞧了瞧她唇上的顏色是否有不足？

何思遠看著那張嬌嫩欲滴的唇，大紅的顏色在四娘唇上有種驚心動魄的美。她本就膚白，深深的紅色更讓人覺得有種破壞慾，想狠狠地揉一揉她的唇，甚至想嚐嚐味道……何思遠覺得自己喉頭一緊，忙把目光從四娘臉上移開，不料轉眼便看到了同樣盯著四娘目不轉睛的榮夢龍。便是個瞎子也能看出榮夢龍眼中的迷戀和溫柔，唇角甚至還掛著一絲寵溺的笑！何思遠不知為何，突然覺得心口堵得慌，他有種想把那小子的眼珠子挖出來的衝動！

「榮兄弟，屋裡悶得很，不如你帶我去廠子裡轉一轉吧？」何思遠按捺不住地開口。

哪知四娘倒是幫榮夢龍拒絕了。「大少爺若是嫌悶便自便吧，這些事您也不感興趣，我都說了爹娘那裡我會交代的。榮哥哥這會兒還不能走，等我試完色才能知道他起的名字跟唇脂是否合適？若有需要修改的地方，我們還得商量。」

何思遠覺得滿身的血都衝到腦子裡了！榮哥哥？哪門子的哥哥叫得這麼親熱？自己這個名義上的夫君還在這兒呢，她還有沒有婦道了？何思遠死死地忍住了要打人的衝動，手使勁地捏著椅子的把手。

鶯歌站在角落裡低頭憋笑，看著自家姑娘一個眼神都顧不上給大少爺，只顧著把唇上的顏色擦掉，接著試下一個。

第二個顏色是玫紅色，這個顏色在古代還真的是很少出現，玫紅主要是從薔薇花的汁液裡提色，唇脂上還帶著濃郁的薔薇香氣。

四娘畫好後，仰頭看著榮夢龍。「榮哥哥，我覺得你那個『瑰夢』的名字更適合這個顏色，你覺得呢？」

榮夢龍看著那張玫紅色的唇一張一合地對著自己說話，這顏色四娘加了些許珠光進去，在光線的映射下，那張唇彷彿有了魔力，直讓人沈迷。榮夢龍有些心不在焉，連思考的本能都沒有了，只覺得都入秋了怎麼還這麼熱？一腦門子的汗，當著四娘的面又不好擦。

何思遠聞著那幽幽的薔薇香氣，看著榮夢龍掛滿了汗水的臉和黏在四娘唇上的目光，再也忍不住了。

四娘還在對著鏡子左右地檢查這唇脂的上色度，又實在是愛極了薔薇香，忍不住伸出粉色舌尖舔了舔。嗯，為了使滋潤度高，裡面添加了蜂蜜，嚐著甜絲絲的。正沈浸在對這唇脂製作成功的喜悅裡的四娘，沒發覺衝過來的何思遠。

何思遠一肩膀撞開了榮夢龍，又伸出一隻大手捏住了四娘的下巴，粗糙的大拇指在四娘唇上來回抹，企圖把她的唇脂揉掉。

何思遠常年練武，指腹帶著粗糙的繭子，擦過雙唇，四娘只覺得嘴巴都快要被擦破皮了！

何思遠沒想到女子的唇這麼軟，軟得不可思議。這唇脂的上色也太好了些，怎麼都擦幾下了還擦不乾淨？還蹭了一些在四娘的臉上。

四娘反應過來後，先是使勁掙脫開何思遠捏著自己下巴的手。「何思遠！你在幹什麼？」

榮夢龍顧不得肩膀的疼痛，急忙過去想護著四娘。那何思遠黑著臉，彷彿要吃人一般，渾身上下都冒著寒氣。「何大哥，你這是做什麼？男人對女人動手不是君子所為，還請何大哥自重！」

何思遠看著榮夢龍一臉緊張的模樣，咬著牙從嘴裡擠出兩個字。「出去！」見榮夢龍還要說些什麼，何思遠不耐煩地說：「我再說一次，出去！」

榮婆婆一個激靈，人家畢竟還沒和離呢，名義上還是兩口子。何家老大是上過戰場，血山屍海裡闖出來的，真打起來，自己這書生兒子還不夠人家當盤菜的。

榮婆婆一把拉住榮夢龍，對何思遠說：「何家少爺，先別這麼大火氣，我們這是在談正事呢，你是不是誤會了什麼？你若是想單獨和四娘聊一聊，我們便先出去，但還請大少爺控制一下自己，你這一身的力氣，嚇著我們無妨，四娘一個女孩子家，可受不住你的力道。」又轉身對著四娘說：「四娘，我們就在門外院子裡，若有事，妳喊一聲我們便能聽到。」

四娘捂著生疼的唇，對著榮婆婆點頭。「對不住婆婆了，我和大少爺單獨談幾句，婆婆莫擔心，沒事的。」

榮婆婆和榮夢龍、鶯歌都退到了屋外。

四娘壓住火，先拿出手帕，沾濕了水，一點點對著鏡子把唇上還有臉上蹭花的唇脂擦乾淨。

何思遠立在一旁，捏著拳頭，只聽見他粗重的呼吸，在空盪的房間裡格外明顯。

「大少爺這是發什麼脾氣？不知道四娘哪裡做錯惹著您了？」四娘此刻臉色十分難看，冷冷地看著何思遠。

「妳、妳還好意思問我哪裡做錯了？一個有夫之婦，對著個外男塗脂抹粉，那姓榮的小子眼珠子都看直了！若不是顧及著妳，我真想將他的眼珠子摳出來！」

四娘冷笑。「咱們就直說了吧，大少爺，我以為昨天夜裡咱們都已經談好了，既然彼此都想和離，就只差一張紙了。我也說了，我一個做生意的女子，本就不愛被捆綁在後宅，守著《女則》、《女訓》那些教條。您也看見了，我這麼大的一攤子事情，少不得和外面的人一起商議事宜。本來大少爺也不喜歡我這種女子不是嗎？更何況今日大少爺在屋裡瞧著呢，我和榮哥哥並無不妥的舉動，只是在一起說正事，您大少爺便大發雷霆，甚至說我於婦道有礙！您到底想怎樣呢？若是連這都要發脾氣，咱們今日便去衙門把和離手續辦了如何？辦完我就麻溜地收拾東西離了何家，以後再也不礙您的眼！」

四娘一通話，把何思遠說的辯駁不得。和離是他先提的，人家一個姑娘家，沒有任何為難、沒有任何條件便答應了，如今自己這是在折騰什麼？

更加讓何思遠煩躁的是，自己對著四娘那強烈的占有慾是他娘的怎麼回事？跟這女人本來便是要和離的，和離後和自己一點點關係都沒有了，今天自己卻像個不懂事的孩子一樣，在這裡鬧了一通，跟中邪了一樣！何思遠煩躁地耙了耙頭髮，不知道該如何跟四娘說清楚，更不知道此刻的自己到底想要個什麼結果？

四娘越想越覺得委屈，真是夠了，這個男人才回來一天，就鬧成這個樣子！你說和離我也應了，你覺得我不是你心中妻子該有的樣子我也認了！本來老娘壓根兒就沒打算嫁個活的好嗎？

原本一切都好好的，以後的美好日子就在眼前了，和離後想去哪兒便去哪兒，想幹麼就幹麼，逍遙自在。今天也是定新品的好日子，一想到新出的七個色號的唇脂將會在大越朝再掀起一波熱潮，她應該是躊躇滿志的，結果自己滿心的成就感卻被何思遠這個混蛋破壞殆盡！

四娘委屈得眼圈都紅了，自己也不知道今日是怎麼了，氣性這麼大。她使勁地想把淚意憋回去，誰知道大顆的眼淚竟不受控制地落了下來。

何思遠看到這樣的四娘，瞬間便慌了神，手足無措。「妳怎麼哭了？我這也沒對妳怎麼樣啊？我手勁大，是不是剛才弄疼妳了？要不妳打我兩下出出氣！」

何思遠不出聲還好，一出聲四娘更是想起了他剛才當著一屋子人的面扳著自己的臉擦自己唇上的唇脂，丟死人了！四娘側著臉，趴在桌子上哇哇大哭。

何思遠只覺得對著敵軍的幾萬人馬都沒有這樣懵過，這到底是怎麼了呀？這女人哭起來太讓人心煩了，瞧那眼淚跟珠子似的往外掉，下巴處自己剛才捏出來的手印紅紅的，在臉上特別顯眼。一定是自己不知道輕重，把人給弄疼了！何思遠恨不能抽自己兩下。女人家嬌嫩，看起來怪讓人心疼的！

院子裡的幾人聽見四娘的哭聲，都急得要命，榮夢龍更是想直接衝進去。

榮婆婆拉住他。「別衝動，沒聽見四娘喊我們，就說明沒事。四娘才不是吃虧的脾氣，估計是對著何家小子使性子呢！」

鶯歌不住地跺腳。「姑娘都氣哭了！不行，回家我非得跟老爺、夫人告他一狀才好！」

屋內四娘漸漸地停住了哭聲，只剩下抽抽嗒嗒的抽噎，額上密密地哭出了一頭汗，髮絲都黏在額上。

「你走吧，別杵在這兒了！我這邊還有正事沒辦完，等我忙完了咱們好好說一說和離的事情。」四娘看何思遠低著頭，跟個木頭樁子似地立在面前，一動都不動，索性站起身，想打開門把他推出去。誰知剛起身，便覺得下身一股暖流湧出，然後四娘便跟石化了一般不敢動彈。

怪不得！怪不得今日自己情緒波動這麼大，原來是大姨媽要來報到的日子！好死不死的今日自己還穿了一身月白色的裙子，這下可要丟人了！

何思遠看著僵硬地站在那裡不敢動的四娘，擠了半天才擠出來一句話。「妳怎麼了？還想哭嗎？要不然我抽自己一個，妳解解氣？」

四娘此刻滿臉通紅，只感到一陣接一陣洶湧而至的大姨媽，還有裙子黏膩地貼在肌膚上的感覺，一定……一定是裙子都污了！

何思遠看著四娘臉色不對，慌忙要去扶四娘，往四娘身後一站，卻看到了四娘裙子後滲出的一片血跡，腦子驀地炸了。「這是怎麼了？妳受傷了？我只捏了妳臉，可沒打妳那裡啊！妳這、這……要不然我去叫個大夫來？」

四娘欲哭無淚，簡直想找個地縫鑽進去！看見何思遠像個憨子要開門去叫大夫，若是真把大夫叫過來，自己才是丟人丟大了！她忙拉住他的衣服道：「不是受傷，麻煩大少爺喚鶯歌進來。」

「胡鬧！妳受傷了，流了這麼些血，叫丫鬟有什麼用？她又不會治傷！」

四娘直想把何思遠的腦袋敲開！顧不得丟人了，她閉上眼睛，咬著牙說：「大少爺，真不是受傷，我只是來月事了！您把鶯歌叫進來，我要換衣服。」

何思遠聽到「月事」兩字，愣了半天才反應過來，一張臉騰的一下子紅了個徹底，轉身逃也似地把門打開。「鶯歌，妳家姑娘喚妳過來！」出門時還被門檻絆了個趔趄。

四娘捂住肚子，哭笑不得。

榮夢龍看著何思遠從屋裡出來，便想進去看看四娘怎樣了，剛邁開步子，何思遠便飛快的一把揪住他的領子。

「你不許去！女人家的事情，你一個外男不方便！」

打從十來歲開始，四娘便喝了幾年榮婆婆專門給她調理身子的藥，所以每次大姨媽來的時候都很順暢，也不怎麼疼，但就是太順暢了，所以每次前兩天都是大流量的時候。今天正好讓何思遠撞上，四娘覺得自己把人丟了個乾淨。算了，反正以後跟他和離了也是老死不相往來，只當自己臉皮厚，當作什麼都沒發生便罷了。

鶯歌從屋裡找了一身四娘備用的裙子，讓四娘換上收拾好，把弄髒的衣服找個包袱裝起來，又燒了一壺熱水給四娘泡了一碗紅糖水，讓四娘趁熱慢慢喝。

弄好了，四娘又把榮婆婆喊進來，今天得把該辦的事情辦完了。為了避免何思遠那個木頭再發瘋，便讓他和榮夢龍兩人待在院子裡曬太陽吧！

四娘跟榮婆婆在屋裡忙活，何思遠看著一旁坐著的榮夢龍。一身寶藍色的長衫，雙手安分地放在膝上，這雙手一看就是握筆桿子的手，白淨修長。

「聽說榮兄弟明年春天便要去京城春闈了？若是到了京城，可以來找我，我接待你如何？」何思遠沒話找話。

榮夢龍對把四娘弄哭的人沒有什麼好印象，但又不習慣對人臭著臉，只好敷衍地回了何思遠一句。「多謝何大哥盛情，我娘自有安排，便不麻煩何大哥了。」

何思遠想著昨天四娘說的那一番話，若是和離後想嫁人，現成等著的就有，說的應該就是面前這小白臉了。不過讀書人不是應該比他們這些武人更酸腐嗎？難道他就願意自己的女人天天在外面拋頭露面地做生意、往外跑？

「榮兄弟，我有個問題想請教你。」何思遠想不通的，便直接問出了口。

「請教不敢當，何大哥請說。」

「榮兄弟覺得，女人是該在家好好相夫教子地過日子，還是該成日往外跑著做那勞什子生意？」

榮夢龍了然地看了一眼何思遠，終於明白了四娘為何要和離。

「何大哥，我覺得這個問題根本不是個問題。若是我，喜歡一個女子，便要讓她過上她想要的生活。她喜歡待在後宅操持，我便儘量多待在家裡，吃她做的飯、穿她做的衣；她喜歡做生意、有抱負，我便幫她出主意，給她一片天空讓她飛。她不應該因為我的喜歡而改變自己，因為我喜歡的是那個人，不是哪一種固定的她。只要是她，無論做什麼我都喜歡。」

何思遠覺得自己有些明白，但又有些迷糊，像隔著一層什麼，模模糊糊的。

在軍營裡，一堆兄弟平常白天操練完，晚上就躺在炕上說葷段子。一群大老爺們兒，嘴裡無非就是女人的那點事。

這個說，女人就該老實地在家生孩子、伺候爹娘，老子們提著腦袋打仗，賺的那點軍餉都寄回家給婆娘過日子，要是還不知足，那就該打死。

那個說，女人嘛，還不都一樣，在炕上給她收拾舒坦了她就聽你的，指東不敢去西，讓她打狗她不敢攆雞。

那群兄弟嘴裡，女人就應該是個聽話溫順的附屬品，沒人說過女人該有自己的想法跟抱負。這世道，女人本就弱勢，哪能有那麼多自己的意願？給足了銀子，就好好地在家裡待著操持家事不就行了，還能有那麼多事？

但，四娘和他們嘴裡的女人都不一樣。她漂亮，跟個仙女似的；她膽子大，說要巡視商鋪便幾乎跑遍了整個大越朝；她還倔，對著凶悍的突厥馬賊到了最後一步也沒有屈服，幾乎是抱著同歸於盡的態度對峙。

這樣的女子，不是一個後宅就能關得住她的。這樣的女子，也不是理想的妻子人選。她的才華和能力確實不應該浪費在瑣碎的家事上，她也壓根不喜歡那些。

所以提起和離的時候，她才那麼無所謂吧？她要的從來都不是做某個人的妻子這麼簡單，哪怕是什麼榮耀的官夫人，在她眼裡想必還沒有她推出一個什麼新品讓她開心。

八月的日頭還很烈，蟬鳴聲時隱時現。此時已經快中午了，樹蔭下的何思遠和榮夢龍都沒有再說話。

屋內傳出四娘輕鬆的笑聲。「都試完了，名字也訂好了。婆婆交代下去吧，就按這批樣品為準出貨，我要這批貨在一個月內出現在大越朝的各個商鋪裡。讓大夥兒加油幹，中秋節日我給大家發厚厚的節禮！」

「好。咱們芳華的人出去都比別家商鋪的人腰桿硬，東家這個月發紅包，下個月發節禮，大夥兒都樂得合不攏嘴了！」榮婆婆也笑。當初為了與涂妹妹的情面，跟著上了芳華這條船，沒想到，三年得的分紅銀子抵得上自己在宮裡一輩子的賞賜還要多了。

「肯踏實幹活的人，我是不會虧待的，咱們芳華裡做工的又大多是女子，女人要想過得好、不看別人臉色過日子，那就得自己能賺銀子。有了銀子才有話語權，也不用再被指著罵賠錢貨了！」

四娘從剛開始無意間扶持貧苦人家女孩子的一個舉動做到如今成效極大，別的地方不說，夷陵有女兒的人家，都好吃好喝地養著閨女，想著等閨女大了，送到芳華去做事，兩、三年便能賺到自己的嫁妝銀子不說，幹得好的還能再往上升，體面又能補貼家裡！

「行了，既然都忙完了，也到了該吃飯的時刻，妳今日身子不舒服，趕緊回家去吧。這幾天沒什麼事就別往外跑，這邊有我盯著呢，等過了這幾日再來。」榮婆婆一邊收拾桌上的東西，一邊催著四娘回家去。

四娘站起身，領著鶯歌準備回家。走到院子裡，看見傻愣著神遊天外的何思遠，四娘頓時愁得頭疼。不理會何思遠，四娘對榮夢龍說：「多謝榮哥哥費心起的名字了，我已經都用上了。該吃午飯了，榮哥哥快帶婆婆回家去吧，改日四娘再好好謝你。」

「妹妹何必這麼客氣，能幫上妳的忙我便開心了，何況也不費什麼事，我只當復習累了換換腦子了。」榮夢龍臉上掛著溫柔的笑，他是真高興能有機會幫上四娘的忙。

跟榮夢龍客氣幾句後，四娘喊上何思遠。「大少爺，回家去了，不走還等著給你送飯過來嗎？」說罷便帶著鶯歌往外走。

何思遠忙起身跟上。

四娘不愛坐馬車，天氣還是熱，馬車裡悶得慌，何況也不遠，溜達著，兩刻鐘便到家了。

這條路四娘常走，路邊的攤販都極熟悉。一路上，不停有打招呼的人。

「黃東家，回家去呀？」

四娘笑著點頭，又熟稔地稱讚他家東西。「大爺這湯底就是醇厚，每次離得老遠我便能聞見香味了！」這是個賣滷味的攤子，生意極好，攤主是個年過半百的老頭子，四娘常常照顧他家生意。「中秋節，芳華要給工人發節禮，不知大爺能不能趕出一百五十份滷肘子？中秋節當天早上給我送去就成。」

攤主臉上當即樂開了花。「東家又來照顧老頭子的生意了！放心，八月十五日那天一早一定給您送到廠子裡去！我讓我那小孫子這就去跟屠夫訂肘子去，感謝東家厚愛了！」

「是您的東西味兒好，大家都愛吃。您到我廠子裡找帳房支銀子去，就說我說的，先給您一半訂金。您這小本生意，一百多個肘子，光買回來也得不少銀錢呢！」四娘笑著跟攤主說。

「哎喲，又偏了您的好了！」攤主邊說邊手腳麻利地從鍋裡撈出兩隻滷豬耳朵，飛快地用油紙包好遞給四娘。「知道黃東家愛吃豬耳朵，這兩隻最大，算是給您打牙祭的，多謝您總是照顧小老兒的生意！」

四娘接過來遞給鶯歌，跟攤主道了別，繼續往家走。

何思遠在後面不遠不近地跟著。這女人，怎麼對別人都笑得這麼好看，打從自己回到家，卻一個好臉都沒給過自己呢？

走到家門口的胡同，昨日跟著何思遠一起到夷陵的幾個親兵正在胡同口等著何思遠回來。

「大人！可等到你了！」領頭的正是張虎。

打從突厥戰場回來，張虎便跟著何思遠在五城兵馬司謀了個差事。何思遠覺得都是一個戰場裡互相交付過性命的弟兄，在京城當官水深，身邊有幾個親信也好辦事。

「你們怎麼來了？正好，趕上了飯點，去家裡隨便吃點吧。」何思遠說。

張虎忙拉著何思遠說：「大人，昨天那副巡檢招待我等，你沒去真是太可惜了！你沒看見，那副巡檢還叫了花樓裡的姑娘來陪我們喝酒呢，那模樣、那身段，腰軟得我都不敢用勁，怕一把給她捏折了！」

四娘站在離一群人十幾公尺遠的何家大門口，滿臉嫌棄。手底下人這作派，難不成何思遠平日裡便常被這幫人攛掇著去逛窯子？身邊有這樣的人在，何思遠還能出淤泥而不染不成？

何思遠看見四娘瞬間難看的臉色，驀地一個激靈。「混帳！昨晚你們讓那些姑娘留宿了？」

「沒有沒有！我們哪敢呢？就是陪著我們喝了幾杯酒而已，我這都好些年沒碰過女人了，就、就沒把持住，偷偷地捏了一把腰嘛……」張虎有些心虛地回答，不明白只是讓姑娘陪著喝了個酒而已，怎麼大人的反應這麼大？又不是在戰場上。

「夷陵我們不熟悉，那副巡檢本就是來探我們的底的。一群沒出息的，幾個姑娘便把你們的腦子都糊住了？才下戰場多久啊，一個個便都不知天高地厚了？若那副巡檢是個心懷不軌的，趁你們色令智昏時從你們嘴裡打聽軍中之事，若是漏出去一言半語，還想不想要命了？」

張虎的冷汗瞬間就下來了。「娘的，真是大意了！不過大人放心，昨夜哥幾個都沒喝多，畢竟是個生人，我們心裡都有數。」
見何思遠稍微緩了臉色，張虎又巴巴地問：「我還想著到了大人的家鄉，大人能帶著哥幾個去逛逛呢！夷陵山水好，街上的女子都水靈靈的。兄弟們都單著呢，每天孤零零的，連個做飯的人都沒有……」
四娘實在是不想聽下去了，便大聲地打斷幾人說話。「大少爺，既然同袍到了家門口，就趕緊的請進來吧。我去交代廚下多炒幾個菜，再備罈好酒。」說完便提裙先進了門。
張虎還有另外三人聞聲瞧了過去，眼睛都快看直了。
「大人，這姑娘真漂亮啊！瞧那雙眼睛，一眼看過來，看得人的魂兒都丟了！難不成是大人的妹子？許了人家沒有？」
何思遠黑著臉，一拳搗在張虎胸口。「給老子閉嘴！那是老子媳婦兒！」
張虎愣了下，然後張嘴感嘆。「我說班師回朝時你怎這麼急著回家呢，我說先去花樓裡樂呵樂呵你都不去，敢情是家裡有個天仙似的娘子等著呢！大人，嫂夫人這麼標致，你都離家這麼多年，還報了一次戰亡，想挖你牆腳的男人應該不少吧？」
何思遠不想說話，是不少，今天才碰見一個！「趕緊進去吧，家中父母都在，你們幾個說話給我小心點，把那些兵痞子氣都給我收了，若嚇著了家裡人，看老子怎麼收拾你們！」

幾個人忙點頭答應，笑著進了門。

門房見幾個五大三粗的漢子跟著大少爺進了門，雖腿肚子有些打顫，但四娘提前交代過了，說是大少爺一起上過戰場的同袍，於是便硬著頭皮把幾人迎進去。

王氏與何旺都熱情的招待，廚下忙得熱火朝天，廚娘拿出十二分的本事做菜。四娘交代了，多做一些肉菜。看幾人的體格也知道，定是一個比一個能吃的主，讓廚下儘量做得味重一些。

飯菜很快擺滿了桌子，何旺陪他們喝酒吃菜，王氏和四娘便在屋內單開了一桌自己吃。

張虎幾人對著一桌子好酒好菜，眼睛都亮了。何思遠的父母都很和氣、沒架子，因此張虎他們也不拘束，邊說話邊大快朵頤。

王氏一邊往四娘碗裡挾菜，一邊問：「今日忙得怎麼樣？思遠跟著妳，沒給妳添麻煩吧？」

四娘端著碗蓮藕排骨湯，小口小口地喝著。「新品今天都定下來了，接下來就加緊出貨，中秋節後，貨就能鋪到全國的鋪子裡去了。」

王氏見四娘避開不提何思遠，便盯著瞧四娘的臉色，難道是兒子惹四娘不高興了？

誰知在四娘小巧的下顎處卻瞧見一塊指肚大小的印子，還泛著淡淡的青紫。四娘本就膚白，那印子在白皙的肌膚上看來十分明顯。「臉上這是怎麼弄的？莫不是磕哪兒了？」王氏緊張地問。

四娘還沒說話呢，一旁的鶯歌便忍不住了。「回夫人，這是大少爺掐的！我們姑娘也沒怎麼著，正跟榮夫人和榮公子一起試著唇脂的顏色，討論起名字的事呢，大少爺便上前一把掐住了姑娘的臉，都把姑娘氣哭了！」

「鶯歌！不許多嘴！」四娘趕忙訓斥鶯歌。

「這個渾小子！還敢動手了？我不敲死他！好四娘，委屈妳了，看娘給妳找補回來！」

還沒吃兩口呢，王氏便氣得胃裡頂得慌！讓何思遠跟著媳婦是讓他多跟四娘處一處，衝著培養感情去，誰料到才一上午竟還動了手了！而且還是當著榮家人的面，人家正虎視眈眈地等著四娘出了何家門便想趕緊把四娘撈回自己家呢！這下好了，現成的把柄往人家手裡送！要是傳到那涂姊姊耳朵裡，這還不翻了天啊！

一向讓人省心的大兒子，怎麼在哄媳婦這件事上就一點都不開竅啊？王氏捂住頭，簡直愁死個人了！

「娘別上火，是有些誤會。夫君沒有見過我工作時的樣子，覺得我當著外男的面塗脂抹粉的，於婦道有礙。爹跟娘也知道，我是做生意的，本來也不是那大門不出、二門不邁的大家小姐，少不了要跟外男打交道。今日本來也是為了給新出的口脂起名字，才把榮家哥哥也叫了過去，想著人家好歹是舉人，起的名字有文采又好聽，才讓榮家哥哥幫忙的。夫君既然不滿我拋頭露面，我也不能捨了這一大攤生意，如今別地的芳華閣不說，只夷陵的芳華閣加上工廠裡，都快兩百人了，若是我撂挑子不幹了，那得有多少人失了營生？娘，我看要是實在不行，和離倒是個兩全其美的法子。」

四娘正好乘機在王氏面前提一提和離的事情，不管成不成的，先打個底再說，免得何思遠不知犯什麼毛病，兩人說好的事情，偏他又不肯立刻跟爹娘說了。

王氏心裡跟熱油煎似的！本想著兒子回來見到四娘便好了，兩人便能親親熱熱地過日子，怎麼說到如今，還是想和離啊？這怎麼成！兒子雖好，可是媳婦兒也是在身旁貼心貼肉地相處了四、五年的，跟自己養的閨女也差不離了。兩個孩子都能幹，一個是四品京官，一個生意做得遍布大越朝，本就是天作之合，怎麼如今偏偏在相處之事上栽了跟頭了？

四娘見王氏臉色泛白，怕她一時接受不了，便緩和了語氣說道：「娘莫憂心，即便是我跟夫君和離了，我也是依舊把爹跟娘當成自己的親爹娘，二老只當我是家裡的小閨女。本來四娘能有命活到今日，全因二老當日搭救，沒了個兒媳婦，又有了個小閨女，不是更好？我待娘還是一如既往的貼心，好不好？」

王氏哪裡能說好？閨女能和兒媳婦一樣嗎？閨女以後終究是要嫁到別人家的，但跟閨女一樣的兒媳婦可不好找！自家本來就憑著四娘的本事過上富足的日子，當日把四娘聘回家也就花了二十五兩銀子，要按銀錢算，人家早就連本帶利都還清了。

不說家裡這麼些現銀，就說這幾年何家添的那麼多田，那不是幾百畝，而是幾頃啊！那地契如今還在自己的妝奩裡擱著呢！地契上面明明白白地寫著何旺的名字，四娘都把田地放到了何家人的名下！別說是兒媳婦了，便是親閨女，能做到這個分上的也少見。

更何況，四娘這孩子真是合心意，這幾年王氏和何旺早就把她當自己親閨女看了。不知道大兒子還活著的消息時，原本還想著等何思道娶了妻、成了家，若是四娘想過平常女子該過的日子，若是她有看上的人，便把她當作親閨女送出門也是可以的！何旺兩口子都商量好了，大不了何思道生了孩子，過繼一個到何思遠名下，也算大兒子有了後。四娘這麼好的孩子，該有自己圓滿的人生。

後來四娘帶回來何思遠還活著的消息，王氏兩口子更覺得開心了。兒子沒死，兒媳婦也有了，兩人好好地過日子再生幾個孩子，這日子想著都跟作夢似的好啊！

不行！萬萬不能讓兩人就這麼和離了，得想個法子！

一頓飯，何思遠處吃得樂呵，王氏則是愁雲慘霧。

飯畢，王氏以身子不適為由，早早地回房午睡了，四娘這個當家的主母也不好不露面。

四娘安排了客房給張虎四人休息，客氣地對著一身酒氣的幾人說話。「諸位莫要客氣，只當自己家，若是有哪裡不合意的，讓丫鬟、小廝告訴我。」

「嫂夫人太客氣了，這麼好的屋子若是還有不合意的，便該天打雷劈了，打仗的時候草甸子都沒少睡呢！勞嫂夫人操持了，大人真是好福氣！」張虎對著四娘，稍稍收了些平日裡的粗俗和張狂。嬌滴滴的美人兒，又是大嫂，可不能嚇著了，給大哥丟人。

四娘行了一禮後退下。

張虎幾人擠眉弄眼地衝著何思遠怪笑。

「大人還不趕緊回房？這麼好看的媳婦兒，天天作夢都能笑醒吧？」

何思遠看了看張虎幾人的房間，得，正好在自己昨夜睡的那間隔壁！「歇著去吧！」他悶悶地說了聲，便轉身推開了隔壁房間的門。

張虎一把拉住何思遠。「大人你喝多了？走錯房間啦！」

其餘幾人也嘻嘻哈哈地笑。「大人還不快去找嫂夫人？當心回去晚了不讓你上炕！」

何思遠黑著臉讓幾人回房，然後拉著張虎去了房間。

張虎莫名其妙。「大人，你有事？」

何思遠煩躁地抓了把頭髮，問張虎。「你了不了解女人？」

張虎瞪大了眼。「當然了解！想當年我還沒入伍的時候，光我們村哭著喊著要嫁給我的就好幾個呢！我嫌她們醜，一個都沒答應。後來入了軍營，閒暇時候跟著那些前輩也去逛過青樓什麼的，女人嘛，還不都那樣。怎麼？大人惹嫂夫人生氣了？」

張虎睜眼說瞎話的本事也是一絕了。當年在老家，窮小子一個，哪裡有錢給他說媳婦？進了軍營，發的軍餉恨不能都寄回家給爹娘補貼家用，家裡他是老大，下面還有一連串的弟弟、妹妹張嘴等著呢，哪有銀子去青樓？便是跟著前輩進去，也只能眼巴巴地瞅著別人左擁右抱，無他，囊中羞澀而已。

無奈軍中臭男人多了，都愛在一起吹個牛皮，若是說出去自己二十好幾了還是個童男子，還不讓那些兄弟們看不起？於是張虎在何思遠面前儘管放開了吹，反正也不能揪著他問到底找了幾個啊！

何思遠有些將信將疑。「那你小子怎麼只比我小幾個月，如今連個媳婦都沒有？」

「我這不是後來當兵就一直在軍營嗎，也沒什麼機會回老家去，爹娘讓我訂親我也沒遇到個合心合意的，就一直拖到了現在。雖然咱沒媳婦，但咱總比大人你見過的女人多吧，要不然大人也不會問我了不了解女人了是不是？大人是怎麼惹了嫂子生氣了？說來聽聽，我幫你出出主意。」張虎一臉促狹。

「你別問那麼多，就跟我說說怎麼才能哄得女人開心就好。」何思遠實在是沒人可問了，且死馬當活馬醫吧！

「這還不容易？女人嘛，就喜歡好看的，你給她買些胭脂水粉、好看的衣服或首飾什麼的送她，哪個女人不喜歡自家男人貼心？然後再說幾句好聽的誇誇她，保證便雨過天晴了！」張虎覺得自家大人雖然官職高，怎麼在男女之事上這麼不開竅？連這麼簡單的事情都不知道。

何思遠問到了自己想要的答案，便攆了張虎回房睡覺去。

「大人怎麼剛用完就要扔？兄弟我還光棍一條呢！大人幫我問問嫂子還有沒有姊妹什麼的，我看嫂子長得個天仙模樣，姊妹定也難看不到哪兒去！大人幫我說說好話，讓嫂子給我尋個媳婦咋樣？」張虎死皮賴臉地問。

「少廢話！先每日把自己洗刷乾淨再想找媳婦的事吧！腳臭成那樣，是個姑娘都不想理你！」何思遠一腳把他踹了出去。

打發了張虎，何思遠便拿了銀子出了門。

尋了個看起來最豪華的鋪子，何思遠買了一套胭脂水粉。聽那掌櫃的介紹，這個牌子賣得最好，那些大戶人家的夫人、小姐都搶著買呢！他也不懂這些，便挑了一套聞起來不錯的給包起來，結帳的時候，一下就花了幾十兩銀子。

何思遠心想，這女人的東西還真不便宜，就這麼幾個瓶瓶罐罐的，夠自己半個月的月銀了。貴便貴些吧，但願她別再生氣了就好。自己沒輕沒重的還把人家的臉捏青了，瞧今天哭成那個樣子，怪讓人心裡不好受的。

回到家後，何思遠估算著四娘午睡也該醒了，便溜達著去了後宅。

第十五章

四娘睡醒剛起來，因來著月事，渾身都懶懶的，坐在梳妝檯前，有一搭、沒一搭地梳著頭髮。

鶯歌給四娘端燕窩粥去了，其餘的丫鬟、婆子一看大少爺來了，人家是來找自己媳婦的，哪個敢攔啊？就這麼隨著何思遠進了院。

何思遠進院一眼便看見坐在窗前梳頭的四娘，粉黛未施，一頭烏黑的長髮散著垂落在背後，更襯得小臉瑩白。

爹娘眼光還真好，沒想到當年那個面黃肌瘦、一頭枯黃髮絲的小丫頭，如今長大了，竟出落得這麼好。回想她小時候低著頭、話都不敢說的樣子，再想不到如今會是一張伶牙俐齒，對著自己說出不想拘在後宅相夫教子、不如和離的話來。

何思遠走到窗外，咳了一聲。

四娘微皺了眉，何思遠這會兒來是要幹麼？

何思遠遞給四娘一個紙袋，四娘不明所以地瞧著他。

「那個……今日把妳惹生氣了，對不起。我不知道女孩子這麼嬌嫩，妳臉沒事了吧？這不是，我上街買了些東西，給妳賠罪來了。」
四娘看了眼那袋東西，越看越眼熟。這不是芳華的妝品嗎？那紙袋還是自己設計出來的，為的是能讓客戶拿著方便，送人也體面。
四娘放下梳子，一根手指挑起紙袋，在何思遠面前晃了兩下。「大少爺，你可知你上午跟著我去的工廠是幹麼的？」
何思遠臉上全是疑惑，上午跟著四娘便進門了，也沒仔細看工廠門口掛著什麼招牌啊！
四娘看何思遠臉上彷彿寫了一個大大的問號，不禁嘆了口氣。「大少爺今日去的地方便是我生產妝品的工廠，你買的這一堆東西，都是我廠子裡做出來的。」
何思遠。「……」好像沒送對。
鶯歌端著燕窩粥進了院子，看見大少爺立在窗外時嚇了一跳，大少爺上午才惹哭了姑娘，下午又來，不會又要動手吧？
「若是我沒記錯，這幾樣東西的價格是五十六兩。感謝大少爺捧場買我芳華的東西，不過四娘不想讓大少爺破費。鶯歌，去取六十兩銀子來給大少爺，多出來的算是請大少爺喝酒了。」
四娘心裡冷笑。個死男人！賠罪也沒有這樣的吧？今天跟著自己一上午，眼睛都是瞎的不成？那麼大間廠子做化妝品的，自己會缺這些東西？說是賠罪，隨便地買這些就想讓自己原諒他？把自己當成沒見過世面的小姑娘來哄呢？作夢！

何思遠看著面前砰的一聲關上的窗子，還沒反應過來，便被鶯歌塞了一個裝著銀子的荷包。六十兩，比自己買東西的五十六兩還多出四兩來。自己這是……被羞辱了？

何思遠咬牙切齒。好你個張虎，出的餿主意！看老子回頭怎麼收拾你！

晚飯四娘沒去吃，王氏也沒心情。張虎幾人下午睡醒便到夷陵城中四處逛去了，留了話說晚飯在外面解決。因此，只何旺、何思遠和何思道三人坐在桌子邊面面相覷。

「娘呢？嫂子呢？怎麼都不來吃飯？」何思道習慣了平日一家人說說笑笑地坐在一張桌子邊吃飯，無比和樂。

「你娘有些不舒服，晚飯就不來吃了。倒是四娘怎麼沒來？」何旺問何思遠。

何思遠不知道該怎麼說，跟爹說自己把人氣得不想吃飯了？按照爹護著她的那個脾氣，估計自己今天得挨打。

此時鶯歌恰好過來替四娘回話。「老爺，姑娘有些生意上的事情要去和涂夫人說一說，剛好這兩日家裡來了客人，姑娘怕擾了大家的興致，便想著去涂夫人家住上兩日，待事情忙完了再回來，讓我跟老爺告個罪。」

四娘往日裡也經常會去涂家小住幾日，所以何旺並沒有多想，說了聲知道了便讓鶯歌下去了。

何思遠心想：這是要躲著自己了？難不成自己就這麼不招她待見？

一頓飯吃得沒滋沒味，何思遠吃完飯便被王氏的丫鬟叫進了房裡。

王氏已經聽丫頭說了四娘去了乾娘家，心裡更是覺得要糟。

何思遠一進屋，王氏便問：「大兒，你給娘說句心裡話，這媳婦你當真看不上？」

何思遠撓撓頭，不知道怎麼回答。

王氏嘆了口氣。「實話跟你說吧，不知道你還活著的時候，我跟你爹心裡都想好了，這麼好的姑娘不能守一輩子寡，甚至都想著等你弟弟有了孩子後，過繼一個到你名下，然後便把四娘當作閨女一樣送出門子，讓她也成個真正的家。而如今你回來了，爹跟娘當然是覺得這麼好的姑娘你千萬不能錯過。四娘說，你不滿她拋頭露面做生意，娘想問問你，你當真不能接受四娘做生意這件事嗎？」

何思遠沈默了，當真是不喜歡她拋頭露面嗎？見到她專注在做自己的事情時，身上那股子意氣風發的樣子是極美的。在歸綏時，前一日剛從馬賊手裡撿回一條命，回去就發了高熱，第二日醒來又趕去處理生意，不顧自己身體的那股子勁頭，也是讓人佩服的。

「兒啊，這世道女子本就弱勢，四娘一個弱女子，做了許多男人都做不到的事情，短短三、四年便把生意做遍了大越朝，賺的銀子多了去。娘雖不出門，但你爹每次提到別人用羨慕的語氣跟他說起四娘的時候，心裡是極高興的。四娘所用的人全是家裡貧苦的女子，四娘說，她雖不能改變太多，但給那些女子一條路走，便能改變她們的一生，她們再不用因為是個女子，只能依附於男人而活。她要讓那些女子知道，只要自己立起來，無論什麼時候都有退路可走。你媳婦做的一切，都讓人極佩服，你不能用看尋常女子的眼光看她。你可知四娘是塊美玉，娘是真的不捨得這樣好的媳婦離了咱家。」

何思遠沈默良久，終於出聲了。「娘，我其實不是不喜歡她，她挺好的，但我們倆可能有誤會。在歸綏時，我不知道她就是家裡給我定的媳婦時曾經對她說，我想找個溫柔賢淑的，能幫我照顧家裡、生兒育女，但那是我之前對未來娘子的設想，當時當著她的面，直愣愣地說出回家便要和離的想法讓她生氣了吧？今日跟著她去工廠，又因為榮家那小子看她的眼神太露骨，我又把她給惹生氣了，還把她的臉給捏青了，我也沒想到自己手勁這麼大。但是我今日想明白了一件事情，娘讓我好好想想是否真的不喜歡她，兒子覺得應是喜歡的。若是不喜歡，也不會對榮家那小子如此生氣。」

隨著何思遠的話，王氏緊皺的眉頭慢慢舒展開來，這小子，總算開竅了！

「那你便準備這麼著下去了？你把人家一個姑娘家惹得哭了半晌的事，我都聽說了。四娘來家裡這麼多年，哭的次數一隻手都能數得過來。接下來你打算怎麼辦？」

「我今日本來想著去街上買個什麼東西哄哄她的，誰知道，她好像更生氣了……」

「你買了什麼東西？怎麼送東西還能把她給送得更生氣？」王氏不解。

「一套胭脂水粉，買的時候沒在意，是芳華的……」

「……」王氏扶著頭長嘆。「讓我怎麼說你好！你要哄人家開心，也得把情況都了解清楚啊！四娘把芳華的生意做得這麼大，家裡什麼胭脂水粉沒有？連工廠裡出來的瑕疵品都是給家裡的下人用，你跟著她在廠子裡待了一上午，竟然連她做什麼生意都沒注意，你說說，四娘能不生氣嗎？」

「兒子這不是沒經驗嘛，哪曾哄過姑娘？要不，我去問問爹當年是怎麼哄娘開心的？」何思遠道。

王氏白了兒子一眼。「當年爹和娘都是父母之命、媒妁之言，如今不也是過得好好的？哪像你，偏偏鬧出這些么蛾子！大兒，你得學會揚長避短，既然不會買東西哄她開心，那便換個你擅長的。行軍打仗你在行，怎麼在這事上便沒了主意了？」

何思遠急得直撓頭。「這又不是打仗，若是上戰場，兒子再不怕的。」

王氏捂住嘴笑。「過幾日家裡要去莊子上小住兩日，四娘定是也去的。你弓馬嫻熟，找機會一露身手，這可是大好的機會。還有，如今四娘躲去了她乾娘家，她乾娘可是個厲害的，要把你媳婦追回來，你可得先過了她乾娘這關。」

「兒子連媳婦都沒哄明白，這對著丈母娘更是沒有招了。」真是愁死個人，前路漫漫啊！

「傻兒子，俗話說丈母娘看女婿，越看越歡喜。你長得不差，又有軍功在身，親家只是惱你還沒見過媳婦便口出和離之言，你把誤會解開了，哄得丈母娘高興了，媳婦兒回來還不是早晚的事？至於怎麼討丈母娘歡心，問你爹去，這事你爹有經驗。」王氏給兒子支了招，把兒子攆去找他爹取經了。

真是養兒一百歲，常憂九十九。做爹娘的，用心良苦啊！

何思遠在書房向何旺取了一肚子經，直聽得暈暈乎乎的，眼看天色不早了，才溜達著回了房。

即將推門進屋時，聽到隔壁張虎幾人打鬧的動靜，瞬時想起白天張虎給出的餿主意，於是把張虎提溜出來，直言好幾日沒有活動筋骨了，兩人過幾招。

最後張虎一臉懵地被何思遠吊打了個來回，鼻青臉腫地躺在地上喘氣。

何思遠出了一身汗後，連帶心裡的悶氣也發洩了大半，沖了個澡，心滿意足地回房睡覺去了。

涂家，四娘賴在乾娘身邊，摟住乾娘的胳膊撒嬌。

「乾娘收留我兩日吧，何思遠回來了，還帶著幾個手下，家裡亂哄哄的，讓我在這裡躲一躲清靜。」

「回來得這麼快？可是跟妳提和離的事了？」涂婆婆忙問。

「他看見我時先是嚇了一跳，沒想到我就是他媳婦，倒是沒跟我提和離的事。我跟他直說了，既然互相都看不上，讓他早日跟家裡說清楚，去衙門把和離給辦了。」

「他可答應了？」

四娘皺皺鼻子。「也沒說答應，不知道他怎麼想的，今日跟著我一整天，在眼前晃來晃去的煩死了。我估摸著是在何家爹娘面前做樣子呢，我都說了，讓他早日跟爹娘說明白，也不用這麼累的裝來裝去了。」

涂婆婆心裡暗笑：小子，之前沒見過四娘便罷了，如今知道了我家四娘是這個樣貌人品，看你打臉不打臉！

涂婆婆面上依舊繃著。「先晾著他幾日，看看再說吧。妳以為躲在我這裡就能躲過去了？若是我料得不錯，明日他便會來拜訪了。」

四娘瞪圓了眼睛。「他來這邊幹麼？我可不想見他！今日在工廠，他莫名其妙的發火，我倆才鬧了一場，還嫌不夠亂嗎？」

「虧得買了新宅子，如今和榮家分開住了，不然我那女婿明日上門，看著榮家和咱們住在一處，還有得鬧彆扭呢！」

四娘賺了銀子後便給乾娘置了一處新宅子，自己反正是要給乾娘養老的。涂婆婆以前是因為孤身一個人，和榮婆婆住在一起覺得熱鬧。後來有了四娘，便想著榮家小子畢竟是外男，若是四娘想來小住幾日不方便，於是四娘買了宅子後，涂婆婆便索利地搬離了榮家。

「反正都要和離的，有什麼可彆扭的！」四娘輕哼。

「妳別管了，他來了有我呢，妳安心待著便是。」涂婆婆又想起一事。「對了，我前幾日接到京中老友來信，說芳華在京城賣得極好，許多富貴人家都爭相購買，妳想沒想過把芳華賣到宮裡去？」

四娘的眼睛瞬間亮了。皇商嗎？若是以後宮裡的娘娘們都用芳華的產品，那可是賺大錢了！「乾娘有門路？若是可以，我當然想再進一步！」

「有是有，只是此事不能急。內務府那邊我有相熟的人，待我寫幾封信去探探路，若是可以，咱們估計得進京一趟。」涂婆婆說。

「進京沒問題，我上次出門去的地方多，京城只待了兩日，正好這次去了，娘帶我好好轉轉！」

「妳呀，一聽能出遠門，眼睛都亮了！只愛往外跑，怎麼就不會老實一點？」涂婆婆笑著嗔四娘。

四娘摟著涂婆婆的胳膊，扭股糖似的扭來扭去。「整日待在一個地方多沒意思？聖人還說讀萬卷書不如行萬里路呢！再說了，女兒這麼大的生意，總要時不時地巡視一下不是？娘這麼厲害，女兒可不想丟了妳的人！」

涂婆婆無奈地拍了把四娘。「不早了，趕緊睡！妳可安生點吧，鬧得我睡不好，再亂動就把妳攆出去！」

第二日一早，四娘和涂婆婆正在用早飯，豆子便來回稟。

「門口來了個人，自稱是咱家姑爺，還帶著一堆禮品。夫人、小姐，是否讓他進來？」

涂婆婆和四娘對視一眼，果真沒說錯，這不就來了？

「讓他進來吧。」涂婆婆還沒見過這便宜女婿呢，先瞅瞅順不順眼再說。

何思遠進屋後，恭敬地行了個晚輩的禮。「小婿見過岳母。」

涂婆婆上下打量著何思遠，個子挺高的，肩寬腰窄，倒是一副好身板。長得也不錯，五官稜角分明，加之在戰場上待了這麼些年，自有淩厲之氣。

何思遠靜靜地任由丈母娘打量，爹說了，一定不能露怯，丈母娘眼光可是極高的，第一印象最重要。

「這一大早的，可用過早飯沒有？」涂婆婆打量完了，心裡還算滿意。

「還沒呢。聽我娘說，岳母極喜歡吃南街那家的焦圈，去晚了便賣完了，所以小婿特意趕早去排隊買了，這會兒還熱著呢！」何思遠恭敬地回答。

「煩勞女婿惦記著我老婆子，一起坐下吃點吧。」

何思遠揀了四娘對面的座位坐下，豆子擺好了碗筷，何思遠先給岳母挾了個焦圈。

「女婿這仗打完了吧？如今在京城是個什麼章程？」涂婆婆問。

「打完了，聖上給了個五城兵馬司的指揮檢事一職，睿侯說讓我先幹著，以後若是有機會還能再升一升。」

「睿侯？可是李明睿那小子？如今已經是侯爺了？」涂婆婆許久沒聽到京中舊人的消息了。

「岳母認得侯爺？」

涂婆婆咬了一口焦圈，還是那個味，酥脆焦香。「怎麼不認得，睿侯小時候是明王的陪讀，經常進宮，跟著明王在太后宮裡上躥下跳的，太后極喜歡他。」

「怪不得，聽父親說過岳母之前在太后跟前伺候，定是常見的。」

「離宮幾年了，不知太后身子可還好？你從京城回來，可有太后的消息？」涂婆婆畢竟在太后身邊待了許多年，主僕之情難以忘懷。

「太后她老人家鳳體安康，精神不錯。十月是太后六十壽辰，我回來前還見睿侯滿京城的準備賀禮呢！」何思遠笑著說。

「太后的壽辰，又是六十歲的整日子，一定十分熱鬧，也不知咱們去京城能不能趕上？」涂婆婆對四娘說。

四娘一邊喝粥，一邊豎起耳朵聽乾娘和何思遠說話。「咱們提前準備準備，還有一個多月，定是能趕上的。既然是太后娘娘壽辰，我倒是有個好主意。前些日子我正在研究新品，準備出個玉女神仙膏，正是適合年紀大的女性用的。乾娘若是有法子進給太后，那咱們芳華入圍皇商定是板上釘釘的事了。」

「岳母和四娘準備進京？」何思遠眼睛一亮。自己也只請了一個多月的假，正愁著哄不好四娘，回京後該怎麼辦？這下好了，說不定能趕到一起進京呢！

見四娘癟著嘴不想接話，涂婆婆便說道：「是想和四娘一起進京，看看能不能把芳華賣給皇家。我正好有許多老友還能說得上話，試試看能不能成。就是路程遠，還要安排妥當才能上路。」

真是正瞌睡就有人遞枕頭！何思遠急忙說：「岳母不用操心這個，我正好再一個多月便要回京，若是湊巧，岳母和四娘便跟著我一起吧？我帶著幾個手下，都是戰場上退下來的老兵，個個都能以一當十，路上安全再不用擔心的！」

無事獻殷勤，非奸即盜！這廝想幹麼？四娘對著何思遠，一臉戒備。

何思遠卻回了四娘一個笑。

四娘看著笑得純良無害的何思遠，寒毛直豎。

「我娘說過幾日準備去莊子小住，四娘也唸叨了好幾回。我今日前來一是正式拜見岳母，二是前來邀請岳母屆時一同去小住。家裡這幾日人多也鬧哄哄的，四娘既然想岳母了便在岳母這裡住幾日，到去莊子那天，小婿提前來接岳母和四娘可好？」

涂婆婆心裡暗暗點頭，倒還不錯，會說話，禮儀也沒什麼挑剔的。這樣看來，還算勉強配得上四娘。「女婿費心了，那便按你的安排來。」

何思遠一頓飯沒吃幾口，卻無比的滿足。看岳母的神情，好像對自己還算滿意。都是爹教得好，回去給爹買好酒！

飯畢，何思遠也不好多待，想著今日目的已經達成，便起身告辭。

「那便不留女婿了，四娘送一送。」

四娘不情願地跟著何思遠出了房門。
涂婆婆看著一雙小兒女的背影，嘴角露出一個笑，看起來還是滿般配的嘛！
送到大門口的巷子裡，四娘就停住了步子。
「大少爺趕緊回吧，我也要進去了，天快要下雨了，路上小心。」說罷便要往回走。
何思遠拉住四娘。「等等，我有些話要和妳說，給我一刻鐘的時間可好？」
四娘掙開何思遠的手。「可是定好了去衙門辦和離的日子？」
何思遠低下頭。「四娘，咱們不和離了吧？」
四娘往後退了一大步。「你什麼意思？不是都說好了嗎？」
何思遠看著四娘睜大的雙眼，一張小臉上寫滿了驚嚇，心裡有些酸澀。她竟是從來沒有想過要跟我過一輩子嗎？
「我想了幾日，我心悅妳，若是和妳過一生，我很歡喜。」從未說過甜言蜜語的何思遠，這句話說出來後，自己的臉倒是覺得發燙。
四娘真是沒想到，一個典型的古代直男竟也會說情話。「這話大少爺倒是說得順口，不知跟多少姑娘講過呢？」
「這話從何說起？我從來沒跟別的女子說過這樣的話，妳是第一個！」何思遠慌忙解釋。

「還記得在歸綏時，大少爺說的話嗎？說要帶我去京城青樓喝酒、看姑娘來著。那張虎言語中更是把和你一起逛窯子、找姑娘說得跟吃頓飯一樣簡單。大少爺如今跟我說這樣的話，讓我如何信你？」

何思遠簡直想打死自己，之前在歸綏以為四娘是男子，便隨口把睿侯平日跟自己說的話講出來給四娘聽，如今可不是搬起石頭砸了自己的腳？

「妳莫要誤會，我從未去過那種地方！之前睿侯總說等回京後帶我去長長見識來著，我當時以為妳是男子，便隨口一說。我真的沒去過，不信等到了京城妳問睿侯！」

何思遠急得一腦門子汗。

「我問得著睿侯嗎？我想過此生若是嫁人，定要嫁個除了我以外再不染二色的男人。你如今是四品京官了，京城裡哪家當官的後宅沒有兩個小妾、通房？我嫉妒心重，容不得有人和我分享丈夫，我也不會安分地待在後宅。大少爺看到了，我的生意各地都有，一年說不定有大半時間都要來回跑。我在外談生意少不得要接觸外男，若是再發生昨日那種事情，大少爺不分青紅皂白便發脾氣，那我的生意就不用再做了！」

四娘一通話砸出去，何思遠竟不知該先解釋哪一條？他低下頭冷靜想了一下，還是要慢慢來，急不得。萬一嚇住了她，扭頭跑個天南地北的，可要到哪裡去找？

「我不會納妾，也不會再像昨日那樣衝動。我知妳不信我，咱們慢慢來，我一定叫妳看清楚我的真心可好？」

四娘的眼神看起來像是一頭懵懂而戒備的小獸，她有點不明白原本口口聲聲要和離的男人怎麼就變了，竟然想和她過下去？

四娘雖兩世為人，但在情一字上卻毫無經驗。前世倒是看過不少小說、電視劇，說起來倒是頭頭是道，但攤在自己身上便毫無頭緒了。

何思遠忍不住伸手摸了摸四娘的頭髮，柔軟而順滑，手感極好。

四娘此刻還在迷惑中，竟沒有立時躲開，待反應過來想把何思遠的手打掉時，他已經收回了手，只得拿眼睛瞪他。

看著四娘挑著一雙鳳眼瞪過來，臉頰鼓鼓的，髮絲被自己揉亂了些許，那小模樣別提有多可愛了。何思遠按捺住又蠢蠢欲動的手，摸了摸鼻子。「我先回了。天不好，妳身子這幾日不適，不要亂跑，閒了我再來瞧妳。」

四娘暈暈乎乎地往回走，活了兩輩子，這是頭一次被人表白了？

出行的日子定在中秋前兩日，正好在莊子上住兩日再回家過節。

一早，何思遠便帶著馬車來接岳母和四娘。

這兩日，何思遠每日都要來報到。有時送個吃食，有時送點小玩意兒。四娘自己還沒怎麼著，倒是覺得乾娘對何思遠越來越滿意的樣子。

路上男人們騎馬，女人坐車。

何思遠的馬就跟在四娘的馬車外，一會兒就殷勤地問一句「渴不渴？餓不餓？」，四娘終於被問煩了，掀開簾子要了匹馬，一甩鞭子便跑到了前面。

車內王氏捂著嘴笑，對著涂婆婆使了個眼色。「我這傻兒子，沒開竅時把我愁得頭髮直掉，開了竅吧，又讓我覺得好笑得很。還是年輕好，看著他們才覺得我們真是老了。」

涂婆婆捏了塊桂花糕慢慢的吃，沒有接話。

「涂姊姊可是對我這兒子還有不滿？不瞞姊姊說，這小子當兵幾年，在軍營裡都待傻了。前幾日跟他爹取了經後，現在一個勁地想討四娘歡心呢！我也不偏著自家兒子，若是真的對四娘不好，我和他爹定是不饒他的！」王氏趕緊對著涂婆婆解釋。

「我呀，只看人。妹妹也知道，我這一輩子也沒個親生兒女，如今土埋到腰了，得了四娘這麼個女兒，雖不是親的，但比親的也差不了多少。女婿是開了竅，但我那女兒還懵懂著呢！他們兩個到底如何，還要看女婿能不能攏住四娘的心；若是四娘不樂意，反正我是不會攔著她和離的。」男人在喜歡女人的時候，什麼合心意的事都會做，這些不稀罕。稀罕的是一輩子都把女人放在心坎裡疼，不離不棄。

王氏忙陪笑。「四娘就像我閨女一樣，退一萬步說，若是四娘真的不願，我依舊是把她當閨女疼。姊姊放心，這些年我們兩口子的為人妳還不知道嗎？等他們兩個好成一個人，咱們兩個呀，只等著抱孫子吧！」

何思遠看著一身紅衣在馬上英姿颯爽的四娘，心裡不由得感嘆：果真是我媳婦！瞅這精神頭，這腰背挺得可直了，看著就賞心悅目。

張虎打馬跑到何思遠身旁。「大人，嫂子騎術不錯，這一身紅衣更是精神，你可真是好福氣！我說你也別光自己樂呵，兄弟還單著呢，我也想娶個媳婦生個娃啊！大人倒是幫我踅摸一個，省得兄弟看著眼饞。」

何思遠瞅了一眼張虎傻笑的樣子。「你求我可沒用，我跟你說，你嫂子做的生意，手下全是女子，個頂個的能幹！若是能求動你嫂子給你說門親，那算你小子有福氣！」

「那我去跟嫂子說一說？也不知道嫂子會不會幫我？」

「我看你趁早別去，你整日嘴裡的話跟個閒漢似的，讓別人聽著不像樣！看你這一副浪蕩的模樣，你嫂子會把好好的姑娘說給你糟蹋？那日在大門口，你嫂子聽到了你說的話，連帶我都吃了瓜落，如今對我還沒個好臉色呢！」何思遠對著張虎是一肚子氣。我媳婦都還沒落定呢，你還是繼續等著吧！

「我那不是胡說呢！老實跟大人說吧，我是跟著前輩們去過幾次，但最多也是摸一摸小手而已，兄弟我還是個童男子呢！」張虎急忙辯白。他也一把年紀了，急著成個家，老婆孩子熱炕頭的，想想都心熱。

「你小子還跟我誇海口說你了解女人，你了解個屁！我還以為你身經百戰，原來都是在跟我吹呢！你自己跟你嫂子說去吧，只怕她能把你罵出去！」怪不得張虎出的主意沒用，自己真是閒得去問他，一點都不可靠！

「那大人幹什麼還跟我說嫂子手底下全是女子？還不如不知道呢！如今我抓心撓肺的，大人倒在一邊看熱鬧！」

何思遠沒理他，打馬去追四娘了。

莊子離得不遠，一個時辰便到了。莊子一圈種了一千多棵桂樹，如今都開了，遠遠的便能聞到桂花香。

四娘騎在馬上，閉上眼睛深深吸了一口花香，真好聞！

莊頭老早便等著呢，一聽見馬蹄聲就迎了出來。

「東家走得真快，趕緊進去歇歇腳！提前兩日我家那口子便收拾了一遍，被子什麼的都曬過了，今年的新棉花，軟和著呢！」

把馬扔給莊頭，四娘扶著涂婆婆和王氏往裡走。

院子不小，是個大三進的格局。最當中種著一棵金桂，有些年頭了，枝葉如一把大傘一樣撐開，枝頭密密麻麻開滿金黃色桂花。當初就是看中了這棵老桂樹，四娘才靈機一動把這莊子種遍了桂花。每年產的桂花除了芳華自己用，多出來的都讓莊頭做了桂花蜜，除開送人和自家吃，多出來的賣給夷陵的點心鋪子裡銷，賣得也極好。

四娘也不進屋，讓人搬了桌子放在桂樹下，一邊喝茶，一邊聞花香。

何思道早就坐不住了。「大哥，咱們進山去打獵吧！晚上不是要烤肉吃？前兩日剛下過雨，我去找一找有沒有菌子，嫂子極愛吃那個！」

張虎拍著何思道的肩膀。「我家大人打獵那是大材小用！我帶著你去，咱們今日多打一些，做成臘味也好吃！」

「嫂子要不要一同去？山裡可好玩了，這個季節還有野果子，採回來還能釀酒喝。」何思道被爹娘提前交代了，一定要給大哥和嫂子製造機會在一起。進了山，嫂子畢竟是個女子，體力沒有男人好，有大哥跟著，說不定能讓他倆更進一步！

午飯隨意吃了些，一群人也不午休，換了簡便的衣服便進山了。

王氏、何旺與涂婆婆便留在莊子裡隨意轉轉，另交代莊頭準備好晚上烤肉要用的東西，鶯歌則被四娘留下來研磨調料。

前兩日剛下過雨，山路還有些濕滑。四娘換了身短打，揹了個小背簍，頭髮全部束在腦後，看起來精神極了。

何思道早就跟著張虎幾人跑遠了，張虎極有經驗，他老家全是深山老林，打獵對他來說是家常便飯。何思道少年心性，又是第一次打獵，聽張虎說越深的林子裡有越大的獵物，便迫不及待地扯著張虎往裡走。

何思遠看弟弟有張虎幾人帶著，放下心，便跟在慢吞吞找菌子的四娘身後。

松針下會長出一種菌子，十分鮮美。四娘曾經在獵戶手裡買到過，吃了一次便記住了。那種菌子不管是煮湯還是烤來吃都是絕味，所以四娘不停地拿著根小棍子在鋪滿松針的地上不斷地翻找著。

這一片山並不高，但林子極密。高大的樹木遮天蔽日，又是秋日，樹葉色彩斑斕，一眼望去不知身在何處。

林子裡不時傳出鳥叫聲，還有不知名的野花在盛放。張虎幾人走遠了，只能聽到偶爾傳來何思道的歡呼聲，彷彿是獵了隻野雞。

何思遠找到一棵野山楂樹，順手摘下一顆扔進嘴裡，一口咬下，酸得眼淚都快要掉下來了。

「你多摘點那個，娘喜歡吃。」四娘頭都沒抬地對著何思遠說。

何思遠聞言便開始摘山楂，一會兒就摘滿了一兜子。

四娘也在一棵大松樹下找到了一叢菌子，看樣子還不少，旁邊還有許多的雞樅菌，炒菜吃或者熬醬都可以。

這趟沒白來，四娘已經在心中羅列出一堆菌子的做法了。

摘了兩刻鐘才把這一片菌子摘完，四娘直起腰，揉一揉發瘦的脖子。

一抬頭，看到不遠處綻放著一大叢野菊花，白色的花瓣，淡黃色花蕊，花朵開得擠擠挨挨，熱鬧極了。

四娘震撼於這一大片的野菊花，在滿是金黃色落葉的森林裡，這樣一片白色的花海，讓人目眩神迷。她不自覺地抬腳往那一片花海走去，打算摘一些回去，曬乾了還能泡水喝，清火明目，正適合冬日飲用。

就在此時，一絲細碎的動靜響起。

何思遠一邊戒備的四處觀望，一邊快速地向四娘靠近。

突然，一隻體型龐大的野豬從山上的方向直衝下來，速度極快！

四娘還沒反應過來便被何思遠一把扯過去，躲到了一棵大樹後，那一片漂亮的野菊花在野豬的橫衝直撞下瞬間變成了一片殘枝敗葉。

四娘臉色發白地看著那隻恐怖的野豬，古代的野豬可是一種很凶猛的生物，兩隻長長的獠牙，還有那一身極厚實、帶著刺的皮，若是被野豬撞一下，非死即殘！

這裡按說不該是野豬出沒的地方啊！四娘摘菌子的時候何思遠便仔細地勘察了周圍，地上沒有野豬的蹄印和糞便，這一片地形也比較開闊，獸物極少，所以才放任四娘在這裡摘菌子。驀地，想起剛才往深山走的張虎一群人，何思遠暗罵了一句，定是這幾人在山上遇到了野豬，一路追捕卻讓野豬跑了，這野豬才慌不擇路地跑到這裡來。

四娘被何思遠緊緊地禁錮在大樹和他之間，抬起頭便能看到何思遠堅毅的下巴，上面還有青青的鬍渣。

背靠著的大樹樹皮十分粗糙，四娘穿得薄，後背被硌得生疼，但她不敢出聲，怕野豬聽到了響動，衝到這裡來。她才剛剛不自在地悄悄動了動身子，何思遠便更貼緊了她一點。

「別亂動，此刻野豬正暴躁，我一個人還能對付，帶著妳免不了要分神。等牠稍稍安靜一會兒，我試著看能不能一箭射穿牠的眼睛。」何思遠貼近四娘的耳朵小聲說話。那頭野豬此刻正在那片野菊花叢裡不停地來回用獠牙拱著土，離他們藏身的地方只有十幾公尺遠。若是動靜稍微大點，野豬便能發現他們。

四娘小聲地說：「你別擠我，我後背都快被樹皮磨破了。」

何思遠低下頭看著四娘，髮絲有些亂，還有幾縷散落下來溜進了衣領裡，順著髮絲往下看，一片雪白的脖頸映入眼中。四娘背後的蝴蝶骨緊緊貼著大樹，何思遠一隻胳膊此時正緊緊地攬著四娘的腰身。剛才只顧盯著那隻野豬，沒注意到兩人此刻是極親密的姿勢。

何思遠只要稍稍低下頭，便能觸到四娘的額頭。那不盈一握的腰身軟極了，四娘身上帶著甜甜的花香，在何思遠的一呼一吸中鑽入肺腑。

何思遠強迫自己轉開視線，再看下去便要出醜了，偏四娘還不老實地往外探頭。此刻姿勢太難受了，四娘想看看那野豬消停了沒有，好讓何思遠趕快解決掉牠。懷裡一片柔軟，四娘的胸口緊緊貼著他的身子，何思遠此刻覺得自己快要被點著火了。

再顧不上等那野豬自己消停，何思遠鬆開攬著四娘腰身的手，從後背取下弓箭，瞄準了那隻野豬。

隨著弓弦鬆開，利箭直直飛向野豬。就在箭頭即將刺入野豬的眼窩時，山上突然發出了極大的動靜！

張虎幾人追了過來，野豬聽到聲響扭了下頭，毫釐之差，箭頭扎到了脖頸。

野豬吃痛，扭頭看到了何思遠兩人，憤怒地衝著兩人奔去。

何思遠再也憋不住地大罵。「成事不足，敗事有餘！張虎個混球等著！」趕緊一把打橫把四娘抱起，飛奔朝野豬的方向。

四娘眼看著野豬到了近前，緊張地扯著何思遠的衣領吼道：「你衝著牠跑什麼?!這不是把自己往牠嘴裡送嗎？」

何思遠被四娘勒得快要喘不過氣來，顧不上回答。在野豬將將衝到身前之際，他腰身用力，提氣一腳踩上野豬的腦袋，借力一躍，衝出去約十公尺遠。

若是順著野豬的方向往山下跑，懷裡還抱著四娘，他不一定能跑得過野豬。還不如往山上跑，和張虎幾人會合，人多才安全。

何思遠一腳踩得野豬嘶鳴一聲，狼狽地調轉方向往山上去追兩人。

就在此時，張虎幾人也趕到了，看到何思遠正抱著四娘飛奔，野豬在後緊追不捨，趕緊搭弓射箭，幾箭齊發，把野豬射成了個骰子。

那野豬倒在地上還在不停的掙扎，張虎拔出匕首，過去在野豬心窩插了一刀，這才死透。

四娘此刻才敢睜開眼，長出一口氣。她掙扎著想要下地，卻發現腿軟得站不住。差一點，今天就要死在野豬口下了！

何思遠一腳踢向張虎。「你小子口口聲聲在老家整日打獵，一頭野豬你給我鬧出這麼大的動靜！今天若不是我反應快，你嫂子差點便被野豬拱了！」
張虎不敢躲，只能腆著臉笑。「大人消消氣，這不是人一多就亂嗎？幾個方向同時放箭，結果驚了這畜生，誰知道這麼巧竟讓你們撞上了！對不起，嫂子沒事吧？」
四娘白著一張小臉，勉強搖了搖頭，蔫噠噠地縮在何思遠懷裡。
此刻眾人也沒了打獵的心情，張虎幾人抬著野豬便準備打道回府。
何思道見四娘沒什麼精神，怕是嚇著了，於是過來逗四娘說話。「嫂子看，我們抓了好些兔子和野雞，兔子留著烤，野雞燉湯喝好不好？」
四娘聽到烤肉，突然想起自己辛苦摘了半天的菌子，忙對何思遠說：「我的背簍，裡面還有菌子呢！」
「放心吧，丟不了。竟還記得菌子，看來沒真被嚇到。」何思遠說。
四娘瞪何思遠。「每次遇見你都沒好事！上次馬賊，這次野豬，咱倆一定八字不合！」
何思遠不知道怎麼接話，只悶著頭往山下走。雖懷裡抱著個四娘，卻覺得根本不重。
下了山便能看到莊子，四娘覺得這會兒好些了，便讓何思遠將她放下。
「我自己走吧，讓爹娘看到還以為我怎麼了呢，別嚇著他們。」

何思遠覺得根本沒抱夠，卻也只能依言把四娘放下。

四娘整理了下衣服，調整一下表情，走在前頭，才走到門口，便放開嗓子喊：「爹、娘，快看我們打了多少獵物！還有頭野豬呢，這些肉可夠咱們吃好久了！」

院裡的幾人聽見響動，都急忙迎出來，莊頭更是驚訝極了。

「這麼大的野豬，幾位爺可真是好身手！這野豬看來有二百多斤，附近最好的獵手也不敢對牠下手呢！」

王氏不敢靠近了看，血嗤拉糊的，只遠遠瞅了幾眼便罷了。

莊頭趕緊喊了人抬到廚下去收拾，各種肉都切一些，好讓東家他們烤著吃。

涂婆婆看見四娘臉色有些發白，還以為是累著了，忙拉著四娘坐下。「跑累了吧？山上路不好走，快喝杯茶歇歇。」

四娘灌了杯茶水，坐在椅子上喘了口氣。剛才的情景此時想起來還有些後怕，若是沒有何思遠在，自己真要被那野豬撞個正著。

不管怎麼說，今日還是多虧了他。沒什麼好謝的，晚上便做些好吃的表示一下吧！

何思遠站在不遠處悄悄看著四娘，抱了一路，自己身上也沾染了些四娘的香味，彷彿是木蘭花，甜絲絲的，讓人沈醉。

四娘扭頭，正好跟何思遠的視線對上。

何思遠猝不及防，慌亂地挪開目光。
四娘噗哧一聲笑出來，這男人竟然臉紅了！

第十六章

莊子上的人把烤爐架子都擺好，按四娘的要求，還擺在前院的桂花樹下。

一支支的肉串也已經串好了，四娘和王氏嫌全是肉太膩，又要人洗了些茄子、青椒。

張虎估計覺得今天因為他們的疏忽讓四娘受到了驚嚇，回來後又一頭扎進莊子邊的魚塘，一口氣撈了一堆魚。四娘揀了幾條讓人處理好，一會兒一起烤來吃。

都不是什麼嬌生慣養的人，炭火生起，一群人都擼起袖子一起動起手來。

晚風吹過，一陣陣的香氣漸漸飄了出去，引得莊子上佃戶的孩子都跑出來偎在大門口探頭探腦。

四娘看到一群不大的小蘿蔔頭眼巴巴地看著，不住地嚥口水，於是拿了一把烤好的肉串走到門口，遞給一群孩子。

領頭的是個稍大些的男孩，大約被家裡告誡過今日莊子裡來的是東家，莫要伸手去討東西，於是把手緊緊地藏在背後，只看著誘人的肉串卻不敢要。

身後幾個小些的卻已經按捺不住，小手蠢蠢欲動。

「莫怕。你叫什麼名字？」四娘看到這群孩子，心都快化了。她小時候也是如此，家裡窮，看著別人吃好吃的只能默默嚥口水，卻再不肯伸手要的。

「我叫狗娃子，姊姊真好看！」叫狗娃子的男孩把視線從肉串轉到四娘臉上，他從未在莊子上見過這樣好看的姊姊，跟個仙女似的，還和氣。

四娘聽到狗娃子的話，笑得開心，聽孩子誇自己好看和大人誇是不一樣的感覺。

「你們幾個都是莊子上的？」

狗娃子點頭。「對，我們都給東家幹活的。別看我們小，能幫很多忙！」

「這是我家的莊子，既然你們是給我幹活的，為了獎勵你們，這些肉串便分給你們吃可好？」這孩子還怪有骨氣的，四娘心生喜歡。

狗娃子歪頭想了想，既然是東家獎勵的，吃了也不會挨罵吧？這才伸手接過一大把肉串。

「你最大，你帶著他們去洗乾淨手，然後負責給這些弟弟、妹妹們分一分可好？」四娘耐心地問。

狗娃子點點頭，謝過了四娘，然後領著一群孩子，歡呼著往外跑。

何思遠看著四娘耐心地跟這些孩子說話，真好，他這小娘子還是個心地善良的人。

四娘看著一群孩子跑進了夜色裡，一回頭，何思遠端著滿滿一盤子烤好的肉與青菜遞給她。

「快吃吧，都是妳配好的調料，嚐嚐我烤的火候怎麼樣？」

「原本剛才那些肉串是為了謝你給你烤的，看那些孩子實在可愛，便先給了他們。倒是你給我烤了這一盤子，這麼多，我也吃不完呀！」

何思遠看四娘終於對著他露出了溫和的一面，心裡高興極了。「愛吃什麼便吃什麼，剩下的都給我，這些還不夠我塞牙縫的。」

「爹跟娘那裡有了沒？」四娘問。

「有了，妳只管吃。」

端著盤子坐到樹下，四娘拿起一串烤兔肉。兔肉肥美，火候也控制得好，既有嚼勁也不塞牙。又嚐了嚐烤茄子和青椒，都挺好吃的。看來何思遠還滿會烤的嘛！

何思遠看著四娘各色東西都嚐了一遍，問：「味道怎麼樣？還能吃嗎？」

「烤得不錯，大少爺這手藝能去擺攤了！」或許是白日裡他又救了自己一次，又或許是今夜的月色太好，四娘竟也不好意思再擺臉色給何思遠看。

「打仗的時候，沒有糧食了便只能打些獵物烤來吃。還是妳配的調料好，我最多在控制火候上有經驗。我們那時候只能撒點粗鹽，若是連鹽都沒有的時候，也只烤熟將就著吃罷了。」

四娘知道戰場艱險，這人一去便是好幾年，想必也是吃了不少的苦。

「爹娘跟我說了，這些年，多謝妳幫我照顧家人，辛苦妳了！」

四娘喝了口清茶解解膩。「大少爺不用謝我，這些都是我該做的。當日爹娘要是不讓我進何家，今天也就沒有了四娘。何況安頓下來後，爹娘支持我去做我想做的事情，我才能有今日的成就。不過我倒是想問一句，怎麼爹娘都如此的通情達理不攔著我去做生意，反倒是大少爺這麼在意女子拋頭露面？」

何思遠看著夜空，幾顆星子極亮，閃閃爍爍。

「當年我第一次上戰場的時候，還記得是突厥犯我邊境，大肆的搶虐，邊境上的一些村子裡，男人被抓起來砍頭，女人則被搶到突厥軍中讓那些突厥士兵凌虐。後來即便是我們趕到，救下來一些，那些女子也幾乎都自盡了。女子本就體弱，更是沒有能力保護自己，我看過許多這樣的慘劇，是以從心底裡覺得女人生來便應該被保護在後宅。我並不是討厭妳做生意，只是女子在外行走有許多危險，上次在歸綏不就是如此？若不是我帶兵趕到，妳可就要命喪於那了。」

四娘挑眉。「那些女人做什麼要自盡？就因為失了名節？在我看來，天災人禍無法避免，活著才最重要。自盡說來貞烈，可除了白白丟了性命，一點用都沒有。若是她們好好活著，如今便能看到我大越朝把突厥打得屁滾尿流，多麼解氣！」

四娘一點都不覺得失了貞潔有什麼好尋死覓活的，只要活下去，不在意別人的眼光，總能活出一條路來。但這個世道即是如此，雖大越朝民風已經很開放了，根深蒂固的觀念還是在。所以四娘才在各地的芳華用了那麼多的女工，總要讓她們明白，女人活著是不用在意別人的看法的，活成什麼樣，只有自己才能作自己的主。

何思遠看著四娘神氣的小模樣，嘴角還沾著不小心蹭到的籤子上的炭灰，又忍不住想揉一揉她的頭了怎麼辦？

「娘跟我說了，妳的芳華幾乎在各地都有，都是招女工的是不是？」

四娘點頭。「對，我芳華裡的女工，只要放出話說親，媒婆都把她們當香餑餑來看呢！既能賺錢，又能學手藝，不說在娘家，便是嫁人了婆家也得好聲好氣地供著。即使有守寡、和離的，我也一樣看待。憑什麼男人們可以三妻四妾，女人就非要守著一棵樹吊死？不求男人養活，腰桿子都給我硬硬地挺起來！」

大越朝這麼多地方的芳華開起來，女工加總起來也有好幾千人。一點一點，一年一年，總能讓她們都看清楚，女人，也不比男人差。

何思遠真是愛極了四娘這副小模樣，活像隻神氣的小鳳凰，只是這小鳳凰嘴角的那一點灰實在是礙眼，他再也按捺不住，伸手幫四娘抹掉。

鑒於上次把四娘的臉給捏青的教訓，這次何思遠放輕了力氣。

四娘還沈浸在滿腹的豪情壯志中，又被何思遠給得手了，她蹭的一下站起身。「說得好好的，你做什麼又動手？」

何思遠伸出手指給她看。「有髒東西，我幫妳擦掉。」

「別以為你今日救了我，我便放棄了與你和離的想法！一個人多自在，也沒人擋著我做這做那。我賺銀子賺得正過癮呢，且不想在家相夫教子。」

何思遠無奈，剛剛才緩和了一點，這一下又把滿身的刺豎了起來。

「若是我不拘著妳呢？妳想做什麼我都讓妳去做，只要妳能保護好自己。妳就沒想過在京城再發展一個大本營嗎？我打仗勝了，聖上在京郊賞給我幾個莊子，也不少地呢。京城人多，妳若是在京城再開個廠子，便能招更多的女工，妳的這一套想法就更能傳佈出去，更能影響到女子的思想。」

何思遠學聰明了，既然她喜歡做這些，那便讓她去做，且又拋出這麼大個誘餌，她總會心動的吧？即便還不行，那就先留住她，以後常在京中，不怕暖不熱她。

何思遠這個建議還真是滿誘人的，對於四娘來說，如今自己才十六歲不到，談什麼戀愛？更何況是生孩子這件事。在古代本就沒有好的醫療條件，生個孩子全看天意，自己還這麼年輕，可不想因為生孩子死了。

如今生意紅紅火火，自己還有許多思路沒完成呢，兒女情長什麼的，實在是不想去花費精力。如今的四娘只想全心全意地去開拓商場，一代女富豪什麼的，簡直太誘人。

而京城，真是個很好的地方。一個國家的都城是最繁華熱鬧的所在，有巨大的商機，還有無數的財富，不然四娘也不會跟著涂婆婆想把芳華做成皇商。成了皇商後，才能更加放開手腳去做事。皇權至上的年代，再沒有什麼靠山比皇室更強大了。

如今銀子已經賺得夠多，四娘自己幾輩子都花不完。但隨著銀子變成一個個數字，更讓四娘在意的便是自己手下這些女工們。芳華一點點地影響著她們的想法，讓她們變得自立，變得不再把嫁人當成她們這輩子唯一的出路。

這個年代，要是讓女人去做官什麼的那是癡人說夢，但讓她們活得更受人尊重一些還是可以辦到的。

「我有銀子，若是想在京城辦廠子，我自己就夠了，用不著你的地。大少爺還不知道我有多能賺錢吧？回去問問爹，他那裡可是有帳本的。我和我乾娘商議著準備把芳華做成皇商，若是成了，以後肯定是要長留京城的。不管怎麼說，大少爺的好意我心領了，以後的事情以後再說吧。」

何思遠無奈。不能著急，今天能坐在這裡跟四娘說半天的話已經是很大的進步了。等著吧，他一定能走到她心裡去！

「姑娘，雞湯好了。今天姑娘採的菌子也放進去一起燉了，可真香！」

鶯歌喊著四娘去喝湯，四娘站起身拍拍手去了。

張虎不知何時溜到了何思遠身後。「大人，你跟嫂子說半天說了啥？有沒有跟嫂子提讓她給我找個媳婦的事？」

何思遠涼涼地看著張虎。「你覺得今天那隻野豬死得慘不慘？」

「都快成篩子了，能不慘嗎？」

「你小子以後要是還改不了咋咋呼呼、沒有眼色的毛病，你會死得比牠慘。」自己媳婦都還沒追上呢，張虎這操蛋玩意兒，且等著吧！

夜裡鬧到很晚，或許是大家好久沒有這樣輕鬆的玩笑了，所以累了的自去休息，不累的就隨意玩鬧。

第二日，四娘被鳥叫聲吵醒，醒來後就窩在床上發呆。鶯歌打開窗子，幽幽的桂花香氣飄進房間。

「姑娘，快起來洗漱吧。早上莊子上的廚房給炒了好多野菜，都是姑娘愛吃的。」鶯歌兌好熱水，開始給四娘找今日要穿的衣服。

前面的院子裡已經傳來張虎幾人的呼喝聲，還伴著何思道朗朗的讀書聲。

四娘深吸一口帶著桂花芬芳的空氣，伸了個懶腰，開始穿衣服。今日還想去莊子上的地裡看一看，根據芳華如今需要的鮮花量，要把種植的種類調整一下。

莊子上最不缺的就是野菜，莊頭知道東家在城裡什麼好的沒有吃過，只這些野菜圖個新鮮。果然四娘就著一盤盤野菜吃得香甜，純野生無污染的野菜啊，真是好吃！

四娘吃完飯便帶著莊頭出門，願意跟著轉轉的便一起去，反正明天就要回城裡過中秋了。

莊子平日都是何旺管理的，他肯定要去。何思遠更不用說了，媳婦去哪兒他是一定要跟著的。張虎幾人便隨意了，都是大人了，又有功夫在身，願意去哪兒就去哪兒。王氏與涂婆婆帶著丫鬟去了桂花林，摘些桂花回家自己做點心吃。

剛出莊子門，昨日以狗娃子為首的幾個孩子便躥了過來，一人身上揹著一個小籮筐，上面蓋著青草，不知道裡面裝著什麼。

四娘笑著問：「你們可是又嘴饞了？今日可沒有烤肉，也不能日日吃，那東西上火呢！」

「我們才不是來討東西吃的！昨日吃了姊姊的烤肉，今天一早我們幾個便上山摘了野果和菌子，算是回禮啦！」狗娃子的小胸脯挺得高高的。

幾個孩子獻寶似地紛紛把背簍往四娘面前遞，四娘掃了一眼，果真什麼都有，山葡萄、野山楂、山捻子，還有一簍四娘愛吃的菌子。

「真是能幹，我莊子裡有你們這些能幹的，怪不得收成這麼好呢！多謝你們啦！不過不要往深山裡去，有野獸呢，昨兒我們便碰見了野豬，可危險了！」莊子上並沒有像何思遠和張虎這些身手好的，若是遇到了野豬，跑不及便是送命，更何況是一些小孩子。

狗娃子幾個紛紛表示才不會往深山裡去。「我們才不去，山腳下就夠我們玩了。我們都知道哪裡有野果子、哪裡有菌子，熟悉得很呢。這些東西我們一個時辰就摘了這麼多，妳要是喜歡，趕明兒我還給妳摘！」

四娘看著幾個孩子腳上穿的布鞋沾著泥土，鞋面上打著許多補丁，有的還露著腳趾頭。褲腿都濕了半截，定是天剛亮就踩著露水去摘果子。

「你們摘得真好，都是我愛吃的！快回家去吧，我要去地裡轉一轉，下次我再來尋你們玩！」

孩子們一哄而散，四娘對莊頭說：「咱們莊子上凡是家裡有十歲以下孩子的，一人給三尺棉布，就說我賞他們給孩子做衣服的。」

莊頭不住地感謝。「東家心善！這些娃也是好的，能遇上您這樣的東家，是咱們的福氣！」

讓下人把狗娃子幾人送的東西抬到後院，四娘繼續往地裡去。

秋日裡鮮花品種不多，這個莊子上更是以桂花為主。平坦山腳下的地裡都種了莊稼，此時許多佃戶都在地裡勞作，成熟的水稻一片金黃，又是一年好收成！四娘跟莊頭說，明年這些地裡要試種一些藥材，芳華產品裡要用的藥材有許多。四娘專門找人諮詢過，夷陵雖是南方，但氣候極適合一些中藥的種植，特別是山地，若是細心侍弄，可以長出品相不錯的藥材來。

莊頭一一記下，心裡開始盤算著一畝地需要多少種苗，好提前報給東家。

溜溜達達，四娘一行人便來到山腳下的一條小河邊。河水極清澈，大小鵝卵石鋪在河岸上。

幾人坐下歇腳，何思道不老實地跑去翻石頭。他有個夫子極愛奇石，瞧見有意思的石頭便愛不釋手，一塊石頭能把玩半日還看不夠。這裡石頭這麼多，若是能找到一塊好看的，回頭送給夫子也好。

四娘正在聽何旺和莊頭一起說莊稼經，突然聽到何思道的慘叫聲。

何思道高舉著左手，手指上還掛著一隻紅色的東西，有力的鉗子正緊緊地夾住何思道的肉。

何思遠忙過去幫忙，把那東西從何思道手上扯下來。

「小少爺莫怕，那是蝦虎子，跟螃蟹似的，兩個鉗子會夾人。河裡草叢中這東西極多，我們都被夾習慣了，沒毒的，不用怕。」莊頭說。

四娘眼睛一亮，這不是小龍蝦嗎？沒想到大越朝也有這東西！想想前世吃過的麻辣小龍蝦，真是口水都要流下來了！

「莊頭，這東西這裡很多嗎？你們怎麼不捉來吃？」四娘忙問莊頭。

「這些東西肉太少，全是硬殼子，怎麼下得了嘴呦！也有人試過，但做出來一點都不好吃，便沒人再去弄了。」莊頭回答。

小龍蝦需要先過油，然後加許多香料一起炒，莊子裡這些佃戶哪裡會用這些金貴的東西來炒一盤沒多少肉的蝦。

四娘對何旺笑道：「爹，看見這東西我便想起一種吃法，包你喜歡吃！」何旺向來喜歡麻辣重口的東西。

「東家若是想要，我叫我家那小子給東家捉去，一會兒功夫便能弄一大盆！」莊頭心裡暗想，這東西竟也能做得好吃？東家果真見多識廣！

何思道聽見此話，顧不得手指頭還疼著，急忙問：「真的能吃嗎嫂子？這東西殼這麼硬，不會咯掉牙吧？」

「保准你吃了還想吃！嫂子做的東西什麼時候不好吃了？咱們中午便吃這個！你快回去告訴莊子上的廚房，中午不要蒸米飯了，上一大盆筋道的手麵備著，你就等著吃好吃的吧！」

何思道最喜歡四娘做的吃食，急忙跑著回去了。

怪不得何思道如此的維護四娘，就這好吃的模樣，打小到現在就沒變過！何思遠心想。

歇了會兒，又轉了幾片地，一群人便往回走。

路上四娘跟何旺商議著。「爹，咱們買的都是山地，不說野味，只說那些菌子什麼的，都是山珍。許多富貴人家都極喜歡吃，滿世界的花大錢去買呢！咱們不如讓各個莊子上的佃戶們閒了就去採這些東西，我再專門開個這樣的山珍鋪子，不說咱們還能多個收益，就是這些莊子上的人家也能多賺點銀子貼補不是？」

莊頭急忙說：「咱們佃戶也有採了新鮮的試著去城裡賣的，只是鋪子裡價格壓得極低，賣不上價錢，白白的放著都爛了，所以除了自己吃，也沒再想過去賣。若是東家要開鋪子專門賣這個，別的不說，咱們這些佃戶們都是踏實肯幹的，定能穩定地給東家供貨！」

「那是你們不知道有些山珍曬乾後就能保存很久的，若是品質好，定能賣上好價錢。回頭我告訴你們法子，閒了只管去採，我都能給你們收了，不比你們種地的收成差。只是醜話說在前頭，地裡的活兒要給我幹好了才能去弄這個，若是因此耽誤了收成，我可是不依的！」雖想讓他們多賺銀子，但四娘也怕這些人一門心思的都去山裡採山珍去了，地裡的活計反而不上心，那才得不償失。

莊頭陪著笑臉。「哪能呢！東家一門心思地讓咱們過上好日子，咱們也不能對不起東家不是？家裡的女人和孩子平日裡也幹不了多少活，若是採東西他們可比男人們拿手，只管讓他們去就是了，地裡耽誤不了，農閒時候男人們再去弄這些，東家放心吧！」

何家對待佃戶從來不苛刻，附近許多別家的佃戶都羨慕何家莊子上的佃戶們。別看何家作主的是個女人，但頂不住人家能幹啊！整個夷陵誰不知道芳華的大名？芳華的東家正是這個看起來才十五、六歲的姑娘。如今東家願意再給佃戶們找個賺錢的營生，莊頭心裡怎麼不高興？賺了錢，過年過節的，家裡也能多扯塊布、買幾斤肥肉了！

何思遠默默地看著四娘談笑間便又將一門生意定下來，還真是個做生意的料呢，怪不得爹會讓她當家，果真能幹！

四娘感覺到一道視線一直在自己臉上打轉，不用抬頭也知道是何思遠這廝。這會兒心情好，便回了何思遠一個笑。看吧，本姑娘就是這麼能幹，賺銀子對我來說簡直太簡單了！這樣滿身銅臭氣息的我，你還能喜歡？還不快去京城裡找那書香門第的小姐去！

頭頂是碧藍如洗的天空，身後的稻田一片金黃。四娘一身竹青色衣裙站在田埂上，飄散的髮絲隨著微風輕輕舞動。

這女子真的不一樣，她滿身都帶著自由的氣息，還有一種從不屈服的倔強。何思遠軍中的那些兄弟們口中的女子都是菟絲花，需要靠著男人才能生存，可四娘不是。她是一棵堅韌的樹，努力地吸取每一絲養分，讓自己的枝椏長得強壯再強壯。那些枝椏，像一把大傘一樣，保護著許多她想保護的人。不管是芳華工廠裡的女工，還是莊子上那些佃戶的孩子，四娘總是釋放出很多善意，並且想真正地改善他們的生活。

這樣的女人，真的不應該待在家裡相夫教子，平凡地過一輩子，她需要很大很寬闊的天空。可她又是這樣的美麗，這種美麗，又讓何思遠想把她藏起來，不讓別人看到。

何思遠想起了榮夢龍那日在芳華工廠的院子對他說的那句話——

她喜歡待在後宅操持，我便儘量多待在家裡，吃她做的飯、穿她做的衣；她喜歡做生意、有抱負，我便幫她出主意，給她一片天空讓她飛。

是啊，若是真的喜歡她，便給她想要的生活，讓她開心。

四娘，若做生意能讓妳開心，那我便一輩子護著妳又如何？

有著這樣龐大根系的樹木，不該長在後宅擁擠的花園裡，她應該在自由的土地上生長盛放，讓所有人都能嗅到她的芬芳！

回到莊子，時間還早。四娘看著滿滿一大盆小龍蝦直樂，真是肥啊！

古代的水沒有受到污染，小龍蝦在這裡幾乎沒有天敵，所以一隻隻都個頭極大。雖然比不上螃蟹肉多，但螃蟹性寒，乾娘是絕對不會讓她多吃螃蟹的。還是小龍蝦好，隨便吃，又不會被唸叨。

交代廚下找把刷子把小龍蝦刷一下，又做了個把蝦線扯掉的示範，然後這些便都交給廚房的人去弄，四娘去準備調料了。

涂婆婆無奈地坐在院裡看著四娘忙碌。「一日都不消停，我看她喜歡的除了賺銀子就是吃了！」

王氏也笑。「我就喜歡四娘這樣的孩子，本就夠懂事了，喜歡吃有什麼了不得的？以前沒有如今這般有錢的時候，這孩子就愛搗騰個吃食，如今有錢了，即便整日想吃熊掌、鹿尾也隨她去！」

涂婆婆搖頭。「親家也算是看著她長大的，自然疼她，我只怕女婿不喜四娘這樣。京中的夫人、小姐，哪個不是行規步矩？若是到了京城，受了別人恥笑，女婿臉上會掛不住。」

涂婆婆也是有心試探，自家的孩子自家知道，教了三、四年了，四娘的規矩還有待人接物再不會有一絲差錯的。自己在宮裡待過這些年，公主都教得，更何況四娘？若是四娘願意端起架子，嚇人綽綽有餘。只是如今何思遠畢竟是在京做官，家裡對四娘一時的滿意有何用？若是見識了京城的權力和繁華，難保就再也看不上出身平平的四娘了。

「姊姊妳淨是瞎操心，我那兒子，如今眼睛黏在四娘身上拉都拉不下來呢！我給親家露個底，咱家本就是小門小戶來的，不管以後我那大兒官做到幾品，咱家也絕沒有那些富貴人家的臭規矩。我們一家子也沒有那種眼皮子淺的人，過日子嘛，還是一家人親親熱熱的好。要是以後誰敢調三窩四，我先收拾了去！」王氏如今再沒有什麼煩心事，只希望兒子趕緊把四娘拿下，自己等著抱孫子等得眼熱呢！

涂婆婆在心中點頭。四娘啊，娘給妳把前路都鋪好，後面的路妳便可以放心走了。

洗刷好的小龍蝦鮮紅又乾淨，人多就要多炒一些，畢竟吃小龍蝦基本上都是一吃就停不下來。

燒熱了最大的鍋，先放半鍋油，等油溫八成熱時把小龍蝦倒進去過一下油。過完油的小龍蝦肉質會變得緊實，一會兒再怎麼收汁肉也不會散了。

過完油撈出，鍋內只留底油，把備好的蔥、薑、蒜、辣椒還有香料倒進去翻炒。翻炒出香味的時候，再把小龍蝦倒進去。加點白酒去腥，放鹽，再倒入滾水淹過蝦，蓋上蓋子收汁，等汁收得差不多，小龍蝦便能出鍋了。

莊子上新鮮菜蔬多，趁著小龍蝦還沒好，四娘再隨意弄幾個菜。

涼拌黃瓜、清炒時蔬，又切些臘肉加上今日狗娃子送來的菌子一起炒。人多也不講究擺盤，每道菜都用盆裝。

手麵煮熟放進涼水裡過水，一會兒吃完小龍蝦再來個蝦汁拌麵，簡直太完美！

一陣陣麻辣的香味往鼻子裡面鑽，何思道在廚房門口急得抓耳撓腮。那蝦虎子嫂子真能做得好吃，光聞這味兒，口水就不斷地往外冒了。

四娘忍住笑，讓何思道去取一罈果子酒，擺好便能開飯了。

何思道立即一溜小跑取酒去了。

何思遠鬱悶地看著自己弟弟的饞貓樣，娘子做的飯食果真這麼好吃不成？

菜滿滿擺了一桌子，大家也不分男女，圍著桌子坐下了。

四娘先拿起一隻蝦示範了一遍吃法，大家便都有樣學樣的吃起來。四娘說了，吃小龍蝦不講究什麼文雅，用手拿著吃才能吃出精髓來。在座的本就不是什麼大戶人家，講究出身，當然是怎麼好吃怎麼來。

何旺學著四娘，先把蝦頭扯掉，吸了一口蝦黃，麻辣鮮香的味道夾雜著蝦黃的醇香立即在口腔裡散發開來，這是一種沒有嚐過的鮮味，比蟹黃更有味道。吸淨了蝦黃後開始剝蝦，肥嫩的蝦肉顯露出來，沾一下湯汁，放入口中，蝦肉緊致彈牙，湯汁裡的辣味和香料在舌尖上跳舞，真是過癮！

眾人擼起袖子吃得根本停不下來，嘴邊、臉上沾著料汁也顧不得了。

只有涂婆婆因為在宮裡待久了，已經養成習慣，吃得文雅。

四娘看乾娘吃得慢，便剝好了蝦放到乾娘碗裡。

張虎幾個吃得滿嘴是油。「嫂子的手藝真好啊！沒想到這蝦虎子還能做得這樣好吃！若是叫我弄來吃，頂多開水煮熟放到嘴巴裡嚼吧嚼吧就算，連怎麼剝殼我都不知道！」

何思遠能看出來四娘很喜歡吃這蝦，但因為要照顧乾娘和王氏，自己吃得並不多，根本就搶不過這幾個五大三粗的男人。

四娘正低著頭專心地給乾娘剝蝦，旁邊突然推過來一只碟子，裡面整齊地擺著一隻隻肥美的蝦尾。

「妳只管吃，我剝給妳。張虎幾個太能吃了，若是慢了，怕妳都搶不到。」何思遠在四娘耳邊輕聲說。

一桌子人都看了過來，帶著揶揄的笑，四娘突然有些臉紅。

「大人，我也剝得困難，手指頭都摳疼了，你也心疼心疼我呀！」

張虎發出怪裡怪氣的音調，幾個人你戳戳我、我戳戳你的，嘻嘻哈哈。

「既然剝得手指頭疼，那就別吃了！瞧你面前那一堆蝦殼，都堆成山了。你嫂子還沒吃幾隻呢，都讓你們給搶光了！」何思遠一個眼神都沒給張虎，低著頭繼續給四娘剝蝦。

「蝦吃完把這麵放進去拌一拌更好吃呢！我讓廚房下得多，只管放開了吃飽！」四娘忙說。

何旺一隻蝦、一口果子酒，吃得很愜意，這蝦簡直太對胃口了！

王氏瞧著何旺吃得專心致志的模樣，從桌子下伸出手捏住何旺腰間的肉，使勁一擰。

何旺吃疼，急忙看向王氏。「夫人怎麼了？」

「瞧你這有了吃食就忘了老婆的樣兒！看看咱們大兒，對四娘多周到！就連四娘也只顧著給涂姊姊和我兩個老婆子剝蝦，自己都沒吃幾口。你這個老東西，我看你是欠收拾！」

「夫人別生氣，我為妳剝就是了！這不是四娘做的太好吃了，我這一吃就停不下來嘛！瞧瞧妳，這一把年紀了，怎麼還跟個小姑娘似的使性子？」何旺今日吃得開心，話語間也帶了幾分調笑，羞得王氏在桌下踢他。

何思道正吃得開心呢，就被王氏誤踢了一腳，茫然地左看看、右瞧瞧。大哥在給嫂子剝蝦，爹在給娘剝蝦，只有自己苦哈哈地在和手中的蝦較勁，還不一定能搶得過對面虎視眈眈的張虎幾人，他突然無端覺得有些淒涼。

吃完了蝦，一盆麵條也被瓜分乾淨。每個人都吃得很滿足，癱坐在椅子上，懶洋洋地曬著秋日裡的太陽，不想動彈。

四娘讓人把桌子整理好，泡上一壺曬乾的花茶，把摘的野果子洗好，一群人靜靜地享受午後靜謐的時光。

下午就要回城了，真捨不得這樣的日子。四娘想著，等什麼時候賺夠了銀子，就來莊子上養老，每日睡到自然醒，種一院子花，做點好吃的，就這樣虛度光陰。

何思遠輕輕對四娘說：「到了京城，我在京郊也蓋上這麼個莊子，閒了便帶妳去玩可好？」

四娘還沒說話呢，偏張虎耳朵尖的聽到了。「大人別忘了喊上我！嫂子做的飯太好吃了，我去給你們捉魚、撈蝦，幹什麼都行，只要給口吃食就好！」

何思遠扶額，有點後悔帶著張虎幾人一起回來了，怎麼哪兒都有他！

「歇夠了就收拾收拾，咱們下午還得趕回去。明天就是中秋了，咱們回家準備過節。」何旺說道。

旁人還好，只有何思道猛地站起身，轉身就往外走。「我得讓莊頭再給我撈幾桶蝦虎子，帶回夷陵養著，啥時候想吃啥時候就能做！」

何旺也在一旁點頭附和。「思道說得對，多撈點！」又轉頭問四娘。「這東西能養住吧？」

四娘無奈地道：「能養幾日，久了不行，蝦肉都餓瘦了，蝦黃也不多了。反正天冷了，這東西會越來越少，讓莊頭隔段時間派人往城裡送一回便是了。」

四娘自己也沒吃夠呢，前世到了小龍蝦的旺季，隔個兩天不吃一回總覺得少了點什麼。

東西都收拾好後，莊頭拎著兩桶蝦虎子來送行。

四娘乘機告訴莊頭，山上的一些菌子怎麼曬乾保存，什麼樣的品相能賣個好價錢，讓莊子裡的人閒了先去採了曬乾存著，等專門賣山貨的鋪子弄好便通知他們送過去賣。

莊頭不住地點頭感謝東家，自從何家買了這些地，莊子上的佃戶日子是越過越好了。佃戶們所求的不過是能吃飽穿暖，家裡孩子平安長大罷了，若是碰見那些黑心的東家，辛辛苦苦幹一年的活計，年底還不一定能吃飽飯。回頭要跟佃戶們仔細說說，好好地為東家幹活，要對得起東家才行！

四娘還見到了狗娃子一幫小孩子來送她，一群小娃娃躲在人群後，悄悄地對著四娘擺手，四娘對著狗娃子招手。

狗娃子忙帶著一群小尾巴跑過去。

四娘遞給狗娃子一包麥芽糖。「拿著，你們分著吃。只不能一下子吃完，當心牙疼。等我下回再來，還找你們玩可好？」

小孩子哪有不喜歡吃糖的？這年頭糖金貴，有的孩子連糖是什麼味都不知道。這一包散發著香甜氣息的麥芽糖對他們來說誘惑力太大了，幾個娃娃都不住地嚥口水。

「我摘好些果子等著姊姊，姊姊一定要來！」狗娃子接過麥芽糖，依依不捨地跟四娘道別。

四娘笑著跟狗娃子約定好，便坐上馬車回城去了。

一群娃娃跟著馬車走了好久，直到馬車駛出莊子，這才停下來。

何思遠騎馬跟在車邊和四娘說話。「妳倒是喜歡孩子，不嫌他們吵鬧。」

四娘看著一望無際的田地。「我小時候過的日子，還不一定能比得上他們，要不是大姊帶著我，我早就餓死了。」

何思遠一陣心疼，不由得又想起四娘小時候在他心裡留下的那幅影像，瘦瘦小小、弱不禁風。早知道她以後會是自己的媳婦，說什麼以前也得多關照著她些。小時候吃了那麼多的苦，想起來怪讓人難受的。

中秋節，何家十分熱鬧。何思遠離家多年，這些年來何家人第一次聚得這麼齊。

過節無非就是吃吃喝喝、玩玩鬧鬧，一天就過去了。

過完了節，四娘就全心撲到玉女神仙膏的研製上了。

這個產品純粹是四娘上輩子知道的現代方子，有些材料大越朝沒有，需要找其他藥材代替。於是四娘幾乎整日泡在工廠裡，諮詢大夫，和榮婆婆商討比例。

昏天黑地的忙到了九月，終於把玉女神仙膏做了出來。只是做出來還不夠，必須要實驗，找一批年紀大的婦人試用，至少要用七至十天才能知道初步效果如何。

太后的壽辰是十月中，從夷陵到京城，路上也需至少十天，留給四娘的時間不多，所以四娘經常一忙起來便忘記了吃飯、睡覺。

涂婆婆這裡也聯絡上了內務府的舊友，收到了回信。信裡說，內務府早就知道了芳華，在京城賣得極好，若是想往皇商上努力，不僅要參加內務府的競標，還要上面有人。不過憑著涂婆婆之前在太后面前的地位，可以一試。

九月底，做好了一切準備，一行人開啟了上京之路。

何思遠的假期正好到了，要回去上任。

何思道要跟著一起進京，畢竟京城裡名師多，去學習一段時間，也好準備明年的舉人考試。

夷陵的眾多產業還在這裡，需要有人打理，因此何旺與王氏暫時不去，畢竟好不容易在夷陵扎下根來，這裡已經算是何家的家鄉了。

芳華的各種事情交給榮婆婆負責，四娘帶上了孫小青。這些年來孫小青的能力四娘都看在眼裡，她早已經是四娘的左膀右臂，但總窩在夷陵一個地方畢竟侷限了眼界和思路，孫小青需要見識更多的場面。

孫小青也早已把四娘當成了自己崇拜的對象與目標，四娘一提去京城，孫小青便同意了。如今弟弟也長大了，送去進學，繼母也消停許多，家裡的事情沒有什麼好操心的。跟著四娘暫時離開幾個月，想來也沒什麼問題。

因為李氏商貿與芳華如今有各種關聯，早就一榮俱榮，所以李昭此次也要跟著一起進京。李氏商貿在京城也有不少生意和人脈，需要找門路各處打點的時候，李昭身為男子畢竟更方便一些。

出發之前，王氏跟何思遠交代良多，不外乎是照顧好四娘和岳母，畢竟媳婦還沒真的到手，王氏和何旺還等著抱孫子。若是四娘同意了跟何思遠過下去，一定要給家裡寫信，兩個人還有婚禮沒辦，一定不能委屈了四娘。

帶著家人滿滿的囑託，四娘和何思遠登上了北上的船隻。已經是深秋，四娘站在船頭，看著漸漸遠去的夷陵碼頭，心中升起萬千豪氣。

京城，我來了！

第十七章

船上行了十日，要在天津港下船換馬車進京。

熙熙攘攘的天津港碼頭，比夷陵更加的繁華熱鬧。坐船坐得太久，四娘只想下地走一走，正好要在天津停留一日，遂找了間客棧住下，晚上約好了眾人出去逛一逛。

涂婆婆坐船坐得有些疲乏，對天津也不感興趣，留在客棧裡早早便睡了。

夜晚的天津城夜空被無數的燈籠點亮，走出客棧的門口，各種叫賣聲夾雜著食物的香氣撲面而來。

何思道第一次到天津，眼花撩亂，根本看不過來。

張虎一把攬住何思道的肩膀說：「走，哥哥帶你見識見識去！天津不算什麼，到了京城你才知道什麼叫繁華！」

四娘涼涼地看了張虎一眼。「你若是敢帶他去不該去的地方，小心你的腿。」

何思遠也用同樣的目光看向張虎。

張虎摸摸鼻子。「放心吧，我其實也沒怎麼去過，之前好奇跟著軍中前輩喝過幾次酒而已。孫姑娘要不要和我們一起？有我在，不會有那些不長眼的衝撞妳。」

孫小青瞥了張虎一眼。「不用了，我跟著東家便好。」

四娘在心中暗笑，在船上的時候，張虎不知道怎麼就瞧上了孫小青，一直前前後後地獻殷勤。孫小青則沒拿正眼瞧過張虎，一直都不冷不熱的。

男未婚、女未嫁的，四娘也不干涉。若是張虎真的沒有不良嗜好，孫小青也同意，四娘是不介意他倆在一起的。只是如今看來，孫小青對張虎完全無意，只怕張虎的路還很漫長。

何思遠也在心中暗笑。活該，沒想到你小子還不如我！至少我和四娘還是正經律法上的夫妻，你慢慢熬著吧！

李昭來過幾次天津，還是比較熟悉的，於是由他帶頭，領著四娘一行人去逛。張虎幾人帶著何思道去了熱鬧的雜耍賣藝的地方，四娘則愛逛一些小攤小販，很有在現代逛夜市的感覺。

在一個賣木雕簪子的地方，四娘看上了一支桃木雕刻的桃花簪子。小巧圓潤的花瓣栩栩如生，木頭也打磨得極為光滑。

攤主熱情地招呼道：「姑娘試一試吧！這簪子都是小老頭自己雕刻的，別的不說，您看這雕工，精細極了！」

四娘拿著髮簪，對著鏡子比畫。

何思遠見四娘喜歡，便詢問價錢幾何。

此時，身後呼呼喝喝地來了一群人，為首的是個穿得金光閃閃的胖子。

那胖子離得老遠便看到了一個腰細腿長的小娘子的背影，雖看不清正臉，但光看背影便能想像是個國色天香的尤物，於是對著身邊的一眾狗腿子說：「瞧那小娘子，那腰身一隻手便能掐得過來，再看那翹臀，還有那大長腿，爺跟你們打賭，絕對是個尤物！」

胖子身邊一個長著一臉疙瘩的男子掛著恭維的笑說：「小侯爺都轉了半天了，不是說這個是庸脂俗粉，便說那個長得磕磣，難得您能瞧上一個，咱們這便去瞧瞧？」

一群人朝著四娘所在的攤子走過去。

四娘簪上木簪，側臉問孫小青是否好看，臉上帶著盈盈的笑意，昏黃的燈光下，眼角的紅痣更顯得妖嬈。

胖子的口水都快流下來了，做出一副翩翩公子的模樣，清咳一聲才道：「小娘子看中了什麼？攤主都給包起來吧，算是我送的！」

四娘轉過身，便看到一個圓潤白胖的男子拿著一把紙扇，帶著幾分猥瑣的笑意，跟隻孔雀似地站在那裡。「多謝公子好意，不過不用了，一支簪子而已，我還買得起。」

四娘不欲惹事，拉住一旁想要揍人的何思遠，客氣地敷衍了一句。

誰料那胖子像是沒聽懂四娘話語中的拒絕，點頭道：「也是，小娘子這樣的容貌，怎麼是這些不值錢的木頭能配得上的！不如我帶小娘子去薈萃閣挑幾樣首飾如何？」

四娘此時已經有些薄怒，她這是被調戲了？「無功不受祿，公子沒別的事的話，就此別過吧。」四娘說完，放下簪子便想離開。

那個長著一臉疙瘩的男子看這小娘子好不識趣，立刻出聲訓斥。「好大的膽子！妳可知這位是誰？我勸小娘子還是順從一些，若是跟了小侯爺，後半輩子都吃喝不愁了！要不是瞧著妳有幾分姿色，小侯爺才沒時間在這裡跟妳唧唧歪歪呢！妳——」

男人話還沒說完，何思遠早就按捺不住，一腳朝著那人的門面踹過去了。四娘雖拉著他的胳膊不欲讓他動手，但他有腿啊！當著自己的面，媳婦兒被調戲了，換誰能忍？

那人躺在地上捂住嘴慘叫，一張嘴，吐出一顆門牙。

胖子看見自己的狗腿子吃了虧，哪裡肯退讓？身後的一群人立刻把四娘幾人圍了起來。

「不知閣下是哪位？我們好好的在街上走著，與你們無冤無仇，何必要鬧得如此難看？」李昭問。畢竟天津離京城近，經常會有京城裡哪家的公子、少爺到天津來玩，先問清楚是哪家的，再做打算。

「這是我們京城柱國侯家的小侯爺李子明，親姑姑乃是聖上正得寵的宜妃！小侯爺到天津來玩的，看上誰是誰的福氣，京城裡多少姑娘哭著喊著要嫁呢，我們小侯爺都看不上！你們這些不長眼的東西，敢跟我們小侯爺動手，嫌自己命長了不成？」躺在地上的人忍著疼，一頓叫囂。

四娘簡直要被那人氣笑了，說話都漏風了還不消停？京城的紈袴子弟原來就是這樣，看那叫李子明的小侯爺一臉習以為常的樣子，想來這樣的事情沒少幹。「小侯爺，無緣無故攔我去路是何意？雖然您是小侯爺，但也沒有隨意強人所難的道理吧？」

「何必跟他多話，我看他就是欠揍！柱國侯不會教兒子，總有別人替他來教！」何思遠早就一肚子火了。娘的，好不容易帶著娘子出門逛個街，就遇到了這種糟心事！下次還是讓四娘做男裝打扮吧，這女裝也太招人眼了。

李昭忙拉住想要打人的何思遠。「何大哥稍安勿躁，你還要在京城做官呢，別因為此事以後不好做。」

李子明看著四娘帶著怒氣的面容，更是覺得心裡癢癢的。胭脂虎啊，還是天仙似的胭脂虎，可比那些整日跟在他身後嬌滴滴的木頭美人有意思多了！

「小娘子別生氣，手下人無狀，驚著了小娘子，子明在這裡跟妳道歉。為表歉意，咱們找個酒樓喝一杯如何？」

「對不起了，我還有事在身，請小侯爺讓開。」四娘已經沒有了逛街的心思，只想離開這裡。

李子明看這小娘子是個棘手的，油鹽不進，身邊還有個煞神一樣的男人虎視眈眈，於是不再客氣。「好好哄著妳不樂意，那就別怪我粗魯了！來人，請這幾位去我落腳的客棧做客！」

身後一眾狗腿子擼起袖子便要上前動手。

看來今日此事是不能善了了。四娘不再攔著何思遠，又給孫小青使了個眼色，對方人多，怕何思遠一人應付不來，趕緊去把張虎幾人找過來。

何思遠畢竟是上過戰場的人，十幾個酒囊飯袋他根本就不放在眼裡。不過幾分鐘，地上便歪七扭八地躺了一堆人。

李子明看手下的人占不了便宜，忙拉來自己身邊的小廝去搬救兵。天津城巡檢是他爹門下的人，受他爹提拔才能爬到這個位置。把官兵叫來，不怕對方不服軟！今天這美人他是要定了！

四娘看對方只剩下李子明一人，不想再把事情鬧大。「不知道小侯爺可願意放我們走了？您也看到了，若是想動手，我們也是不懼的。」

李子明臉上有些掛不住，身為侯府的獨苗，在家裡受盡了寵愛，何時受過這樣的憋屈？「你們竟然敢對侯府的人大打出手？等著，官兵很快就到，我倒要看看你們骨頭有多硬！」

說話間，張虎幾人便到了。

「哪個王八蛋敢調戲我們嫂子？我看是不想要命了！也不睜大眼睛看看，爺們可是刀山火海裡闖過來的！毛都沒長齊的小子，見過血沒有？」一聽孫小青一說嫂子被人調戲了，他們哪裡能忍？

李子明看見對方又來了三、四個一身煞氣的男人，腿肚子頓時有些發軟，心裡暗罵小廝怎麼腿腳這麼慢！

天津城胡巡檢先前其實正在不遠處的青樓喝酒，身邊還坐著兩個風塵女子相陪。正喝得高興的時候，李子明的小廝找了來，口口聲聲說自家小侯爺被人欺負了，讓他趕緊帶人過去。

胡巡檢不敢怠慢，畢竟自己的官職都是託了柱國侯才謀到的。柱國侯的獨子呢，若是在他的地盤上出了事，他這官也就做到頭了。

於是胡巡檢急忙點了二、三十號人，浩浩蕩蕩地跟著小廝來了。

「哪個不長眼的敢對小侯爺不敬？全都給我抓起來！」

胡巡檢的話一出，何思遠是再也按捺不住了。帶著官兵前來，明擺著這是為了拍什麼狗屁小侯爺的馬屁，連臉都不要了！這天津城的官還真是囂張！

何思遠不再廢話。「我倒要看看這什麼金貴的小侯爺我動不動得？聖上讓你做官，你就是為了幫著小侯爺為虎作倀的？今天若是不讓你吃個教訓，我看這天津城的百姓都要被你這昏官禍害了！」又對著張虎幾人道：「給我狠狠地打！只要不出人命，出了事我擔著！儘量離你們嫂子遠點，若是誤傷了你們嫂子，我扒了你們的皮！」

「放心吧大人，這一群人還不夠兄弟們熱身的！好久沒打架了，手還怪癢的呢！」話畢，幾人便衝進了一群官兵中。

地方上的衙役官兵，哪裡是上過戰場老兵的對手？也就一刻鐘時間，就全部被放倒在地上了。

李子明早就嚇得直哆嗦，哪裡想到今天竟惹了個不好惹的煞星。

何思遠看著被張虎反剪住雙手的胡巡檢，厭惡地說：「拿著我的腰牌，把他給送到知府衙門去。這樣混帳的東西，也配做官！讓知府大人好好管管手下，再有下次讓我撞上，就沒這麼便宜的事了！」又一步一步地走向兩股戰戰的李子明。「今日我們是不能跟著小侯爺去您落腳的客棧了，倒是要煩勞您跟著我回我住的客棧，等明日進京，我親自把您送回家！」

沒了逛街的心思，一群人還帶著個李子明跟著一個哭哭唧唧的小廝，回了客棧。

何思遠要了一間客房，把李子明和小廝綁起來、塞上嘴後扔進去。

李子明真是要嚇死了，早知道調戲個小娘子會惹上這麼個煞神，說什麼今天也要繞著那條街走！

「有沒有被嚇著？」何思遠問四娘。

四娘搖搖頭。「沒，比起上次遇見馬賊，這不算什麼。」

「下次還是穿男裝出門吧？真是讓人不放心。」何思遠忍不住建議。

「不就想著跟著大少爺出門，您身手好，能有什麼事？之前出門都是穿男裝的，還跟著鏢師呢！這什麼小侯爺的，你說綁就給綁了，不怕回京後那柱國侯找你麻煩嗎？」四娘問。

何思遠輕蔑地笑了一聲。「我怕他？一群光拿銀子不幹事的王八蛋！我離京之前睿侯剛接到明王的傳話，聖上正準備拿一批勛貴開刀。這次跟突厥打仗，凡是插手過軍需糧草的官員都不知道貪了多少，特別是這一群勛貴，哪裡都要插一手。之前還在打仗，怕人心不穩，但聖上都記著呢，如今打了勝仗，那些帳正好該清算了！」

前線的戰場上，軍人們都提著腦袋禦敵，後方還要貪那些軍需銀子，的確該死！

四娘也不再擔心何思遠回了京城不好交代了。「那就早點休息吧，明日還要進京呢。」

第二日一早，眾人在客棧用過飯便啟程了。

李子明和小廝被塞進一輛裝著行李的馬車裡。

涂婆婆聽到喧鬧聲，問了句何事，四娘便把昨夜發生的事情跟乾娘說了。

涂婆婆氣得一巴掌拍在馬車內的小几上。「欺人太甚！柱國侯個老東西，多少年了，還是這樣不長進！柱國侯府滿門生了女兒都送去聯姻，就這麼一個寶貝蛋子，慣得不成樣子！等我進京了再說，這口氣不出，還當我涂靜的女兒好欺負！」

四娘忙安撫乾娘。「娘別氣壞了身子，我這不是沒吃虧嗎？再說了，妳沒見那小侯爺，被大少爺打得可慘了。只是我聽說小侯爺的親姑姑是宮裡的宜妃，彷彿正得寵。咱們把小侯爺給綁了，要不要緊啊？」

涂婆婆喝了口茶。「宜妃？四年過去了，沒想到倒是升了妃位。當年我還在宮裡的時候，她還只是個嬪，整日裡巴著太后娘娘，只圖在聖上面前多露幾次面。不用擔心，柱國侯雖說是侯爺，但家裡幾代都沒出過成器的兒孫，只顧著送女孩兒嫁去豪門聯姻，靠著裙帶關係維繫滿門的榮耀，有何可懼？女婿做得不錯，若是對上個侯爺便縮了，我還真看不上他！京城裡這個侯爺、那個國公的多了去，若是人人都怕，竟是不用做官了！橫豎不是咱們挑釁在前，萬事有女婿和我，妳把心放在肚子裡，咱們還不至於被人欺負了還不敢吭聲！」

聽到乾娘這樣說，四娘便放心了，又聽了乾娘給述說了一肚子京城中的人物關係。京城果真水深，若不是想要皇商的資格，四娘還真不喜歡在這種事事都要多長幾個心眼的環境常待。沒辦法，為了自己的事業，兵來將擋，水來土掩吧！

上午出了天津城，傍晚時分便進了京城。

一群人在路上耗了許久，都顧不上出門看京城繁華。在何思遠京城的宅子先安頓下來，休息一夜，明天再做打算。

這宅子還是睿侯給的，何思遠跟著睿侯立功無數，早已經是睿侯的左膀右臂。

睿侯又跟明王關係親密，打小一起長大。

明王是聖上的長子，如今雖未立太子，但中宮無子，明王是皇后親手撫養大的，平日裡行事有賢明之風，在朝中一眾人心裡，明王被立為太子是早晚的事情。

怪不得何思遠根本不懼什麼柱國侯，他本就是赤裸裸的明王一系。有明王和睿侯在後面撐腰，不至於連個閒散侯爺都怕得要死。更何況自己媳婦兒被調戲了，是個人都不能忍。

何思遠安頓好四娘和岳母後，拎著李子明，親自去了柱國侯府。

柱國侯早就得到了消息，自家那不成器的兒子因為調戲女子被打了！話說昨夜張虎把胡巡檢捆起來送到了天津知府的府衙，知府一瞧見張虎拿出的腰牌，就頓感頭疼。

雖說自己比五城兵馬司的指揮檢事官職要高，但人家畢竟是京官，又是睿侯一手帶出來的。更何況，本就是李子明調戲人家的媳婦在先，這官司就是打到聖上面前也是李子明沒理。柱國侯雖說是侯爺，但比不上睿侯這個侯爺的含金量大啊！人家實權在手，又是明王的親信。李子明這不長眼的，惹誰不好，偏惹上了何思遠這個剛從戰場上下來的煞神，人家一身軍功不說，早就被明王在聖上面前過了明路，以後定是要被重用的。如今好了，挨了打也是活該白挨。

可柱國侯畢竟總也是個勛貴，他這知府不好裝聾作啞，因此趕緊連夜打發人去京城侯府報信：您家嬌生慣養的小侯爺惹了不該惹的人，被人家給揍了，趕緊地想法子撈人吧！

柱國侯正在家裡犯愁，家裡的夫人則哭天喊地的正抹淚呢！生了好幾個閨女才得了這麼一個兒子，家裡的獨苗苗啊，整日是千嬌萬寵的，何時吃過這樣的苦？寶貝兒子可千萬不能有個好歹，否則真會要了她的命了！

何思遠拎著李子明來到柱國侯府，也不進門，直直地把李子明往大門口一扔，然後大馬金刀就站在侯府門口等著。

門房早就一溜煙地進去通報了，自家小侯爺那個樣子，鼻青臉腫的，看著比原來更胖了。

柱國侯趕忙來到門口，先是看到自家兒子被捆成個粽子，嘴巴也被堵嚴實了，心裡便是一通心疼。

李子明見到自家爹來了，頓時眼淚鼻涕齊飛，掙扎著嗚嗚叫，讓爹趕緊救自己！

「下官見過侯爺！今日未事先遞帖子便冒昧前來打擾侯爺，先給侯爺致歉了。」何思遠也不管柱國侯看到兒子後心疼得直抽抽的眼神，只先給柱國侯行禮。

柱國侯哪裡還顧得上挑剔什麼禮數？趕緊地把何思遠往府裡讓。「何大人哪裡的話？年紀輕輕便已經是正四品的指揮檢事了，前途無量啊！進府喝杯茶，咱們慢慢聊如何？」

此時正是人來人往下衙回家吃飯的時辰，柱國侯府附近全是京城有頭有臉的人家，來來往往的，哪個不認得地上捆得結實的正是柱國侯的寶貝獨子李子明？雖不好意思親自站著看熱鬧，但都紛紛派了下人圍觀打探消息。

何思遠並不領情，只對柱國侯說：「侯爺厚愛，只是下官今日剛剛進京，還有許多事情，就不打擾了。」又扭頭看了眼在地上不停掙扎的李子明，對柱國侯說：「今日前來是想問問侯爺一事。貴府小侯爺無故調戲我家內眷，我等好言分說，小侯爺依舊不依不饒，先是指使手下人動手企圖強搶，後又喊了天津的巡檢帶了二、三十個府衙官兵來圍堵。下官不解，小侯爺竟能調動天津的巡檢司，而胡巡檢竟然也聽令於小侯爺？下官不才，只是個小小的四品官，比不得柱國侯府乃是世代勛貴，但自家內眷被調戲了，若我不討個說法，怕是自己都看不起自己。侯爺，還請給下官一個交代！」何思遠一席話說得擲地有聲。

圍觀的各府下人紛紛小聲交談，怪不得李小侯爺被捆成這樣，且打得親爹都快認不出來了，柱國侯還不敢吭聲，原來是踢到了鐵板啊！

那李子明在京城的名聲本就不好聽，家裡慣得不成樣子，還沒成親呢，便左一個通房、右一個小妾的，更別提在外面只要有看上眼的，不管不顧、軟硬兼施的也要得手，偏偏家裡夫人及老夫人都護著，慣得不知天高地厚。今天惹了不該惹的人，人家都打上門了，真是痛快，早該有人治一治了！

柱國侯的老臉都快掛不住了，何思遠一席話說得條理分明，自家兒子是一點都不冤枉。小祖宗，你惹誰不好，偏要去惹明王手下的人！那是你爹能兜得住的嗎？

「實在是老夫教子無方！這孩子打小被慣壞了，何大人別跟他一般見識，回頭我會好好教訓他。今日天色已晚，等明日老夫一定登門致歉！」柱國侯連連道歉。

何思遠也並不糾纏，只是抱拳說了聲。「那下官便在家等著了。」說完便轉身上馬回家。

柱國侯趕緊讓下人把兒子身上的繩子解開。

李子明被捆了一天一夜，水米未沾，中途也沒人給他鬆綁，連如廁都不能，因此衣服上屎尿混著身上的汗味，聞起來讓人作嘔。

李子明一把抱住柱國侯的大腿，張嘴便嚎。「爹啊！兒子被人欺負了！您看看我這臉被打的，您可一定要給兒子報仇啊！」

柱國侯趕緊揮手讓下人把兒子抬進去，大門口四處都是別家的下人，明天滿京城就會傳開了，還不夠丟人嗎！

府裡侯夫人聞聲趕來，看著已經被洗刷乾淨、換了衣服的兒子躺在床上喊疼，臉上青一塊、紫一塊的，跟打翻了醬油鋪子一般，當即驚呼一聲。「兒啊！疼煞娘也！」而後便撲上去，摟著李子明哭。

柱國侯扶著腦袋，只覺得額際突突地跳。「快別嚎了，明日還要去何家賠禮呢！妳養的好兒子，慣得不知天高地厚，什麼人都敢惹！」

侯夫人心疼地撫摸著兒子跟豬頭一般的臉。「都把我兒打成了這般模樣，有什麼天大的仇恨不成？竟還要一介侯府上門賠禮?!」

「妳兒子把人家媳婦給調戲了，還想把人給搶走！更丟人的是，自己帶去的手下打不過人家，又喊了天津巡檢帶著大批官兵去，照樣被人家給收拾了！那胡巡檢如今還在天津的府衙裡關著呢，真是丟人丟大了！明王的人也是我們惹得起的？瞧著吧，若是人家肯原諒他，什麼都好說，若是人家不依不饒，此事說不定到最後連侯府都要吃掛落！」

侯夫人張大了嘴。「那姓何的竟是如此難纏不成？一個小小的四品官罷了，在京裡一塊磚頭掉下來砸到的，十個有九個都比他官大呢！再不成，咱們進宮裡找妹妹去！我就不信，唯一的姪子被打了，娘娘能坐視不理？」

柱國侯嘆氣。「本就是這個渾小子無理在前。明日備一份厚厚的禮，我親自送去。若是能息事寧人當然好，就怕人家不依。娘娘如今雖說是宜妃，但也是憑著五公主漸漸大了才在聖上面前有幾分臉面，不要事事都去麻煩娘娘，先看看明天那何思遠是什麼態度再說。」又狠下心對著兒子說：「你給我老實在家待著禁足！之前你那些荒唐事我就不提了，如今吃了教訓，也好叫你知道，你爹也不是什麼事都能給你擺平的！」說完便起身一甩袖子，去了小妾屋裡。

侯夫人看著侯爺離開的背影直咬牙，自己生了三個閨女才只得李子明一個兒子。為了給侯府開枝散葉，一房一房的小妾往侯爺的房裡抬，幸好老天有眼，侯府庶女一大堆，唯一的兒子還是從自己肚子裡蹦出來的，任誰也不能越過自己去。只是侯爺有了兒子仍不知足，成天就往小妾房裡鑽。

別以為她不知道那些狐媚子怎麼想的，能生閨女就能生兒子，只憋著勁兒地想著再生個兒子，好來分這侯府偌大的家業。癡心妄想！自己千辛萬苦才生養的兒子，整個侯府都得是自己兒子的！等兒子成了侯爺，早晚把那些狐媚子提腳賣了！

房裡的大丫鬟明玉拿著熱巾子給李子明抹藥，明鏡則在一旁給李子明擦拭額上疼出來的汗。

看著李子明不住地喊疼，侯夫人拉住兒子的手說：「兒啊，你平日裡喜歡這個那個的，娘都依你了，你看中的人，娘不說二話都放到你房裡來，便是在外面瞧上的，娘也幫你抬進了府裡，只要你喜歡，娘都幫你想辦法。但如今你膽子也太大了些，竟然瞧上了有夫之婦？任憑她是多麼天仙似的人兒，嫁過人的也不能弄回來啊！你以後是要繼承侯府的，哪能如此荒唐？」

李子明此刻回到了侯府，有兩個貌美的通房丫頭伺候著，親娘又在一旁嘘寒問暖的心疼著，心裡的那股不甘便又漸漸找了回來，昨日那小娘子看著實在眼饞。打從十四歲開始，李子明便知曉了男女之事，侯府老夫人和侯夫人都寵著慣著，只要是他看得上眼的丫鬟，抬抬手便都給了他。京城裡有名的大小青樓也都去過了，各種花魁睡了個遍，反正他爹是侯爺，他是小侯爺，做個紈袴子弟也沒什麼大不了的。

只是見識過這麼多的女人，昨天那種絕色還是第一次見，越是得不到的，心裡越是覺得癢癢。

「娘，您不知道那小娘子長得多好看，兒子一見她，便覺得以前的那些庸脂俗粉都入不了眼了！」

「我看這頓打你是挨得輕了！莫要再惹你爹生氣了，明兒個你爹還得去人家府裡賠罪呢，你就老實在家養傷。明玉和明鏡兩個丫頭多好，伺候你兩年了，你近些日子先不要出門了，等你爹的氣頭過去了再說。要是還嫌不足，娘把明蕊和明朵也給你，聽話！」侯夫人為了兒子，真是操碎了心！就這麼一個寶貝蛋，以後是她唯一的指望，她只能哄著。

李子明之前便饞侯夫人的兩個大丫鬟許久了，只是兩人是侯夫人的左膀右臂，侯夫人一直沒鬆口，如今竟然答應要把人給他！雖然比不得昨日的小娘子絕色，但也聊勝於無了。

侯夫人交代丫鬟伺候好兒子，便去給老夫人回話了。因李子明傷在臉上，不敢讓老夫人瞧見，便哄了老夫人，說李子明受了風寒，怕過了病氣給她。如今瞧完了兒子，還要趕緊過去安撫老夫人呢！

明玉和明鏡聽到侯夫人竟然又要把明蕊和明朵送過來，兩人立即交換了一個眼神。小侯爺院子裡本就塞了許多女人，要是再來兩個，還是夫人的大丫鬟，那她們便更沒有地位了！

侯夫人走後，明玉和明鏡便鶯聲燕語、撒嬌做癡地和李子明調笑。

李子明心裡還想著四娘那身段和樣貌，對著兩個已經玩膩了的丫鬟實在提不起興趣，隨意地給了幾件首飾便丟開手去。

何思遠處理完柱國侯府的事情後，便趕緊回家。之前睿侯給了宅子後，何思遠沒住幾日便回了夷陵，府裡的房屋擺設倒是沒問題，只是下人太少了。只他一個主子的時候還能伺候得過來，如今四娘、弟弟和岳母都來了，還有李昭和孫小青幾個客人在，明日要買幾房下人才行了，不然還真是忙不過來。

誰知回到府中，一切都井井有條。

四娘指揮著鶯歌和豆兒，先把要住人的房間打掃出來。房子修繕得不錯，沒有多少要打掃的地方，簡單地打掃過後，換上乾淨的鋪蓋便能住人。

收拾好屋子，又到了晚飯時分，廚下就一個廚子，這麼多人吃飯，一時怕忙不過來，四娘乾脆叫府裡的小廝去酒樓叫了一桌菜，今日先湊合著填飽肚子。

何思遠回到家的時候，酒樓的人已經把飯菜送過來，熱騰騰地擺了一桌。

涂婆婆問道：「柱國侯府的事都處理好了？」

「我把李子明捆著給他爹送了回去，柱國侯說明日前來賠罪。」何思遠說。

「賠罪？明日我便等著看看柱國侯是怎樣替他那不成器的兒子賠罪的！」涂婆婆說罷，便招呼著眾人開飯。

「明日下午我叫牙婆帶些人來，煩勞岳母幫著掌掌眼，買幾房下人用。府裡人手不夠使，今日先委屈岳母與四娘了。」何思遠恭敬地說。

涂婆婆點頭算是答應了。女婿好歹也是指揮檢事，在京城做官，少不了人情往來，府裡是要有得用的下人。一個大男人哪裡懂這些？自己畢竟是長輩，幫著打理打理家事也是應該的。

用過飯，便各自回房休息。正院的屋子四娘沒動，和乾娘、孫小青一起住了滿溪閣。

滿溪閣或許是因為院裡有一條淺淺的溪流穿過而得名，不知是從哪裡引來的水，溪邊還栽滿了各色野花。因這宅子久不住人，疏於修剪，野花開得繁茂，十分有野趣，四娘一眼便喜歡上了，跟乾娘說要住在這裡。正房偏廳加起來四、五間屋子，她們幾個帶著兩個丫鬟住足夠了。

幾個男人都住在前院，反正都不是什麼嬌生慣養的大少爺，只先暫時住下便罷了。明日起府裡有涂夫人打理，想來以後就會方便許多。

第二日早上，依舊是下人去外面買來早飯。用過飯不久，門房便來稟報，柱國侯已經到了門口。

何思遠在前廳接待，涂婆婆和四娘坐在一道屏風之隔的後廳喝茶。

「昨日我已教訓了我那不成器的小子，今日特帶了禮物前來致歉，還望何大人你大人大量，原諒小兒這一次。」柱國侯抬抬手，便有小廝拿著一本厚厚的禮單遞過來。

何思遠打開禮單，上面金銀首飾、布料擺件不一而足。柱國侯府自開國以來，歷經幾代，果真身家豐厚。他隨手把禮單擱在桌上，道：「侯爺如此重的賠禮，倒讓我不敢接下了，跟著睿侯征戰幾年，也沒得過如此多的金銀。敢問侯爺，小侯爺若是以後再來糾纏，該如何是好？」

「何大人放心，若是小兒再胡鬧，我便打斷他的腿！這些不算什麼，小兒驚了何大人的家眷，我心裡過意不去，若是不收，倒是讓我不安了。以後同朝為官，何大人又在五城兵馬司，還要何大人多多照拂呢！」柱國侯沒有任何架子，言語中倒是透出一絲想交好的意圖。

何思遠嘴角露出一個諷刺的笑。五城兵馬司主管京城治安，不論是開鋪子還是做生意，都需要在五城兵馬司打點，否則，生意是做不安穩的。

柱國侯幾代子弟少有入仕，便是有也大多是閒職。偌大的侯府，銀子流水一樣的花出去，靠的是什麼？當然是侯府在外的生意與鋪子。不少商家為了生意做得安穩，通常都會給自己找個靠山，而柱國侯的親妹妹如今在宮裡好歹也是個妃位，雖只得了一位五公主，但聽聞聖上對五公主向來寵愛，所以不少人都削尖了腦袋往柱國侯府投誠，獻上幾分乾股，柱國侯府來者不拒，全都接了下來。

柱國侯家裡就一根獨苗，還是個不成器的紈袴，也不知圈這麼多銀子，以後留給誰花？何思遠心裡想著。

「既然侯爺如此說，在下便卻之不恭了。何某一介武夫，說話不好聽，但還是要告訴侯爺知道，若是貴府小侯爺再有下次，雖我只是個區區四品官，拚著官位不要，我也要去御前評評理！」

「一定一定！改日有機會我請何大人喝酒，何大人一定要賞臉！」禮已經送出去了，柱國侯也不再多留。

目送著柱國侯的身影消失在大門口後，何思遠一把將禮單揮出去好遠。欺負了我的人，便拿金銀來打發？我雖說不是出身名門大戶，但這些銀子也還不看在眼裡！且看著吧，那李子明被慣得不成樣子，早晚要收拾了他！

豆兒撿起地上的禮單交給涂婆婆。

涂婆婆打開掃了一眼。堂堂侯府，做事還不如商戶，拿這些金銀打誰的臉呢？「女婿莫再為此事心煩了，且看以後吧。我要去內務府一趟，四娘跟我一起，去看看都要做什麼準備，也好趕緊打點。」

「正好我也要去衙門銷假，送岳母一程。讓張虎幾個跟著吧，京城事多，若是遇到不長眼的，也能替我護著一二。」何思遠再也不放心讓四娘和涂婆婆兩個女眷單獨出門了，一個李子明已經夠讓他嘔氣的，再遇到幾個，他得直接拿刀砍人！

內務府總管跟涂婆婆有幾分交情，當年還在太后身邊伺候的時候，太后掌管宮務，做為太后的貼身女官，涂婆婆常常跟內務府打交道。遇到太后心情不好，稟事之前還要找涂女官去說說好話，萬一觸怒了太后，也要煩勞涂女官分說一二。

帖子遞進去不久，就來了個小太監，恭敬地對著涂婆婆行禮。

「涂嬤嬤好久不見，您老身體可好？張總管一看是您的帖子，便叫奴才趕緊來迎您進去！」

來的是張總管手下的小太監秋子，也是個熟人。涂婆婆笑著問：「秋公公幾年未見，倒是瞧著有些發福了，可見日子過得不錯啊！」

秋公公笑得眼都瞇成了一條縫。「涂嬤嬤才是享福去了呢！之前聽說您回鄉尋親去了，可是尋到了？這位看著跟個花朵似的姑娘是誰啊？長得真是好看，我瞅著倒是比滿宮的嬪妃還要出挑呢！」

「你這嘴還是沒個把門的，後宮這些主子們豈是我們能編排的？這是小女四娘，我帶她來見一見張總管。」

秋公公知道涂嬤嬤未嫁人，此時突然冒出個十五、六歲的閨女，必定不是親生的。不過許多宮裡出去的人都會過繼個親戚家裡的孩子用來養老，也沒什麼好奇怪的。「瞧我這張嘴，該打！張總管在院裡等著嬤嬤呢，你們幾年沒見了，定是有許多話要說。」

四娘好奇地打量著秋公公，這還是第一次見到傳說中的太監呢！看著二十多歲，面白無鬚，說話聲音倒沒有很刺耳，只比正常男子的聲音多了幾分柔和。

秋公公瞧見四娘在打量他，便對著四娘露出一個笑。這姑娘一絲怯意也無，看起來是個膽子大的。不過如此顏色，涂嬤嬤不會是想把這女兒送進宮來吧？還別說，若是這姑娘入了宮，這身段容貌，保不齊又是個得寵的！

張總管五十多歲，個頭不高，長得精瘦。見到涂婆婆進門，立即露出一個笑。「許久不見，涂女官瞧著竟然還和以前一樣精神！」

「離開京城幾年，今日又踏進內務府的大門，倒是讓我想起了以前的日子。張總管這一向可好？」

「給聖上和太后娘娘辦差，只求不出錯罷了。我這頭髮都熬白了，倒是羨慕涂女官的日子，清靜又自在。」內務府主要負責宮內的事宜，伺候的就是宮裡大大小小的主子，雖說是肥差，但也勞心勞力。

秋公公上了茶水點心後，便知趣地退了出去。許多年沒見，涂嬤嬤和張總管定有許多話要說。

「這位是小女四娘，我信中所說的芳華，便是我這女兒的產業。此次進京，就是想爭一爭皇商的資格。」

四娘對著張總管行了一禮。「四娘見過張總管。常聽我娘提起您，說您是她在京城少有的好友之一，還請張總管以後多多關照。」

四娘禮數極好，不枉涂婆婆教了許久。

張總管對著四娘露出一個慈愛的笑。「好孩子，既然知道我與妳娘是好友，何必還如此見外？以後稱我張伯伯便是。頭次見面，也沒個準備，這玉珮還是聖上賞的，便給了妳吧！」張總管摘下腰間的玉珮遞給四娘。

那玉珮水頭極好，一看便知是張總管經常把玩的愛物。四娘見乾娘點頭，這才謝過接下。

「芳華這幾年在京城極有名氣，我還聽說許多人家為了爭搶芳華的新品，提前一個月便去預訂了。沒想到，這產業竟然是個這樣年輕的小姑娘做出來的，真是後生可畏啊！」張總管滿口誇讚。

「張伯伯謬讚了，還要多虧我娘和榮婆婆，若只我自己，是再鋪不開這樣大的攤子的。」

「喔？竟連榮嬤嬤也參與了？妳可是找了個好幫手啊！芳華賣得如此好，妳們想要成為皇商也是應有之義。只是自來皇家的供應都是商家打破了頭也想爭一爭的，競爭對手不少。我這裡自是希望芳華可以入選，但為了保險，涂女官還是要再多使使勁兒。」一旦成了皇商，吃的是皇家的供奉，不說別的，只說這身分上便金光閃閃地鍍了金。

涂婆婆喝了口茶。「自然，我這次來就是想趕在太后她老人家壽辰前給太后請個安的。我這女兒給太后娘娘備了份壽禮，但願能入太后的眼。只是我如今不比以前了，不能隨時入宮。張總管若是方便，瞅著機會給太后遞個話吧，就說我如今到了京城，想給太后娘娘請個安。」

「涂女官說笑了，妳雖離開了後宮，但太后金口玉言，如今仍舊讓妳享受著四品女官的供奉，妳若是想進宮，還不是一句話的事？放心吧，這幾日內務府正好要跟太后稟報壽誕的安排，到時跟太后說涂女官回來了，太后定是要宣召的。」張總管知道涂嬤嬤在太后心中的地位，這位還在後宮的時候便是太后跟前的第一人，還救過太后，無論如何在太后身邊是有幾分顏面的。

「如此便煩勞張總管了。我昨日才進京，如今住在官帽大街何府，若是張總管有事找我，便使人去那裡傳個話。」

「何府？可是五城兵馬司何指揮檢事府上？」何思遠一個新晉的年輕四品官，在突厥一戰中立過大功，滿朝沒有不知道的。

「何思遠正是我女婿，以後還請張總管多多關照。」

「涂女官好福氣，女兒是個做生意的奇才，女婿更是年紀輕輕便大有作為，真是羨煞我也！」瞅瞅人家這命，雖說一輩子沒嫁人，但臨老得了個如此出息的女兒，女婿也是個能幹的，真是讓人眼熱。

辭別了張總管後，涂婆婆和四娘便回了何府。

路上，四娘悄悄問乾娘。「張總管也是太監嗎？」

「是。前朝時候，內務府總管還不是太監做，只是後來出了貪污的事，之後內務府便交給宮裡的太監管了。太監本就是皇上的奴才，無兒又無女，雖說多多少少也會貪一些，但一身榮辱全憑主子們的心情，所以也不敢太過分。」涂婆婆替四娘解惑。

四娘點點頭。內務府總管，大小也是二品了，以張總管這個年紀，最多也就再幹個十年吧。太監不比宮女，出了宮還能嫁人，如今瞧著風光無限，老了之後也是個可憐人哪！

第十八章

何思遠在衙門銷完假，便去跟睿侯報到。虧得睿侯打點，剛升了官，一天衙門都沒去便請了一個多月的假，如今回來了自然要和睿侯說一聲。

睿侯膝蓋上趴著一隻碩大的白貓，眼珠是藍色的，懶洋洋地癱在睿侯腿上曬太陽。如今回了京，睿侯身上那股殺氣一絲也無，漫不經心的樣子看起來彷彿只是一個養尊處優的勛貴。

「看你這滿面紅光的樣子，可是尋到了家人？」睿侯一邊摸著那貓毛茸茸的尾巴，一邊問。

「回侯爺，找到了。家中一切都好，只是如今許多產業在夷陵，需要有人打理，爹娘暫時走不開。此次我先帶著弟弟和娘子、岳母進京，待以後安穩了再把爹娘接過來。」

「臭小子，我還說等你回來給你說一門親事呢，沒想到回趟家倒是得了個娘子！」睿侯笑罵。

何思遠摸摸鼻子笑。「家中爹娘給定的，許多年了，我也是才知道。之前家中一直以為我已經為國捐軀了，所以找了個姑娘給我守寡，免得我身後淒涼，無人祭拜。」

睿侯伸出手指拈起一枚紅果放入口中。「父母之命啊，那姑娘長得可好看？若是不合意，我再送你幾個美人如何？」

何思遠想起四娘那句「我想過此生若是嫁人，定要嫁個除了我以外再不染二色的男人」，因此趕緊對著睿侯求饒。

「侯爺美意我心領了，娘子極合我心意，我也答應過家中父母，此生絕不納妾。侯爺不知道，在歸綏時我們便遇到了，當時她女扮男裝，我不知道，隨口說了句等以後帶她去花樓喝酒，這便捅了馬蜂窩，回到夷陵後差點就要和離了。就是如今，雖跟我來到了京城，但還是對我不假辭色。」

睿侯忍俊不禁。「如此說來，思遠你可是娶了個胭脂虎回來了！天津是怎麼回事？我聽說你把天津胡巡檢給綁了送到天津府衙，知府不知該如何處理，傳了信給我。」

何思遠想起此事便直咬牙，當即把在天津如何遇到李子明、李子明又如何叫來天津巡檢為虎作倀的事情全告知了睿侯。

「原來如此，我說你一向不愛管閒事，怎麼那姓胡的便惹到你了。既然是辦了不該辦的事，他那官還是別做了。柱國侯府這幾年越發胡鬧了，前幾日明王還在跟我說聖上在查軍需貪墨之事呢。憑著宜妃娘娘在後宮這幾年還算得臉，柱國侯不少生意都插了一手，若只想正經地賺些銀子也不算什麼，可若是真的把手伸進了軍需中，那恐怕宜妃娘娘也護不得他了。」睿侯說得雲淡風輕，可言語間，那胡巡檢此生估計都沒有再踏入官場的可能了。

何思遠能聽出來，軍需一案中，柱國侯多多少少還是做了些什麼。若說起做哪門生意最賺錢，答案一定是糧草生意。更何況，這幾年大越朝與突厥打仗，戰線拉了三年，需要的糧草源源不斷，這樣龐大的生意，賺的銀子多了去，哪個商賈不眼饞？

在前線的時候，有好幾次軍糧和軍需差點接不上，天寒地凍，戰士們等無米下鍋，也只能自己去打獵，靠著啃那些烤得半生不熟的獵物，才度過了好幾次青黃不接的時候。他們一邊要和突厥人血拚，保護大越朝不受侵犯，另一邊大越朝的這些人還想從前線的軍需中啃一口肉吃，讓他們怎能不恨？

是以睿侯得勝回朝之後的第一件事，便是向明王稟報了軍需之事，明王上了摺子給聖上後，聖上大怒。此事估計牽連甚廣，明王建議暗查，以免打草驚蛇。

睿侯又交代了一些事情，然後對何思遠道：「既然你已經成家，閒了便帶你那小娘子來侯府給我夫人請個安吧。之前夫人一直唸叨著要給你說門親事，如今倒是要讓她白忙一場了。讓你小娘子嘴甜一些，夫人最喜歡那大方明朗的姑娘，若討了夫人歡心，想來你娘子以後在京城也不會受到怠慢。」

何思遠知道睿侯是為了他好，睿侯夫人許氏乃是皇后娘娘的娘家姪女，出身豪門。四娘一個沒有什麼根基的女子，以後出門交際難免被人看輕，若是得了睿侯夫人的青眼，至少那些眼皮子淺的人也不敢當面給四娘難堪。

何思遠當即謝過睿侯。「好叫睿侯知道，我娘子認了太后娘娘身邊的涂女官為乾娘，岳母聽我提起侯爺時還問了幾句，聽說侯爺幼時常去太后宮裡玩耍。如今岳母也來了京中，想來過幾日便要去宮裡給太后請安。」

「你那娘子倒是好運氣！涂女官算是看著我和明王長大的，在太后身邊得臉極了，能入得了涂女官的眼，想來你那娘子不是凡人。有個這樣的岳母瞧著，我看思遠你的日子不好過嘍！」

睿侯打小便是個能鬧騰的，小時候在宮中給明王做陪讀，兩個混世魔王常常把宮裡鬧得雞飛狗跳，惹得皇后發了火，兩人為了躲罰，便會跑到太后宮裡搬救兵。常常是太后遣了涂女官送他倆回皇后宮裡，有太后身邊的人在，皇后也不好責罰得過重。

想起往事，睿侯臉上露出一絲懷念。那個看起來一絲不苟、極為嚴肅的女官啊，曾經是自己小時候給過他為數不多的關愛中的一人。

才幾歲便被送入宮中做陪讀，想家想得偷偷躲起來哭的時候、受了責罰或挨了板子的時候，那個叫涂靜的女官曾經把小小的他擁在懷裡輕輕拍著，給他唱一支南方的小調。

那些睜開眼睛便要打起精神陪著明王上學玩鬧，夜晚一個人住在空盪盪的房裡孤獨恐慌的時刻，涂女官偶爾給的一絲關懷和溫暖，足夠讓從小便失去親娘的李明睿懷念良久……

何思遠本是給睿侯請安去的，到家的時候卻帶了一堆禮物。睿侯說幼時受過涂嬤嬤照拂，這些算是謝禮。

四娘好奇地看著一堆禮物，問涂婆婆。「娘跟睿侯還有交情？看這些東西，送的都是極合娘的心意的。這一對碧玉鐲子水頭真好，娘最喜歡翡翠了。」

涂婆婆輕輕吐出一口氣。「在他幼時照顧過幾日罷了，倒是沒想到睿侯還記得。收起來吧，一會兒牙婆便來了。是要好好買幾房下人了，別的不說，這些東西都是要入庫的，沒人使喚真是不方便。」

四娘看乾娘不想多說，便岔開了話題。正好門子來報，說牙婆帶著人來了，於是便和乾娘一起移步去前面的院子裡挑人。

涂婆婆挑人有經驗，四娘只在一旁瞧著。

一頓飯功夫，涂婆婆便挑好了五房下人。

因何家家底弱，不像京中大戶人家用人只從家生子裡面挑。若是一個一個的挑著買，各人性格不同，調理起來費力氣。倒不如一家子、一家子的買，一是避免了他們骨肉分離，二是一家子身契都握在手裡，也免得他們生了外心。

牙婆看一下子就賣了二十幾個人出去，笑得見牙不見眼，直對著涂婆婆說：「夫人眼光真好，這幾房人都是我手裡拔尖的，在大戶人家做老了的，因之前的主子調去了外地，下人太多便發賣了一批。如今夫人願意一家子、一家子的買，省得他們骨肉分離了。還不快給夫人磕頭，以後定要勤勤懇懇地幹活！」

二十幾個人慌忙跪下磕頭。

四娘是頭一次經歷買人，有些看不了這個。

涂婆婆倒是面無波瀾，對著一群人說：「既然買了你們來，便是讓你們給主子分憂的。你們都在別家裡待過，規矩不消我多說，只幾條重要的給我記好了。」

看著下首跪著的人都一副緊張的樣子低頭聽著，涂婆婆又接著說：「頭一條，嘴巴要嚴。府裡主子的事情，若是從你們嘴裡往外透一句，背主的奴才是什麼下場你們應該知道，是打死還是賣去做苦役，你們自己掂量。第二條，便是要勤謹。主子交代好的事情做好之後，我不管你們是歇著還是幹什麼，但若是想著主子好說話、不捨得責罰你們，那是打錯了主意，提腳再賣出去是什麼滋味你們一定不想再經歷。第三條，府裡爺們兒多，何家不要那些心思不正的下人，也沒有那些通房、丫頭、小妾之說。看好了你們的女兒，若是敢做出勾引主子、調三窩四的事情，直接打死！」

一席話說完，下首的人紛紛應了。

牙婆看著涂婆婆滿身的氣勢，嚇得大氣都不敢出。這夫人看起來好氣派，雖不是滿身的綾羅綢緞，但一看那端起來便不怒自威的架勢，任誰也不敢小瞧了去。

拿了銀子後，牙婆遞過來厚厚一沓身契，自此，這些人便都是何府的下人了。

讓豆兒帶他們去洗漱、換衣服，今日先歸置熟悉一下，明天開始，便各有分工了。

下人紛紛散去後，四娘對著涂婆婆笑。「娘好威風，竟把我也嚇住了。」

涂婆婆無奈地看了四娘一眼。「妳就只對做生意感興趣，管理家事也是一門學問呢！這才幾房人，若是那等公侯之家，下人都論百上千的算。何家已經夠清靜了，如今有我在，尚用不著妳去操心，但以後呢？妳還是要慢慢學起來，若是一直不上心，以後有妳煩的！」

四娘撥弄著腕上的鐲子。「這不是有娘嘛，女兒能多躲會兒懶便多躲一會兒了，整日裡芳華的事情就夠多了，哪還能分出心來管這些下人。」

「妳呀！女婿的官會越做越大，府裡的下人也會越來越多，以後府裡一攤子事，夫君出門應酬、車馬禮物等都要妳來打理。還有待人接物、迎來送往，誰家紅事、白事，這些都是當家主母該做的事情。妳這樣不上心，以後落了女婿埋怨該怎麼辦？」涂婆婆真是快操心死了，這個女兒樣樣聰明，可這聰明只用在她感興趣的事情上，不感興趣的，便是拿著鞭子抽著，她也懶得管。

四娘的眼珠子驀地轉了轉。「娘，妳說我要是萬事都不管，就讓他府裡亂糟糟的，出門丟人了，他是不是就能同意跟我和離了？」

涂婆婆聞言，氣得巴掌都抬了起來。

四娘眼看乾娘生氣了，趕緊提起裙子就跑！真是的，還說萬事都依著女兒、永遠都給女兒撐腰呢，自從女婿回來了，也不知道哪裡入了乾娘的眼，如今倒是處處都偏著女婿了！

府裡有了夠使的下人，瞬時便井井有條起來。

何思遠在睿侯那裡給何思道求了個有名的先生，四娘收拾了幾樣禮物，讓哥倆去拜師，何思道此後便整日帶著小廝去先生家報到。

李昭這些日子常常去商貿查看，順便再找找以前的門路，為日後芳華成為皇商做準備。雖說涂婆婆那裡直接就能找太后娘娘打通門路，但閻王好過，小鬼難纏。京城藏龍臥虎，水極深，上上下下都要打點好。

孫小青則被四娘扔進京城的芳華閣，交代掌櫃的帶著孫小青學學。京城的達官貴人比夷陵多，難伺候的更多，在這裡先長長見識，免得以後芳華更進一步時，孫小青接不下更重的擔子。

京城的天氣進了十月便一日冷過一日，府裡上下都換上了夾襖。主子們的衣服，涂婆婆直接叫了京城最大的錦繡坊來家裡量身訂做。京城不比夷陵，流行的款式不一樣。再者，先敬羅衣再敬人，這個道理在哪裡都一樣。

錦繡坊常接大戶人家的生意，掌櫃的是個極精明的人，帶著師傅來到何家大門，看了一眼便知何家是京城的新貴人家。

給四娘量尺寸的時候，師傅誇了又誇，說這身段，什麼衣服都能撐得起來。

涂婆婆坐在一旁交代道：「給我這女兒做幾身體面又不繁瑣的衣服，過幾日或許要進宮，宮裡主子不喜歡太張揚的款式，務必要既低調又壓得住場面的。」

四娘聞言看向乾娘。「不是只有乾娘要去嗎？我沒有誥命在身，怎麼能去宮裡見太后娘娘？」

「我先去，太后定要問問我這些年的情況，我免不得要跟太后提一提妳。再者，妳的芳華想得到皇商的資格，必定要在太后這裡先打個底。咱們給太后娘娘獻的壽禮，太后若是喜歡，定是想要見妳一面的。若是得到傳召再現做衣服就來不及了，有備無患，先準備好。」涂婆婆說。

掌櫃的聽見入宮覲見太后娘娘，面上更是帶上了幾分勤謹與討好。「夫人說的是！小娘子不知道，咱們錦繡坊的衣服都是頂尖的繡娘一針一針仔細繡出來的，衣服做好後保管一個線頭都看不到，是以工藝極其繁瑣，一般一身衣服沒有個十幾日是完不了工的。不過既然夫人急著進宮覲見太后娘娘，我回去就交代給繡娘，先緊著府上的衣服來，務必不耽誤了您的事。」

四娘只管伸胳膊抬腿的叫師傅量身，心裡想著，沒想到這輩子還能有進宮的一日。「娘也做幾身進宮穿的吧，多年不見太后娘娘，定要讓太后娘娘知道妳這幾年過得不錯，好讓太后娘娘覺得我這個做女兒的貼心，能在太后面前留個好印象不是？」四娘俏皮地逗涂婆婆。

「做幾身日常穿的就好，我入宮要穿女官服，畢竟還在內務府掛著名呢。過得好不好不在衣服上，太后娘娘什麼沒見過？只一眼，她便能瞧出我日子過得怎麼樣。有了妳，娘的日子過得比得了什麼寶貝都開心！」涂婆婆看著四娘可人疼的小臉，如今唯一的願望便是這個女兒能過得舒心。若是以後趁著自己身子骨還行，能再幫著四娘帶一帶孩子，那便更圓滿了。

沒兩日，涂婆婆便接到了張總管的消息。太后得知涂嬤嬤來了京城，讓她入宮覲見。

多年不見，太后也十分想念那個陪伴了自己許多年、貼心貼意的女官。

一大早，涂婆婆便換好女官服飾，帶上四娘準備的玉女神仙膏，坐上馬車入宮。何思遠請了半日假，送岳母到宮門口。

穿過一層又一層的宮門，往事歷歷在目。這琉璃金瓦、金碧輝煌的宮殿，猶如一隻張著大口的猛獸，吞噬了多少人的性命和天真。

時隔四年，再次站在太后居住的壽康宮，恍若隔世。

太后一襲朱紅色衣裙，端坐在寶座上，保養得宜的面龐看起來彷彿和涂嬤嬤離開前並無不同。老天十分偏愛大越朝這位最尊貴的女人，只眼角的幾絲細紋透露出歲月的痕跡。

涂婆婆恭敬地行了禮。「下官涂靜，叩見太后。」

太后笑著叫了起。

「看著涂女官，覺得彷彿妳還在哀家身邊待著似的，只是出門幫哀家辦了件事，這便回來覆命了一樣。四年的時間，妳過得可好？」

「下官過得好，只是心裡常常掛念娘娘。每年秋風起時，便想著娘娘是否腿疾又犯了？走的時候雖把按摩手法交給了尚嬤嬤，但心裡總不自覺地擔心娘娘，也不知您疼起來的時候怎樣難受。」

太后年輕時候遭受算計，大冬天的被罰跪在太和殿外幾個時辰，要不是幾個忠心的宮女護著，偷偷地拿炭爐給暖著，怕是就折損在那場宮鬥裡了。

雖後來一步步地扶持著自己的兒子登上大位，搖身一變成為大越朝後宮裡最最尊貴的太后，但那場算計永遠地留下了後遺症。每年入秋，寒風四起的時候，太后的膝蓋便會隱隱作痛。皇上尋了許多太醫診治，但都沒能根除。還是後來有位遊歷的神醫教了一套推拿的手法，涂婆婆學了來，在太后疼痛時常常推拿便能緩解幾分。

太后想起了往日的時光，面上不禁露出一絲動容。那些難熬的歲月，竟也慢慢地熬了過來。陪在身邊的人換了一輪又一輪，如今還能坐在一起說話的，竟然沒有幾個了。

太后賜了座，涂婆婆坐下陪著太后娘娘閒聊。

「聽張總管說，妳認了個女兒。當年陰差陽錯，若不是那場事故，如今妳也兒女環繞膝下了。」

「回娘娘的話，下官是認了個女兒，是個好孩子。有她陪著，下官竟也覺得這日子過出了幾分滋味。此次進京，正好趕上娘娘的壽辰，下官和小女為娘娘準備了一份壽禮，祝娘娘長壽無疆，鳳體康泰。」涂婆婆恭敬地遞上禮盒。

尚嬤嬤接過，呈給太后。

「不知太后娘娘可聽過芳華的名字？專門做護膚的，是小女一手所創。小女在此事上有幾分天賦，特意查了古籍，為娘娘復原出這玉女神仙膏。聽聞曾是唐朝武后用過的，願娘娘能青春永駐。」

尚嬤嬤打開禮盒，只見盒子裡放著五支泛著瑩潤光澤的小巧玉瓶，難得的是碧色的瓶身上恰巧有幾片粉色光澤的凸起，被手巧的匠人隨著紋路雕出栩栩如生的一枝桃花來。

四娘為著用什麼材質的瓶子煩惱了好久，還是後來涂婆婆提了一嘴太后愛玉，這才找了極手巧的匠人雕了來。所用的玉石乃是和田玉，要集齊一套整塊的雕成瓶子，費了不少功夫。

太后見著瓶子，先讚了一聲好，而後隨手拿起一瓶在手裡把玩。打開瓶塞聞了聞，一股淡淡的芍藥花香伴著一絲人蔘的味道傳入鼻端。

「妳那女兒倒是有巧思，京城冬日天氣乾燥，宮內又早早燒了地龍，哀家時常覺得皮膚乾燥，對著鏡子瞧，眼角的細紋是越來越多了。若是哀家用著好用，定要好好賞妳家女兒。」

此時內侍來報，睿侯夫人進宮來給太后請安了。

睿侯夫人是皇后的娘家姪女，因睿侯小時在宮內長大，是以睿侯夫人常來後宮陪太后說說話，在太后面前是極得寵的。

「太后娘娘又得了什麼好東西？今日湊巧讓臣妾趕上，看在臣妾腿勤的分上，娘娘也讓臣妾沾沾光吧！」

睿侯夫人三十來歲，一身大紅緙絲衣裙，容長臉，一雙杏眼看起來極是精神。對著太后行了禮，叫起後便尋了個位子坐下。

「妳呀妳呀，跟長了千里眼似的，哀家這裡得了什麼好東西，一準兒讓妳趕上！不過這次可不能給妳，這是涂女官孝敬給哀家的！若是想要，妳自去尋她。」太后指著睿侯夫人笑。

涂婆婆起身向睿侯夫人行了禮。

睿侯夫人自然認得在太后身邊伺候了多年的涂女官，急忙把涂婆婆扶起來。

「多年不見，涂女官可還好？我家侯爺常跟我提起您，如今回了京城，若是無事，帶著您家女兒常來睿侯府坐坐。」

太后疑惑。「怎麼，睿侯夫人竟然認得涂女官的女兒？」

睿侯夫人笑道：「好叫娘娘知道，涂女官的女兒正是一起跟著我家侯爺上過戰場、立過功的何大人的娘子。不知娘娘可還記得，幾年前那位死而復生的何思遠？當年他斬了突厥王子，帶著突厥都城的地圖回到京中，聖上親封了將軍。何大人如今在五城兵馬司任職，前些日子來給侯爺請安時，滿口地誇讚他那娘子，弄得臣妾心裡癢癢的，倒是迫不及待地想見一見這位小娘子了。聽睿侯說，那小娘子好生能幹，小小年紀，生意做得風生水起，她那芳華閣在京中有名極了，臣妾平日用的也都是芳華的東西呢，確實好用！」

涂婆婆聽到睿侯夫人如此說，心裡便有了數。睿侯夫人哪裡是正好來請安和自己撞上，分明是特意來給自己搭橋架梯子的！定是睿侯交代了什麼，睿侯夫人這才趕來相幫，在太后面前特意誇讚。睿侯送了如此一個人情，不過是因為一些緣故，自己在他幼時照拂過幾分罷了，那孩子倒是個長情的人。既然如此，倒是省了許多事，這份情涂婆婆領了。

「睿侯夫人這樣一說，哀家倒也對涂女官的女兒有幾分好奇了。不知道是個怎麼鍾靈毓秀的女孩，怎麼就叫涂女官撿了去？」太后問道。

正午的陽光從壽康宮雕著五福捧壽花樣的窗櫺灑進來，香爐裡靜靜地飄散著佛手味的焚香。

一屋子人靜靜地聽著涂嬷嬷講述四娘這些年的經歷。一個曾經衣不蔽體、食不果腹的女孩兒，從親娘企圖把她賣了換路費開始，一步一步地給自己掙了一條路出來。從無意中接濟貧家女子，讓她們在芳華做工，到如今遍布大越朝的芳華裡全是家貧而自立的女工。四娘給了這些沒有選擇的女子一條不一樣的路，讓她們懂得用自己雙手賺來的錢、學到的東西，支撐起自己的體面和尊嚴。

涂嬤嬤講述完許久後，壽康宮裡仍是一片靜默。

太后嘆了口氣。「真是個能幹的好孩子，難為她自己撐得起來，還想著這世間仍有許多女子需要人幫扶一把。女人在世，出身不能選擇，甚至連嫁人也不能選擇，許多可憐人，一輩子都渾渾噩噩、身不由己啊！」

「真是女中豪傑！這小娘子心懷仁德，有俠義之風！太后娘娘，這樣的好孩子，臣妾都迫不及待想結交一二了！早前何思遠跟著臣妾夫君還朝時，臣妾還說給他找個大家閨秀做娘子呢，沒想到，何大人的爹娘撿到寶了，給他尋了這麼一個妙人！依臣妾看，何大人忠心為國，在突厥臥薪嘗膽拿到突厥都城地圖，之後顧不得先找回爹娘，轉身又去了戰場三年多，而他娘子自強自立，又帶著眾多女子在大越朝闖出一番事業，這二人的人品真是般配極了！太后娘娘說是不是？」

若說一開始睿侯夫人是受了睿侯的請託前來幫涂嬤嬤一二的，如今聽了涂嬤嬤的一席講述後，她是真的打心底開始對何思遠的娘子產生了好感。

睿侯夫人出身國公府許家，家裡出過皇后，是頂一頂二的豪門世家。她從小養得跟個男孩子一樣的性格，最討厭那套女人就該相夫教子、足不出戶的言論。在她看來，女人又不比男人少了什麼，何必要一輩子巴望著男人過活？四娘的行事風格，倒是正好對了她的胃口！她心裡下定決心，回家後要讓睿侯趕緊給何思遠傳話，讓他那小娘子快來拜見自己。以後，又多了一個可以說得來的人了！

「妳呀，都是兩個孩子的娘了，還跟在閨中時的脾氣一樣，見到哪家的小娘子對了脾氣，就恨不能搶到家裡去！哀家看妳和睿侯才是天生一對，兩個活猴，也不知道侯府有沒有被你倆給拆了！」太后指著睿侯夫人笑罵。

「行了，哀家也想見一見這個叫四娘的孩子。哀家壽辰那日，便讓這一對小夫妻來壽康宮拜見吧。這孩子折騰出這麼大一個攤子也不容易，哀家也想為這天下的女子掙一掙臉面。尚嬤嬤，一會兒記得跟內務府張總管交代一聲，把芳華的名字記入皇家供奉的單子裡頭。後宮每年都要用這麼多胭脂水粉，也算是哀家支持女子自立出的一份心意了。」

涂嬤嬤急忙起身謝恩。沒想到如此順利，這樣一來，芳華成為皇商，基本上已經是板上釘釘的事了。

到了太后用膳的時分，睿侯夫人和涂嬤嬤極有眼色地起身告辭。

宮門外，何思遠瞧著遠遠走過來的岳母和睿侯夫人，急忙上前迎接。

睿侯夫人一看到何思遠便笑。

「何大人，明日就讓你那小娘子來侯府一趟吧，我迫不及待想見一見是個怎樣的女孩兒了。沒想到，你悶不吭聲地就撿了個寶貝回家呢！」

何思遠行了禮說道：「四娘沒有經歷過大場面，若是有不足的地方，還請夫人多多指教。」

「快別謙虛了，涂女官教出來的孩子，定是處處周全的！莫怕，我又不是老虎，還能吃了你娘子不成？」玩笑幾句後，睿侯夫人便上了馬車，回府去了。

何思遠也接著岳母回家。

四娘在家望眼欲穿，也不知道乾娘此次進宮順不順利？

午飯時分，涂婆婆與何思遠歸家，四娘忙迎上前。

「娘辛苦了！豆兒快去打水讓娘擦把臉，鶯歌去廚下端碗蓮子粥來讓娘先墊墊。廚下飯已經好了，娘喝兩口粥先暖暖胃，一會兒咱們就開飯。」

看著四娘前前後後忙來忙去，何思遠站在一邊卻冷冷清清，連半個眼神都得不到，涂婆婆不禁拍了四娘一把。「女婿在宮門外吃了半日冷風，妳別只顧著我，也給女婿弄碗熱湯暖暖身子！」

「我叫廚下燉了雞湯了，這會兒正好喝。娘如今越來越偏心，都為了他埋怨我了！」四娘撒嬌道。

何思遠端著雞湯邊喝邊暖手，在宮外待了一上午，手腳都有些冷。

「鶯歌去把腳爐給大少爺端來，放在腳下暖一暖。」四娘交代著。

何思遠臉上瞬間露出一個受寵若驚的笑。

「不礙事，我扛凍，這不算什麼。當年在突厥天寒地凍，我們埋伏在草甸子裡，常常一窩就是幾個時辰。」

「讓你暖你就暖著！萬一受了寒、生了病，娘又要教訓我了！」個傻子，沒瞧見腳爐裡早就放了炭火，燒得熱熱的嗎？四娘回了何思遠一句後，又問涂婆婆。「娘今日進宮怎麼樣，可還順利？」

涂婆婆用調羹攪著碗裡的蓮子粥。「太后娘娘親口說了，把芳華納入皇家供奉的名單，若無意外，此事算是成了。我和太后講了妳這些年的經歷，還有妳建立芳華後想為天下貧苦女子做的事情。太后對妳挺感興趣的，壽辰那日，讓妳和女婿兩人入宮拜見。這兩日無事，我再教教妳入宮的規矩。太后娘娘喜歡大方知禮的孩子，到那日不需要妳太招眼，但也不要拘謹。」

四娘沒想到還真的要入宮，若說不激動是假的。在這樣一個環境裡，能夠入宮覲見太后絕對是一件天大的好事。被太后接見，在太后面前鍍一層金，說出去十分有面子，對以後芳華的發展也是有極大好處的。

「叫府裡備一份禮，不需要多繁複，明日妳去睿侯府走一趟。今日若不是睿侯夫人在太后面前極力的搭橋鋪路，此事也沒有這般順利。我是不能經常進宮的，但睿侯夫人不管是在太后還是皇后面前都是極得臉，以後有她帶著妳，任誰也不能小瞧了妳去。」

如今路都已經鋪好，後面就要四娘自己去走了。但願這孩子能穩住，京城水深，人心叵測。不求能風光無限，但也不要做一個任誰都敢踩一腳的人。

隔日，內務府的消息便傳了出來。有太后娘娘的金口玉言，下面的手續走得極快。按規矩還要進行一道競標的程序，但芳華成為皇商已經算是內定了，後面具體的事宜交給李昭和內務府接洽。

四娘去了趟睿侯府見睿侯夫人，準備這事之後便專心在家學規矩。

睿侯夫人看見四娘的第一眼，便在心裡讚了一聲好！面前的小娘子一身鵝黃色襖裙，披著大紅色鑲狐狸毛披風，風毛出得好，更顯得那張帶著笑意的小臉熠熠生輝。

四娘端正地行了一禮，行動間裙襬紋絲不動，可以看出規矩學得極好。

「四娘見過睿侯夫人。聽我娘說多虧了夫人在太后面前遞話，芳華這才能順利得到皇商供奉。四娘備了幾樣禮品，不是什麼貴重的東西，還望夫人不要嫌棄。」

睿侯夫人叫了起，看了眼一旁丫鬟捧著的盒子，都是一些不貴重但卻貼心的禮物，心裡知道這是把侯府當成極親近的人家，並不一上來便拿著大筆值錢禮物送禮，顯露出一副沒見過世面的暴發戶模樣。

不說涂女官往日對侯爺的照顧，只看睿侯和何思遠的交情，若是送的禮全是金銀之物，倒顯得外道了些。這樣知情知趣又自有風骨的姑娘，睿侯夫人心內不由得又對四娘多添了幾分喜歡。

「快坐下，讓我好好看看。」

睿侯夫人招手讓四娘一同坐在榻上，拉過四娘的手細細打量。四娘一雙丹鳳眼長得極美，眼尾上挑，眸子好似兩粒銀丸，會發光似的。按說有這樣一雙眼睛的女子，多是看起來孤傲冷清的，但臉上掛著甜甜笑意的四娘卻讓人覺得溫柔可親，忍不住的想要多疼她一些。

「外面冷不冷？可是妳夫君送妳來的？」睿侯夫人問。

「京城是比夷陵要冷一些，但也還好，屋裡都有地龍，出門也有馬車，凍不著我。夫君在前院和侯爺說話，讓我來和夫人請個安。」四娘也挺喜歡睿侯夫人的性子，喜歡一個人便不加掩飾，眼角眉梢透露出來的都是滿滿的底氣。能養出這樣性情的女子，一定打小便過得順遂又肆意。

「想來妳也知道，妳家夫君和我家侯爺極親近。在突厥征戰幾年，何大人都是侯爺的左膀右臂，是可以交付性命的交情，所以妳也不要和我外道，我是一見到妳就喜歡。昨日聽妳娘說了妳這些年的作為，真是給咱們女人家長臉！我頂聽不得那些人說什麼女子就該認命的話，憑什麼男人能考取功名、經商遊歷，女子就只能關在一方小天地裡？若不是我嫁了人、生了孩子，我也要像妳一樣，做一些有意義的事情！」

睿侯夫人一連串話，爽利得不行。四娘覺得這位侯夫人的思想在古代算是頂先進的。難得能在大越朝遇到一個和自己想法一致的女子，四娘極其開心。

「不瞞夫人說，我準備在京城再開一個芳華的工廠，夷陵那裡的產業雖然也不差，但沒有京城便利。若是在京城開，我勢必要開個大的。芳華成了皇家供應，以後的生意會更上一層樓，產品的需求量也會越來越大。我想著從京城甚至京城周邊開始，招收更多的女子來芳華做事。我一己之力雖然不大，但四娘覺得，只要堅持做下去，就能讓更多的女子看到，原來咱們是可以不靠任何人的。女子，並不是天生便低男人一頭！」四娘好不容易遇到一個見解和自己一致的人，所以忍不住便和睿侯夫人多說了些。

「若是有需要，隨時來找我。別的不敢說，睿侯府和我娘家國公府的名頭，在京城還是有些用處的。」

兩人相談甚歡，中午管家來稟報，說睿侯留何思遠用飯。

睿侯夫人笑道：「正好，還沒和妳聊夠呢！趁著我那兩個孩子都去了外家，今日再不能來煩我，咱們中午也開上一席，邊吃邊說！府裡廚子是蜀地來的，我和侯爺都愛吃辣，不知道合不合妳的胃口？」

「我公公和小叔子也愛吃辣，家裡常吃的。看來今日四娘是有口福了，多謝夫人招待！」

杜國侯府。

養了幾日，李子明面上的傷也已經慢慢好了。杜國侯近些日子在忙著給太后準備壽禮的事情，無暇管他，他在家裡窩了這麼些天，早就閒得長毛了。

這日趁著杜國侯不在，李子明帶著小廝偷偷地溜出門，找他京中的狐朋狗友喝酒去了。

國子監祭酒家的小兒子名叫付海生，常跟李子明一起胡混。因家中老爹是個老頑固，整日「之乎者也」，極古板的一個人，因此付海生在家中不敢過分，只能瞅著機會出來跟李子明一起喝喝花酒。

萬花樓，兩個穿著清涼的女子陪在李子明和付海生身邊，沒骨頭似地偎著兩人。

付海生瞅著身邊女子那白嫩的胸脯，上手便捏了一把，白嫩的肌膚上瞬間呈現出一片紅痕。

歡場中人，此事司空見慣，那女子吃疼也不敢出聲，只對著付海生露出一個楚楚可憐的笑來。

「多日不見，小侯爺在家裡忙些什麼？房裡哪位美人絆了你的腿，竟這麼些天都沒出門？真是羡慕小侯爺的豔福，哪像我，家裡老爺子古板，統共就兩個通房丫頭，看都看煩了。偏只要老爺子在家，若是敢在屋裡胡鬧，總要教訓我一頓。」付海生一邊在身邊女子身上上下其手，一邊問李子明。

李子明推開身邊的女子，喝了一口酒。自從見過四娘，身邊這些女子在他眼中都成了庸脂俗粉。自家親娘新給的兩個丫頭，李子明也不過是新鮮了幾日，便再也提不起興趣來。

「你哪裡見過真正的絕色，小爺在天津玩的時候遇見過一個，真是夠味兒！可惜，是個棘手的，還已經嫁做人婦，害得小爺挨了一頓打，在府裡養了好幾日才能出門。如今我看什麼女子都入不了眼，那小娘子弄得爺心裡癢癢的，偏得不了手，真是叫人惱火！」

「什麼女子能讓閱人無數的小侯爺如此惦念？憑小侯爺的家世，還有搞不定的女人？」付海生好奇極了。

「別提了，她那夫君是京城新來的五城兵馬司的指揮檢事，我爹讓我死了心，別去惹禍。看得見卻吃不到，真他娘的難受！」又是一杯酒入喉，李子明煩躁地扯開衣領。

付海生眼珠子一轉，對著李子明諂媚地笑。「原來小侯爺如今喜歡上了小婦人？也是，那些已經知人事的女子，玩起來可比處子能放得開。以小侯爺的功夫，若是入了巷，還不讓那女子乖乖在身下求饒？此事說來也不難，小弟我倒是有一計，若是能成，保管小侯爺能抱得美人歸！」

李子明聽到付海生有法子，瞬間來了精神。「當真？你若是有法子能讓我遂了願，我院中的女子任你挑！若是擔心你爹捶你，我在京中還有套宅子，位置極隱蔽，一併給了你，以後想玩就去，你爹再不能追到那裡找你去！」

付海生立即在李子明耳邊小聲耳語。

李子明聽著，臉上漸漸露出一個志得意滿的笑來。

轉眼到了太后壽辰，四娘覺得自己還沒睡幾個時辰，便被拉起來沐浴洗漱。

這幾日都在忙著到京城城郊找場地，準備建工廠的事宜，她實在是睏得眼睛都睜不開了。

涂婆婆看她那副叫不醒的樣子，喊鶯歌拿條浸了涼水的巾子來，給四娘敷到臉上去。

冰涼的巾子敷在臉上，四娘慘叫一聲，迅速清醒。

「趕緊醒醒，今日妳第一次入宮，梳妝打扮好後我再給妳復習一下規矩，免得一緊張，在太后面前出醜。」涂婆婆一邊穿戴自己的女官服飾，一邊交代四娘。

「這也太早了點吧？天都沒亮呢！」四娘一邊擦去眼角溢出的淚水，一邊嘟囔。

「妳哪裡知道進宮的繁瑣程序呢，又不是太后單獨宣妳進宮，今日所有的誥命夫人都要這個時辰就開始準備了，一會兒還要在宮門口排隊呢。說起來，我依舊算是壽康宮的女官，今日要早些趕去，跟著壽康宮內的女官們一起先給太后行禮。妳沒有誥命在身，跟著睿侯夫人便是，入了宮後，記得跟緊了睿侯夫人，少說多聽。若是有找茬的，先不要搭理，記住是哪個，待回頭再做打算。」涂婆婆不厭其煩地交代。

「女兒記住了，娘放心吧。我一定跟得緊緊的，儘量不出岔子。」今天京城數得上號的誥命都要去給太后祝壽，人多嘴雜，自己一個外來的還是夾緊尾巴做人，萬不能招惹人眼。

穿戴好後，慌忙吃了幾塊扛餓的點心墊肚子。

涂婆婆又打量了一遍四娘的服飾，很好，端莊大方又不過分奢華，至少在一堆人群裡不那麼招眼。

何思遠已經準備好馬車等在前院，先帶著四娘去睿侯府和睿侯夫人匯合，然後涂婆婆就要先進宮了。

何思遠和睿侯騎馬，四娘與睿侯夫人一同坐在寬大的馬車裡。

睿侯夫人是一品誥命，按照品級，配置的馬車十分豪華，彷彿是一間移動的房子。馬車內鋪了厚厚的毛毯，還放了炭爐，一進馬車四娘就感到熱熱的暖意撲面而來。

「快把披風解了，馬車裡暖和，一會兒下車再穿上，免得著了風寒。用過飯沒有？這裡有點心，妳先吃點。」睿侯夫人拉住四娘就是一番關懷。

「在家用過了，我娘不讓我多吃，怕進了宮要是更衣不方便。夫人這一身誥命服飾真是氣派，晃得我眼都花了。」

睿侯夫人今日自然是按品大妝，一身大衣服加上頭飾，沈得很。辛虧如今是冬日，衣服厚一些還能擋擋風，若是夏天那才受罪，這衣服穿一天，熱得幾乎能出一身痱子。

「妳瞧這誥命服飾氣派，不知道穿著有多受罪呢！家裡有沒有給妳準備手爐？一會兒大概要在外面吹好一會的冷風，妳這沒經歷過的怕妳受不住。」

「娘都讓鶯歌給我準備了，小巧得很，揣在袖子裡就行。」

「是我白白操心了，有涂女官看著，定是都給妳準備妥當了。」睿侯夫人笑道。

「我娘讓我今日跟緊了夫人，不要亂走亂看，勞夫人多多關照我了」四娘誠心說道。

「這有什麼好說的？妳家何大人今日跟著睿侯，妳當然要跟著我！別怕，妳是太后欽點了要見的人，今日又是太后的大日子，沒有不長眼的今日敢找茬。」

宮門外，長長地排滿了一輛輛馬車。天邊剛露出魚肚白，泛著金邊的朝霞鋪滿了天空。

從宮門口開始驗了牌子、接受檢查後，便要走路進宮了，任誰多大的官都沒有例外。四娘跟著睿侯夫人一路往宮內行去，京城十月底的天氣已經很冷，清晨的寒風裹挾著冷氣直往脖頸裡鑽。

一路上，睿侯夫人時不時跟認識的誥命點頭打招呼，在宮內不好大聲說話，只低聲交談幾句。

有些見到睿侯夫人身邊跟著個容貌亮眼的姑娘，好奇地投來打量的目光，四娘謹記乾娘的交代，只挺直了背，禮貌地點頭。

柱國侯夫人跟睿侯夫人品級相同，所以走在不遠的地方。聽到睿侯夫人跟旁邊的人介紹這是五城兵馬司指揮檢事何大人的娘子，太后欽點要他們小夫妻今日進宮來拜壽的，柱國侯夫人的眼光當即閃了閃，上下打量了一番四娘。果真長了一副狐媚的模樣，怪不得勾得兒子挨了頓打還不死心！柱國侯夫人臉上露出一個嫌惡的表情。虧得已經嫁了人，若是真被自己那兒子弄進府裡，還不勾得兒子神魂顛倒！

壽康宮外，眾誥命夫人站好，等著太后鳳駕。

實在是太冷了，四娘握緊了袖子裡的手爐，周圍只聽到衣袖的磨擦聲和廊檐下掛著的鳥籠裡的鳥叫聲。還好此時太陽已經出來了，雖陽光沒有幾絲溫度，但聊勝於無。

過了大概半個時辰，隨著內侍一聲拉長了聲音的「太后娘娘駕到」，眾人齊齊跪倒在地，恭祝太后壽辰之喜。

太后叫了起，四娘悄悄抬起頭往前看。只見太后一身朱紅色宮裝端坐上方，身旁站著乾娘在內的幾位女官。不敢過多地打量，四娘趕緊低下頭。

壽宴擺在太和殿，給太后行過禮，眾誥命又浩浩蕩蕩地往太和殿走去。

去太和殿的路上，眾人已經都放鬆了不少，也有心情交談幾句。

睿侯夫人此時帶著四娘走到了母親承恩公夫人的身邊，跟母親介紹四娘。

承恩公夫人已經六十多的年歲，看起來是極和藹的一個人，從手上擼下一只鐲子給了四娘。

「好孩子，難得妳跟我這女兒投緣，她是個最愛熱鬧的人了，以後有機會來承恩公府玩。」

四娘接過鐲子，行禮謝過。又走了一盞茶時分，便到了太和殿。

前朝官員和眾誥命分開兩間宮室，殿外遠遠地看到了跟在睿侯身後的何思遠。

何思遠朝著四娘露出一個詢問的眼神，也不知道這一早上的，自家小娘子可順利？

四娘對著何思遠輕輕點頭，以示一切還好。

進殿坐下，四娘長出一口氣，悄悄地在案几下捶了捶走得泛痠的小腿。

睿侯夫人探頭笑道：「這便累了？妳還沒習慣呢！按規矩，在京的誥命夫人每逢初一、十五都要進宮給太后和皇后請安，每個月兩次，我們都習慣了。等妳夫君給妳也請封個誥命回來，妳慢慢便適應了。」

四娘暗暗苦笑，欲戴其冠，必承其重啊！誥命夫人說起來風光，但這些規矩什麼的還真是累死人。

皇上和皇后一起扶著太后進殿，眾人齊齊拜下。

祝過壽，隨著歌舞聲起，宴會開始。

席面上擺的都是一些看起來好看、口味卻不怎麼樣的食物。天氣冷，提前做好的東西放在食盒裡用熱水溫著，饒是如此，端上來的時候也沒有了幾分熱氣。

四娘一邊小口地抿著面前擺的果酒，一邊看著歌舞。

酒過三巡，太后叫了何思遠和四娘覲見，四娘按捺住心裡的緊張，上前行禮。

「是個齊整的好孩子。聽涂女官說，妳帶領家貧的女子做出了一番事業，哀家覺得有些意思，便想著今日見一見妳。」

四娘俯下身子。「多謝太后厚愛，民女惶恐。」

「何指揮檢事，哀家也聽過你的事蹟。三年前你從突厥歸來，帶著千辛萬苦得來的地圖，為我大越朝打下突厥，立下了功勞，你夫妻二人都是好的。皇帝，前有何指揮檢事這樣一心為國的忠臣，後有何娘子這樣心繫貧苦女子的巾幗，我大越朝何愁不安定？」

皇上點頭跟著讚了幾句。

皇上、太后並皇后都賞下了東西，何思遠與四娘謝恩後便退下。

睿侯夫人瞧著四娘還有些緊張，情緒沒平復的樣子，笑道：「好了，妳這下算是真的在京城站住腳了。等著吧，以後大小宴會，請妳的帖子保妳接都接不完。」

四娘喝了口水壓壓驚，心想：我是真的不想參加什麼宴會之類的，太累人了！京裡這些都人精似的，一句話裡面有好幾個意思。不是四娘應付不來，是真的懶得費那個精神去應付。有那時間，多賺點銀子不好嗎？

宮宴結束，眾人離宮。

壽康宮內。太后今日多飲了幾杯酒，涂嬤嬤與尚嬤嬤伺候著太后躺下後，便要告退回家。

太后躺在鳳榻上，不知怎的忽然想起了往事。

「靜兒，妳可還記得李虛懷？」

涂嬤嬤的身體僵硬了一瞬。「斯人已逝，記不記得又有何用？」

太后發出一聲幽幽的嗟嘆。「妳呀，也一把年紀了，還是那副水潑不進的樣子。哀家近來時常在想，若是當初那場宮鬥沒有你們兩人護著，或許哀家也走不到今日了。許多年過去了，妳可去過他墓前看過？」

「四年前離京的時候去過一次。下官也不知道該跟他說些什麼，日子過得不好不壞，想來他也不用在下面太過擔心我。」

「當年他在哀家面前求過，待聖上登上了大位，便放妳出宮，哀家已經許諾了他，還想著給妳備一份體面的嫁妝，把妳風風光光地嫁出去呢。無奈世事弄人，妳沒有等到嫁給他的那日。妳後來對睿侯那孩子處處關照，也是因為他曾受過李虛懷幾年的教導吧？」

「太后娘娘慧眼如炬，下官以為已經做得夠隱蔽了，沒想到還是讓娘娘發覺了。」

太后輕笑。「妳呀，面冷心熱，在哀家面前這些年，哀家怎能不了解妳？如今妳也有了女兒、女婿，哀家過得也好，妳就去過妳的清靜日子吧。若是有什麼事情，便往內務府傳個消息。哀家如今這個年歲，陪在身邊的老人越來越少了，有生之年，希望妳們過得都好……」

涂嬤嬤行了一禮，安靜退下。

第十九章

宮門外，四娘與睿侯夫人一起等著侯府的馬車。

柱國侯夫人瞅了個空，走過來陰陽怪氣地道：「何家娘子真是好運氣，甫一入京，便得了太后娘娘的青眼！」

四娘疑惑地看向面前的貴婦人，這也不認識啊，怎麼一上來說話就帶著火氣似的？

睿侯夫人幫四娘介紹。「這位是柱國侯夫人，看樣子四娘是不認識的，難道柱國侯夫人與四娘有什麼誤會不成？」

四娘一聽便知道，這位柱國侯夫人是給她那兒子出氣來了！不過自家兒子在外做錯事不去教訓，還要怪苦主，怪不得會養出李子明那般不爭氣的兒子。四娘對著柱國侯夫人行了一禮，道：「太后娘娘厚愛，四娘不勝惶恐。不知柱國侯夫人有何指教？」

柱國侯夫人拿出帕子在鼻端晃了晃。「既然受了太后的誇讚，就要記得『本分』二字。妳已嫁做人婦，好好在家待著才是應有之義，到處拋頭露面、招蜂引蝶的，知不知道『婦德』二字怎麼寫？」

睿侯夫人聽聞此話，頓時火冒三丈！剛想張口理論，四娘卻攔住了她。

「柱國侯夫人之話，請恕四娘不能認同。您我心知肚明，為何您今日在此對我口出惡言。您家小侯爺想來傷已經養好了，那事夫人若覺得是四娘的錯，四娘是不懼再和您仔細論一論的。為虎作倀的天津巡檢已經被擼了官職，如今還在家閒著，想來柱國侯夫人覺得有底氣跟我把此事撕擄開來讓大家都評評理，那咱們不如再進宮讓太后娘娘聽聽前因後果，看看四娘可有一絲做錯？」四娘才不怕她！本來就是李子明無理在前，被打也是活該。自己的兒子不教訓好，自有別人替你教訓！

柱國侯夫人被堵得面色鐵青。「牙尖嘴利！妳一個沒有誥命在身的婦人，竟然敢如此頂撞於我！」

四娘輕蔑一笑，講理講不過，倒是拿身分來壓人了。「女子名節怎可輕毀？柱國侯夫人難道不懂名節對女子的重要性嗎？如今還在宮門口，柱國侯夫人便對我口出惡言、肆意詆毀，若我今日忍了，想來過不了兩日，京城便會傳遍了我的壞話。今日太后娘娘是親口在殿上誇讚我做生意之事的，難道柱國侯夫人對太后娘娘的話有什麼質疑不成？」

不就是拿身分壓人嗎？這誰不會呀！有太后娘娘今日的親口誇讚，四娘還真不懼跟柱國侯夫人理論理論！妳拿侯夫人之位來壓我，那就別怪我搬出太后這面大旗來！

柱國侯夫人以往見到身分不如她的女子，哪個不是奉承的好話跟不要錢似地往外砸？即便是有什麼齟齬的，面上也都能過得去，哪像四娘這麼當面就敢回懟過來的。於是一時間，她竟不知道該怎麼反駁回去，直覺得胸口跟壓了塊石頭似的。

睿侯夫人雖不知兩人因何事起了爭端，但護犢子乃是天性，又見到四娘並不示弱，心知四娘定是占理，於是開口道：「柱國侯夫人也不看看這是在什麼地方，在宮門口起了爭執，若是被有心人傳入宮裡，恐怕會惹得眾人議論。夫人也是養尊處優的，大庭廣眾之下如此爭吵也不覺得丟臉嗎？」

柱國侯夫人見宮門口的內侍已經投來了好奇的目光，周圍三三兩兩的誥命們也時不時地往這裡看上一眼，確實不好在這裡再做爭吵，於是撂了句話。「既然何家娘子這麼有底氣，那就祝妳生意興隆了！京城不比鄉下地方，希望何娘子一直這麼順遂下去！」

四娘微微一笑。「那我就先謝過柱國侯夫人了！」

柱國侯夫人一甩袖子，扭身上了自家馬車。

路上，四娘跟睿侯夫人說了緣由，睿侯夫人聽完氣得差點砸了杯子。

「滿京城裡誰不知柱國侯家的那個小王八蛋？好的不學，在外整日的拈花惹草！京中要臉的人家都躲著他走，誰家也不願意把閨女嫁到柱國侯府去，也就柱國侯府的大小主子把他當個寶！名聲臭成這樣，怎麼還有臉在外面行走？妳也是個性子烈的，今日敢在宮門口跟柱國侯夫人正面槓上，應該早些告訴我，看我不罵得她夾著尾巴逃跑！」

四娘笑道：「說到聖上面前也是我占理，我才不怕她。再是侯夫人也不能顛倒黑白，若是由著她胡說，我以後竟是不用做人了。夫人別氣了，這樣的人，以後有她哭的時候。」

睿侯夫人順了順氣。「妳說得對，我看杜國侯府也蹦躂不了幾日了。聽我家侯爺說，朝中在查與突厥打仗時候的軍需之事，證據已經差不多了。杜國侯憑著他妹妹宜妃在宮裡這兩年還算得寵，不知天高地厚地插手了不少生意。這次軍需一案，裡面有不少他的影子。等著瞧吧，至多年後，有他好看！」

睿侯夫人說的果然不錯，宮宴過後，京城都知道了新來的何指揮檢事府上的娘子受了太后親口誇讚。年前本就走動多，各家的大小宴會紛紛給何府下帖子，請四娘前去參加各種花會、詩會的。

芳華成了皇商後，四娘本就忙得腳不沾地，覲上的胭脂水粉都需要重新設計包裝，送到宮裡的東西自然要和在市面上賣的包裝區別開來。加上芳華成為皇商的消息傳了出去，購買芳華產品的客人們更是趨之若鶩。夷陵那邊傳來消息，工廠裡加班加點生產也滿足不了訂單的數量！

京城這邊的工廠建設要加緊日程了，地址已經選好，如今已經開建了。下一步就是招人，依舊是對那些家貧的女子優先錄取。有了太后娘娘的金口玉言，招女工的告示剛一貼出去，得了消息的人家便排了長隊報名。

京城已經下了第一場雪，紛紛揚揚的雪花依然擋不住大家報名的熱情。四娘親去報名現場看了一回，天氣實在是太冷了，於是交代芳華的人架起爐子，煮上一鍋濃濃的薑湯，排隊的人都可以領一碗來喝，以免受了風寒。

四娘看著門房送來的帖子發愁，最後索性疊作一堆，抱著找乾娘拿主意去了。

涂婆婆正坐在窗邊喝茶，豆兒往炭爐裡給埋著的番薯翻面，屋裡飄著一股甜香。

涂婆婆看了眼四娘懷裡的帖子。「怎麼，這就不知道該怎麼辦了？以後日子長著呢，有妳煩的！」

四娘嘟著嘴。「娘啊，這麼多，我不會都要去吧？把我掰成幾瓣也分不開身啊！」

涂婆婆不慌不忙地喝了口茶。「教妳個巧兒，妳寫封信使人送去睿侯府，看看睿侯夫人最近接了哪幾家的帖子？妳在京城認識的人不多，女婿又是睿侯一手帶出來的，妳跟著睿侯夫人出門交際也是應該。」

四娘眼睛一亮，當下便叫鶯歌拿了文房四寶來，給睿侯夫人寫信。

睿侯夫人和睿侯正在府裡看著一兒一女堆雪人玩，接到鶯歌遞來的信，當下拆開看了後便笑著對睿侯說：「何大人的娘子倒是會取巧，這是懶得自己想了，索性跟著我省心。罷了，誰讓我喜歡她呢！」

睿侯放下手裡在看的書說：「何思遠的娘子倒是投了妳的脾氣，那可是個厲害的。夫人還不知道吧，何思遠至今還沒能跟他那娘子圓房呢！這看得見卻吃不著，難為何思遠這血氣方剛的小夥子了！」

睿侯夫人當即好奇地問緣由，於是睿侯把兩人的事情告訴了夫人。

睿侯夫人笑得直不起腰來。「唉唷，這可真是自作孽不可活，活該！你也是，做什麼拿一些去青樓喝花酒的事情逗他？何大人一個從來沒去過的人，倒是因為此事在小娘子心裡落了個風流的名聲……不對，你可是背著我當真去過？好你個李明睿！還不快從實招來！」

睿侯沒想到戰火竟然燒到了自己身上，簡直是無妄之災啊！

「夫人莫要誤會，我真沒去過。妳也知道軍中沒有女人，戰事又艱苦，當時是為了安撫那群臭小子們，這才隨口一說的……唉唉，夫人，夫人快放手！孩子們還看著呢，給為夫留些面子吧！」睿侯急著從睿侯夫人手裡搶救下被擰的耳朵。

睿侯六歲的兒子和四歲的女兒在一旁看到娘親教訓爹爹，直拍手，兩人頭對頭的低語。

哥哥說：「爹爹又挨打了，活該，誰讓他打我手板來著。不過是背書時有兩句沒記住，打得我如今手心還腫著呢！」

妹妹說：「娘好威風！我以後定要跟娘一樣……」

是夜，雪花棉絮似地撕扯著落下來，剛掃出路的地上不一會兒便又被厚厚的雪覆蓋。

睿侯府書房，房門緊閉。何思遠一身夜行衣，睿侯遞給他一張紙條。

「這是從軍需案中一個重要的證人手裡得到的，據他所說，此案有人暗中牽頭，悄悄地聚合了京中幾家權貴人家參與。所有的軍需糧草都從他們手中過了一遍，必定有本暗帳。若是那人說的是真的，暗帳就藏在這裡，你悄悄地去尋一尋。為了避免打草驚蛇，謹記莫要鬧出大動靜。這裡既然藏著暗帳，那守衛就不會鬆懈，若是恰好撞上，打得過就打，打不過便顧好自己，不要讓人認出你來。」

何思遠接過紙條看了一眼，是城南一個偏僻的地方，那裡大多是各地商人在京裡置的產業。

「此事侯爺怎麼想起交給屬下？軍需案聖上交給明王全權主理，明王殿下怎的不派他手下的黑虎營去查？」何思遠不解。

睿侯看著明明滅滅的燈燭。「此事牽涉極廣，京裡不知多少人都伸了手，殿下已經不知道該信任誰了。黑虎營雖說是歸殿下統領，但無法保證裡面的人沒有二心。你新來京城不久，在軍中時又擅長刺探，殿下與我還是更放心把此事交給你去辦。」

何思遠抱拳道：「侯爺放心，屬下定不負殿下和侯爺所望！」

雪下得越發大了些，呼嘯的北風彷彿刀子一樣，颳得人露出來的肌膚生疼。按著紙條上的地方，何思遠一路尋到一棟大宅子外，這宅子占地極廣。已經是子夜時分，還隱隱地從宅子的不知哪處傳出了絲竹之聲。

一個輕巧的飛躍，何思遠落在房頂上。房檐上結了冰，何思遠不敢用力踩，怕發出聲響，只能提著一口氣，用腳尖輕觸。

院子裡果真守衛森嚴，有家丁來回巡邏，身形步伐能看出來都是練家子。看這陣仗，這宅子裡果真有東西。

這棟宅子的書房在後院，辨清方向後，何思遠往後院去。

書房無人，燈是黑的。在大門處聽到的絲竹之聲好像就在書房隔壁的院子裡，離得近了，聽得越發清晰。

紙條上寫了暗帳放在書房裡紫檀木書案下地磚的暗格裡，何思遠伏在房頂上，看著巡邏的人從院子裡經過。他算了下時間，這些人兩刻鐘會巡視一趟。趁著他們離開，兩刻鐘足夠他找暗帳了。

書房門鎖著，不能從正門進去，何思遠估算好，選在屋頂掀開幾片瓦，輕巧地鑽了進去。

藉著窗外的雪光，勉強能看到書房的大概。那張書案極大，一眼便能瞧到。

鑽到案下，手指輕輕敲擊地磚，很快便聽到有幾塊地磚下是空的。從袖中拿出匕首，小心地撬開地磚，果真在地磚下發現一個盒子。打開盒子看了眼，裡面放著厚厚的兩沓帳本。

帳本揣進懷中，盒子放回原位，又把地磚小心地復原。

剛剛鑽出書案，此時書房門口卻傳來了聲音。

何思遠來不及從房頂出去了，左右看了看，書房中間有道屏風，屏風後放了張床榻，估摸著是平日裡用來小憩的地方。無法，只能先躲到床下避一避。好在暗帳已經到手，等屋內人離開，便可以乘機脫身了。

書房門被打開，他聽到一個男子扯著一名女子進來的聲音。

「好乖乖，趁著他們還在喝酒，咱們在這裡樂一樂！爺這一趟出門兩個月，可想死妳了！」

女子並不情願，一邊緊緊護著衣服，一邊小聲哀求。「陳爺，求您了！王大人就在隔壁院子裡，若是一會兒他找我，會被發現的。沒有王大人允許，伺候您，我會被罰的！」

男子發出一聲猥瑣的笑。「怕什麼？侯爺剛給他送了兩個美人兒，此時他且記不得妳呢！加上今日王大人好不容易離了家來到這處宅子，不好好樂一樂怎會罷休？妳就乖乖地從了我便是，爺保准妳舒坦！」

女子被扔到了榻上，驚恐地往床角縮。

男子欺身上去，一邊拿滿是酒氣的嘴去親，一邊伸出雙手不停地撕扯著女子的衣裙。

女子忍著驚恐和滿身的雞皮疙瘩，絕望彷彿緊緊地扼住了她的咽喉，眼淚大顆地順著眼角外溢。

忽然，在床頭的小几上摸到一根燭台。眼看著男子即將剝去她身上最後一層小衣，再也顧不得許多，她使出全身的力氣把燭台往男子頭上砸去！

男子發出一聲悶哼，暈了過去，像一塊大石般壓在了女子腿上。女子想起以往被折辱的一幕幕，咬著牙，再次使勁地揮起了燭台。一下又一下，鮮血四濺……

許久後，女子沒了力氣，燭台落到地上，咕嚕嚕地滾到床下。

看著眼前已經血肉模糊、看不出面日的屍體，女子發出一聲絕望的笑。已經沒有路可以走了，自從親爹為了官位，把自己送給王大人的那天起，自己就沒有了明天。今日，又親手殺了這個騷擾、覬覦自己多日的混蛋，想來，被人發現後，自己也免不了一死吧……不可以！自己還不能死！妹妹還在那些人手裡，若是自己殺人之事敗露，妹妹也必將受到折磨！

掩好衣服，踉蹌著下了床。女子想了想，費力地扯起床單裹住屍體，使勁地把那人扯下床，想暫時塞到床下去。這間書房平日裡很少有人來，連地龍都沒有燒。天冷，想來屍體在這裡放幾日也不會有人注意吧？

正當女子使出吃奶的力氣把屍體往床下推時，忽然對上了床下的一雙眼睛。還沒有喊出聲，一把匕首快速地抵上了女子的胸口。

何思遠慢慢地從床下挪出來，面上蒙著黑布，只露出一雙眼。

「你、你是何人？有何企圖？」女子顫著聲問。

「路過，找些東西。妳又是誰？這是誰的宅子？」何思遠壓低了聲音問。

「莫要傷我！這裡是戶部侍郎王大人的外宅，我是王大人的外室。我不會喊的，別傷害我！」女子楚楚可憐地哀求。

「妳把人殺了，覺得自己能逃得過去？」

「此人是王大人的一個手下，企圖對我不軌，我不想受辱，被逼無奈，這才殺了他。求求你放了我，我妹妹還在他們手裡，我還要想辦法救我妹妹！你想要找些什麼？我可以幫你！」女子不住地哀求。

何思遠想了想，問道：「這宅子平日裡都有誰經常往來？告訴我。」

女子想了想，說：「我被送到這宅子兩年了，王大人把此處當作招待一些朋友的地方。我認得的不多，經常見到的只有幾位。好像還有些江湖上的人，但不知道是做什麼的……」

女子說出幾個大概的人名，何思遠默默記下。

「妳可知他們來了後都做些什麼？」何思遠又問。

女子似是想到了什麼，面上露出一個嫌惡的表情。「我一個外室，哪裡能聽到什麼機密？只在他們談完事情喝酒取樂的時候，進去伺候過。偶然有聽到幾句，彷彿是什麼糧食、銀子之類的話。王大人也從來不在我面前多說，我對他來說只是貓狗一樣的玩物罷了。」

何思遠見再也問不出許多，收起了匕首，用腳踢了踢那具屍體。「妳就準備把這人藏在床下？此處並不隱蔽，想來過不了多久就會被發現的。」

女子露出一個苦笑。「我還能怎樣？這宅子的二門我都出不去，沒有更好的辦法了。」

「我可以幫妳把屍體處理了，不過，我有條件。」

女子眼睛一亮，急忙說道：「你說，若是我能做到，但憑吩咐！」

「這宅子沒有幾天的平靜日子了，不久後便會被查，到時候若是需要妳作證，妳可能出面？」

「能！只要能保證救出我和我妹妹，讓我做什麼我都願意！」

何思遠不再多話，看了眼窗外。此時無人，隔壁院子裡的絲竹聲也已停了，除了簌簌大雪飄落的聲音，再無他聲。

何思遠扛起屍體，往門外走去。正好，把這屍體帶回去，讓睿侯想法子查一查，看有沒有人認得，說不定能找到更多的證據。

「好漢，我就住在後面的紫藤閣。若是有需要，好漢可來找我。只要能讓那畜生伏法，小女子在所不惜！」被折磨得太久，她已經沒有了奢求。自從被送進這宅子後，受的便是非人的折辱。她和妹妹哪是外室？只要來的客人裡有看上姊妹倆的，她們便會被送到客人的榻上，任人玩弄！只要能帶著妹妹離開這宅子，不論做什麼，她都願意！

何思遠點點頭，消失在書房門外。

肩上扛著人，何思遠便沒有來時那般輕鬆。不能再從房頂走了，兩個人的重量，一個不小心便能踩碎瓦片。他只能憑著來時的記憶，躲著巡邏的人，在院中穿行。

最後一道院門了，正門已經鎖上，只能翻牆。往後退幾步，提起一口氣，飛躍上牆頭。

驀地，身後傳來破空聲！

何思遠暗道不好，但此時已經不能回身躲避。躍出圍牆的瞬間，箭頭從右臂穿過！顧不得查看傷口，何思遠咬著牙，飛快地消失在茫茫的大雪中。

一早雪停了，鶯歌打開房門叫四娘起床。

簾子被掀起的一瞬間，四娘被屋外傳來的涼氣刺激得狠狠打了個噴嚏。

「姑娘，該起了。今日覲上的一批貨物從夷陵運來了，咱們得去驗貨。虧得時間卡得正好，不然水上結了冰，船滯留在半道上可是會急死人呢！李少爺一早就來了，在前院等著姑娘呢！」鶯歌快手快腳地把早就放在熏爐上暖熱的衣服拿過來伺候四娘穿上。

四娘穿好衣服、洗漱過後出了房門，甫一站定便被滿院子厚厚的雪驚了眼。

楊城和夷陵不曾見過這樣的大雪，即便下雪也是一些細細碎碎的冰粒，根本存不住。此時滿院子都被大雪覆蓋住，空氣裡盡是雪後的清新冷冽。

四娘一邊繫上斗篷，一邊往前院走。「娘可起了？李大哥來得這麼早，定是沒吃早飯呢，大少爺陪著吧？」

「夫人起了，這會兒在房裡坐著呢。大少爺按說每天這個時辰早就起了，都該打了兩趟拳了，但今日不知怎麼的，房門還閉著呢！此時是二少爺陪著李少爺在說話。」鶯歌回道。

何思遠也有睡懶覺的時候？四娘暗自吐槽。

到了涂婆婆的屋子，四娘跺跺腳上的雪，吩咐鶯歌。「讓前院把早飯擺上，他們男人們在一起吃吧，我和娘在這裡吃。大少爺若是還不起床，使個小廝去叫一叫。一會兒交代一下馬房，吃過飯後咱們先去芳華閣接上孫小青，再一起去驗貨。」

涂婆婆聞言抬起頭道：「女婿怎麼還沒起？是不是病了？四娘去瞧瞧。」

四娘嘟起嘴。「娘，他這麼大的人了，病了難道不會叫大夫？這麼多下人，叫一個去看看就是了。外面雪好厚呢，就這兩步路，瞧我鞋子都濕了。」

平日裡人高馬大的漢子，吃啥啥香、身體倍兒棒的，頂多是吃了寒氣感冒了吧？四娘覺得一個大男人，哪裡還需要自己去探病了？

涂婆婆豎起眉頭。「囉嗦什麼？讓妳去妳便去，再跟我纏嘴我敲妳！」畢竟在人家何家的宅子裡住著呢，何家爹娘都沒跟來，何府上下就自己一個長輩，關心小輩是應有之義。可自己一個岳母不好親去女婿房裡探望，四娘作為何思遠的娘子，去瞧瞧夫君是天經地義。

女婿如今看著是已經把四娘放在心尖兒上了，自己這女兒喲，什麼時候才能開竅？

四娘不敢跟涂婆婆頂嘴，只得披上披風，帶鶯歌往前院去了。

何思遠昨夜扛著具屍體、揣著帳本，一路從城南扛到睿侯府，走了大半個京城，睿侯一直在書房等著。

把事情的來龍去脈交代清楚，帳本呈上去，又把那女子告知的經常來往那宅子的人名也告訴了睿侯。

胳膊上的傷雖沒傷到骨頭，但卻是個貫穿傷。扛著那屍體走了一路，胳膊早就疼得快要直不起來了。

睿侯聞到血腥味，問何思遠可是受傷了？何思遠不在意地搖搖頭，說是小傷，家裡有藥，自己包紮一下便好。睿侯見何思遠面色還好，便沒有勉強，讓何思遠趕緊回府休息去了。

淋了一夜雪，又吹了風，加上傷口，何思遠倒是真的發起了高熱。此時正迷迷糊糊地躺在床上補覺，睡得昏昏沈沈。

鶯歌敲了幾下門，裡面都沒有人應，四娘無法，只能逕自推開門進去。

甫一進屋，便看到何思遠裹著被子，雙眼閉著，睡得正沈，只是看著臉上有些不正常的潮紅。

四娘走過去，把手放在何思遠的額頭上，哎喲，真是發燒了！摸著感覺該有個三十八、九度吧？當即吩咐鶯歌道：「去告訴張虎，到衙門給大少爺請個假，再吩咐小廝去請個大夫來。平日裡看著身體挺好的，怎麼就突然發起高熱了？」

何思遠此時模糊地能聽到四娘說話，只是高熱燒得他眼睛有些睜不開。四娘從外面走進來，小手涼涼的，放在額上舒服極了。何思遠翻了個身，沒受傷的左胳膊一伸，抓住四娘的手壓在臉下。

四娘想把手縮回去，真是不老實，病了還想著占便宜！哪知道何思遠抓得緊緊的，嘴裡還含糊不清地說「燒得難受，涼涼的，真舒服……」，四娘見掙脫不開，無法，只得在床邊坐下。

「鶯歌去回娘一聲，大少爺有些發熱，大夫一會兒就來，讓娘別擔心。我等大夫來看過後再走，早飯不用等我了，一會兒在路上再隨意買點來吃吧。」

鶯歌去後院了，四娘只得坐在床邊四處打量何思遠的房間。

這間本是客房，並沒有多餘的裝飾。牆上掛著一把長劍，看著像是在歸綏四海樓下面捉拿那兩個突厥人時用的那把。

何思遠閉著眼聞著四娘身上甜甜的香味，還是那股木蘭花的香氣，她好像挺喜歡木蘭的。來年開春可以在她院子裡的窗外種上兩棵，開花時候看著她一定高興……

手被何思遠壓得發麻，彷彿有小蟲子在鑽來鑽去，於是四娘不自在地動了動手指。四娘的手指又長又軟，彷彿沒有骨頭似的，何思遠忍不住地蹭了蹭。

他下巴上長出的鬍渣扎在手心的肌膚上，害四娘的臉猛地一下子紅了。

何思遠此刻覺得臉更燙了，卻又不想放開。難得兩個人能這樣獨處，屋裡沒有外人。或許是看他病著吧，小娘子竟然沒有罵他。他又忍不住地蹭了蹭，這次嘴唇整個親到了四娘的指尖。

四娘彷彿被針扎了似的，猛地站起身。「你！你到底是不是在睡覺？」

壞了！要露餡兒了！何思遠不能再裝睡了，只能緩慢地睜開眼，做出一副還不清醒的樣子。「四娘，妳怎麼在這裡？我這是怎麼了？」

四娘看著何思遠有些腫脹的眼皮，還有下巴和臉頰上冒出的一片片暗青色鬍渣，嗓音或許是發燒的緣故，聽起來有些嘶啞，當真是一副還不清醒的樣子，於是心裡的懷疑被稍微壓下去了些許。

此時大夫的到來打破了僵局，李昭和何思道聽見何思遠生病的消息，也一起來看望。

嘖，還想再多處會兒呢！何思遠不滿地想。

大夫把過脈，又問了問情況。

何思遠心知，估計是昨天的傷有些沒處理好，但又不想讓四娘知道，怕嚇著了她，於是用著帶些祈求的語氣對四娘說：「我燒得嗓子有些疼，能不能麻煩四娘幫我去廚下要一碗白粥來？要撒上桂花蜜的。小時候生病，我娘總做給我吃，如今倒是有些想得慌。」

屋裡有李昭和何思道看著，想來也沒什麼事，四娘便點點頭去了。從夷陵帶來的自家做的桂花蜜放在後院呢，得回房去拿。

大夫打開何思遠昨夜自己包紮的傷口看了看，稍微有些出膿。他重新清理了傷口，又撒上藥粉包紮好，交代傷口不要沾水、不要使勁，每天換藥，又開了幾天喝的藥，說了用法，然後便拿了診金離開了。

「大哥怎麼受傷的？也不說一聲，倒是把我嚇了一跳。」何思道問道。

何思遠穿好衣服坐在床頭。「昨天去辦了點事，不小心傷的。不用擔心，這點小傷而已，跟在戰場比起來，那都不算事。」

李昭挑了挑眉。「何大哥把四娘支出去，是不想她擔心吧？」

何思遠苦笑。「姑娘家家的，哪曾見過這個？我是怕嚇到了她。別告訴她，只說我受了風寒就是了。」

「我說何大哥你可得抓緊點啊，這都多久了四娘還躲著你遠遠的，照這樣下去，什麼時候才能讓何叔父和嬸嬸抱上孫子啊？」李昭笑。

「莫要說我大哥了，李大哥這一天天的在外面躲著也不是個事，你爹娘難道就不催你嗎？我大哥這好歹跟我嫂子已經是一家人了，你呢？八字還沒有一撇呢！你倆誰也別說誰！」何思道哼道。

李昭和何思遠齊齊閉上了嘴，好有道理，竟然無法反駁。

問過何思遠沒有大礙，李昭也說他只是受了風寒，大夫說等退熱了便好了，於是四娘便坐上馬車，接著孫小青去驗貨了。

芳華覲上的新包裝還是麻煩榮夢龍設計的，此次隨著貨物一起捎來的還有何家爹娘準備的夷陵的土產零嘴。

榮夢龍還特意給四娘送了幾本書，都是遊記，並附上一封信，大多是說夷陵芳華閣和芳華工廠一切都好，有榮婆婆看著呢，沒什麼大事。還說過完年，自己便要來京城準備春闈事宜了，到時再見。

四娘仔細地驗過貨物，問了問耗損，見在大概估算的範圍內便放下了心。

趁著船停留幾日後還要返回夷陵，倒是可以順便把給夷陵各家的年禮一起送回去。

四娘又交代孫小青道：「妳這些日子學得也差不多了，芳華事務妳都是熟練的，再一個多月就要過年了，妳便先跟著船回夷陵吧。我帶著妳來京城是想讓妳以後就跟著我的，怎麼樣，日後可是願意跟我留在京城？」

孫小青想了想，問：「我能不能帶著我弟弟一起來京城？」孫小青對家人沒有過多牽掛，除了弟弟，其餘的都好說。

「當然可以。妳以後可是要跟著我做大掌櫃的，只要妳願意，以後妳走到哪裡便可以帶著虎子去哪裡。再者，京城畢竟比夷陵要繁華得多，不管虎子以後想做什麼，在京城可以學到更多。」四娘滿口答應。

孫小青再沒有什麼顧慮了，親爹有後娘照顧，自己每年託人捎回去點銀子便是了。馬桂花是個見錢眼開的，只要自己出息一天，她就不敢不對爹好。

驗完貨，看天色還早，四娘起了興致想去逛一逛，正好採買些東西做年禮，給何家爹娘還有大姊、小酒兒買些好東西送回去。

李昭護送著貨物前去內務府，一群女人逛街自己跟著也沒什麼意思。走前交代了四娘注意安全，若是有事趕緊派人回家說一聲。

四娘應了後，便帶著鶯歌、孫小青一起逛去了。

誰也沒注意到，馬車後不緊不慢地跟著個人，時不時地注意著四娘一行人的行蹤。

逛街是女人的天性，三個女人好不容易今日沒什麼要緊的事情，便想著逛個盡興，索性連午飯都在外面用了。

四娘其實不愛吃那些大館子裡的飯菜，更喜歡找一些犄角旮旯裡的小吃。幾人把滿手的東西交給車夫，讓他尋個地方等著，便一起去吃胡同口的炒肝兒爆肚。

攤子上隨意地搭了個帳篷，天雖冷，卻也滿滿當當地坐滿了人。好不容易找到個空桌，鶯歌急忙喊著四娘過去。

鶯歌拿出帕子反覆地擦了又擦桌椅才讓四娘坐下，攤主手腳麻利地端來幾人點的飯食。

飽飽地大吃了一頓後，聽到不遠處巷子角一個叫喊著冰糖葫蘆的聲音，四娘頓時有些饞。鶯歌剛要起身去買，四娘看鶯歌和孫小青還沒吃完，於是站起身，說自己去買回來就是。離得只幾十公尺遠，只要喊一嗓子，鶯歌她們就能聽到。

不料鶯歌和孫小青都吃完好一會兒了，還沒見到四娘回來，於是急忙起身去找。只是此時巷子裡哪裡還有四娘的身影？看到不遠處還在賣糖葫蘆的小販，兩人趕緊去問。

那小販疑惑地想了想。「可是那位眼角長顆紅痣的姑娘？剛在我這裡買了三串糖葫蘆便走了，她買完突然又來了一堆人要買，我也沒看到她往哪個方向去。」

鶯歌急得直跺腳，吃頓飯的功夫，姑娘竟沒了！回去可怎麼和夫人及大少爺交代？

「妳趕緊回府報信，我在這四處再尋一尋！東家不是不交代一聲就亂跑的性子，若是這周邊的鋪子都找不到，那估摸著就是真出事了！快報給大少爺知道，多叫些人四處去找！」孫小青此刻也是心急如焚，一個年輕貌美的姑娘家，若是被歹人擄了去，後果不堪設想啊！

四娘醒來的時候，發現自己在一間陌生的屋子裡，稍稍動了動，手腳都被綁了，嘴巴也被塞了帕子。

四娘還記得剛買完糖葫蘆要去和孫小青、鶯歌匯合時，肩膀被人拍了一把，一轉身便被人用帕子捂住了口鼻。再然後，醒來便是在這裡了。

到底是誰綁了自己？所為何求？若是求財那還好說，但要是求色，自己一個手無縛雞之力的女子，是怎麼也反抗不了的。

這時門外有了動靜，一個女子推開門走了進來，四娘趕緊閉上眼睛，裝作還在昏迷的樣子。

那女子站在床邊注視四娘良久，真是個少見的美人兒，怪不得小侯爺念念不忘，顧不得挨親爹的教訓，用盡手段也要把這女子弄到手。只是，若是這院子裡多了這麼一位，想必要占盡寵愛，小侯爺更想不起自己了。

小侯爺已經許久沒來這處外宅了，自己還想著等小侯爺來了要用盡法子把小侯爺留住。若是僥倖能有身孕，也好哄著小侯爺把自己接入侯府。

沒想到，小侯爺此次來這裡，竟是直接帶了個美人兒回來。罷罷罷，看這女子這般容貌，若是能與自己聯手，兩人一起拴住小侯爺的心，豈不是更保險？

四娘實在忍不住了，立時睜開眼，望向那女子。一個穿著水紅色薄衫的妖嬈女子正盯住自己，不知道在想些什麼，這麼冷的天氣，穿得如此單薄，大半個胸脯呼之欲出。

那女子許是沒想到四娘會在此時醒來，嚇得往後退了一步。看到四娘那雙帶著憤怒的眼睛，還有被帕子堵住的嘴，露出一笑。「姑娘醒了？妳若是不叫，奴家便幫妳把帕子拿掉可好？」

四娘使勁地點點頭，那女子便拿出了四娘口中的帕子。

「這是何處？妳又是誰？因何綁我？」四娘顧不得痠脹的臉頰，急忙問道。

「奴家柳娘。姑娘長得真好看，怪不得我家爺想法子也要把妳請了來。以後在此處和奴家做一對好姊妹可好？」柳娘笑意盈盈。

四娘的腦子都要炸了！「我嫁人了，我有夫君！妳家爺是誰？再沒有直接把我綁來的道理，家人尋我不到定是會報官的！我家有錢，柳娘放我走，我給妳多多的銀子可好？」

柳娘捂住胸口，笑得不能自已。「嫁了人又能怎樣呢？只要和我家爺春宵一度過後，管妳是什麼大家夫人還是小姐，失貞的人了，夫家還會要妳不成？頂多是一杯毒酒或是三尺白綾讓妳了結，再報個病故罷了。再說了，報官怕什麼？京城這麼大，即使挨家挨戶地找，找到的時候，妳也已經成為我家爺的人了！妳夫君難道還能大度地看妳被別人睡過了還繼續讓妳當正房夫人不成？我勸妳還是乖乖地從了我家爺，少吃點苦頭吧！我家爺的床上功夫可好呢，保准妳試過後再也不想回去了！」

柳娘一番話說得四娘心都涼了，綁自己的人原來打的是這個算盤！只是不論如何，也不能就這樣認了，家裡人此時找自己肯定都快找瘋了！看窗外的天色，已經暗了，娘不知道該有多著急。只是聽那柳娘的說法，這裡極隱蔽，該怎麼才能逃出去呢？

「我既然已經被綁了來，妳家爺怎地不露面？」四娘問。

「我家爺此刻正在前院陪著客人喝酒呢，讓奴家先來看看姑娘醒了沒？若是醒了，便讓奴家好好勸勸妳，莫要使性子，乖乖聽話，保證妳快活！」說到這裡，柳娘端來桌上放著的一杯水。「姑娘渴了吧？奴家餵妳喝下。」

四娘雖口乾舌燥，卻不想喝這裡的東西，但全身動彈不得，柳娘不知怎麼捏住四娘的下巴一個用勁，下頷劇痛，四娘不自覺的就張開了嘴。那茶水帶著股甜甜的怪味，四娘心道不好，卻無法反抗。

過了幾分鐘，柳娘竟然解開了綁住四娘的繩索。四娘想坐起來，卻渾身沒有力氣，那茶水果然不對！

柳娘拍拍手，幾個下人抬著熱水進來，把屏風後的浴桶灌滿水，然後又關上門出去了。

「奴家扶著姑娘沐浴更衣可好？晚些時候爺就來了。姑娘長得如此美色，此時粉黛未施已是極其動人，奴家再幫姑娘好好打扮一下，想來我家爺會更疼妳！」柳娘說罷，不管四娘作何反應，便來扶四娘起身。

四娘此時手腳都用不上力氣，只能任憑柳娘擺佈。

四娘坐進浴桶後，柳娘手指滑過四娘的肩膀，不住地讚嘆。「姑娘這一身皮肉養得真好，連奴家一個女子見了都忍不住動心呢，說句膚如凝脂也不為過。」

熱氣騰騰中，四娘卻覺得手腳冰涼，柳娘手指滑過的地方彷彿被蛇蟲爬過一般，瞬間起了一身雞皮疙瘩。

何府。

鶯歌哭得不成樣子地衝進門，口中連連喊著「姑娘丟了」。

涂婆婆聞言，立時就要昏厥過去，使勁地咬了舌尖，讓自己清醒。

何思遠正躺在床上捂汗，聽到消息，急忙趕了過來。

涂婆婆一生經歷過無數大事，此刻卻仍是亂了手腳。四娘這樣的品貌，被人擄走，只有被辱一個下場！「女婿，快派人去找！不管想什麼法子，都要把四娘尋回來！我的孩子，這才過了幾年好日子啊！到底是誰要害我的四娘？」

何思遠此時更是焦急萬分，四娘不會武功，不能自保。今日自己病著，想著她只是去驗貨，很快就回來了，所以沒派張虎等人跟著，沒想到，偏偏就出了事！

「岳母不要心急，我已經讓張虎去衙門叫人了。睿侯那裡我也使人送了消息，讓人散開去找。我現在就出門，保證把四娘帶回來！」

涂婆婆看著女婿，心裡嘆息。若是四娘被辱，即使找了回來，女婿是否能毫不介意？眼看著，這日子就要順順當當地過下去了，卻又來了這麼一齣，四娘的姻緣怎麼這麼不順！

「女婿，若是四娘找到了……不論是什麼情形，還請女婿把她好好地帶回來。你若是介意，一紙休書我替四娘接著，我們娘兩個搬出何府便是，定不讓女婿為難。」

何思遠聽到這話，半天才反應過來，立即急切地說道：「岳母放心，四娘是我的妻子，無論是什麼情況，小婿都不會棄她於不顧！若有人辱她，我定會把那人碎屍萬段！我只求四娘顧及自身，萬不要做出什麼傻事來！」

涂婆婆此刻眼淚都要出來了。「如此我就放心了。女婿快去吧，我在府裡等消息。」

散出去的人找了半晌也沒有消息，何思遠一拳砸到了牆上。四娘、四娘，妳到底在何處？

睿侯接到何思遠的求助消息，忙完也趕了來，見到何思遠雙目赤紅，手上還有血不停地滴下來，心知這是還沒找到人。

「思遠莫急，既然這麼多人都找不到，一絲線索也無，咱們就試試別的法子。京城裡有江湖上專門打探消息的地方，官兵沒有辦法，說不定他們會有辦法。我已經使人去問了，不管多少銀子，咱們只管砸進去。只要有一絲線索，就能順藤摸瓜地找到四娘。」睿侯勸道。

天慢慢黑了，時間一分一秒地流逝，何思遠渾身的血液都快要凝固了。早上四娘身上的香味，還有指尖的溫暖，彷彿還歷歷在目……怎麼今天自己偏偏要留在府裡養傷？他應該跟去的，若是他跟著，四娘就不會丟了！

還記得在夷陵莊子裡，四娘跟他說過的話，失貞不算什麼，即便是失貞了，她也會好好地活著。

四娘，但願妳還能記得妳說過的話，一定要活著等我去救妳。不管發生什麼事，我都不會放棄妳的！等著我，等著我找到妳，帶妳回家……

前廳裡，李子明與付海生觥籌交錯，已然喝了不少。

付海生舉起酒杯。「小侯爺，今日終於可以得償所願了，小弟先祝你今夜龍馬精神！我那主意不賴吧？如今那美人兒可是在後宅等著你臨幸呢！」

李子明拿起一塊桂花糕咬了一口。「人如今是綁來了，只是若是那何思遠找過來，該當如何？」

「京城這麼大，他且得花幾天找呢！等他找到的時候，那小娘子已經是小侯爺的人了。何思遠找到的是一個殘花敗柳，他難道會捏著鼻子接回家繼續當他的正室夫人不成？不若到時候再賠他幾個美人也就是了，男人哪有不愛美色的？再說了，一個四品官，哪裡來的膽氣和侯府對上？若是他不願意，有老侯爺在，再不然也還有宜妃娘娘呢，只要在聖上耳邊吹吹風，擼他個一乾二淨，看他還敢多事！」付海生話語中不無得意。人他幫李子明弄來了，李子明也答應把院裡的明玉和明蕊送給他，明日就使馬車回侯府接過來。以後在這宅子裡，他們兩人都可以盡情玩樂！

李子明聽了付海生的話，心中放心不少。管他娘的，先快活了再說！

此時柳娘派人來傳話，說已經把那小娘子沐浴打扮好了，只等著小侯爺前去呢！

李子明想起四娘那一副嬌俏的模樣，瞬時下腹一緊，恨不能立刻把她壓在身下好好疼愛一番，於是立即站起身來，猴急地往後院去了。

睿侯派去買消息的人很快回來了，京中有個江湖上打探消息的地方，聽說他們神通廣大，只要能出得起銀子，隨便什麼消息都能給你找來。

四娘本就容貌過人，極好辨認，給了大筆銀子，說了失蹤的地點和長相後，不過一頓飯時間，便有消息送了來。

何思遠看過那張寫著藏匿處所的紙條後，一個翻身便上了馬。

張虎帶著人緊跟其後，在心中暗罵：奶奶的！真是老虎頭上捉蝨子，活得不耐煩了！自家大人即便是在戰場上面對千軍萬馬，也從來沒有驚慌失措過，如今竟敢擄了嫂夫人去，便怪不得大人的劍要見血了！正好兄弟們最近也十分憋悶，就揍他娘的解解氣！

時間一分一秒地流逝，四娘躺在床上，滿心絕望。沐浴過後，柳娘只給她裹了一層緋紅色輕紗，整個人就這麼擱在床上。燭光中，朦朧的薄紗根本掩不住春色，單薄的肩頭露在外面，薄紗下面玲瓏白嫩的身軀若隱若現。

柳娘彷彿打量一件貨物一般，把四娘從頭看到腳，心中感嘆，真是尤物！在浴桶裡便讓人挪不開眼睛，此時裹著紗更添幾分誘人，兩條均勻修長的腿，即使在夜晚的燈光下也雪亮得散發著瑩瑩的光。若是自己有這樣的身段和姿容，小侯爺早把自己接到侯府去了吧？也不用日日在這裡獨守空房了。

想著小侯爺以往在床上對自己使出的那些手段，柳娘似乎也有些坐不住了，拿出帕子不停地搧著風，來回的走動。

四娘羞憤欲死，小聲地對著柳娘哀求。「求求姊姊放了我好不好？我能給姊姊很多銀子，只要妳開口，我都能給妳！」

「奴家一個弱女子，要那麼多銀子做什麼？若是放了妳，我家爺定要把奴家扒皮抽筋，到時有命拿也沒命花啊！」

柳娘本就是揚州來的瘦馬，媽媽把她養活大就是為了供達官貴人取樂的。被人送給李子明後，李子明開始也新鮮了幾日，但因為她的身分，不能把她接回侯府，只得把她安置在外宅。對柳娘這樣的瘦馬來說，沒有缺過吃喝，銀子花費更是沒有斷過，比一般家境的小姐過得還要滋潤。她們只需要討好男人就行，有個後半生的庇護之地，比銀子更能讓她安心。

柳娘似是察覺到了四娘的恐懼，走近了說：「姑娘莫怕，妳都已經嫁了人了，放開點就是。我家爺最會疼人了，不會對妳粗暴的。實在不行，妳便閉上眼睛，等下一回妳就能放開了。怎麼，平日裡妳夫君可是不常碰妳？白瞎了姑娘這一身好皮肉了！妳夫君是不是不行啊？」

柳娘的調笑聲讓四娘更加絕望，滾他媽的不行！何思遠，你什麼時候才能來救我啊！

之前跟何思遠談論女子失貞之後為何要自盡的時候，四娘還滿心以為即便是失貞了，大不了當被狗咬了一口罷了，又不是真的少了塊肉。事情過去了，一樣還能活得自在開心。但是此時四娘才深刻地體會到，讓那些女子崩潰的不只是身體上的折磨，而是精神上的羞辱。

這樣被人擺弄著，像一隻待宰的牲畜一般，自己卻連反抗都不能。彷彿有一頭張著血盆大口的野獸，不知道什麼時候便會從黑暗中衝出來把她吞吃入腹……

門被人從外面一腳踢開，柳娘急忙露出笑容迎上去。

「爺來了？奴家已經把這姑娘安排好了！爺真是好福氣，這麼好看的小娘子，以後我們姊妹也可以在這處做個伴了！」

李子明捏了把柳娘的下巴。「辛苦柳娘了，等爺今日快活後，明天想要什麼首飾，滿京城的隨妳挑！」

四娘使勁地扭頭看向來人——李子明?!竟然是他！看來何思遠的一頓打不但沒有把他打改，反而更色慾熏心、變本加厲了！

「爺您瞧，這姑娘真是好看，連奴家都忍不住心裡癢癢的。奴家在她身上塗了香露，是爺最喜歡的合歡香。爺要不要奴家在一旁伺候？若是不用，奴家便退下，不打擾爺的好事了。」

四娘再也按捺不住，破口大罵。「李子明！你竟然敢把我綁來此處？你不怕何思遠殺了你嗎？你可知我夫君是戰場上下來的，殺人如麻，你今日若敢辱我，他定要把你千刀萬剮！」

李子明此刻酒勁上頭，加上美色當前，腦子裡哪還想得了那麼多？只看到薄紗下那一副美景，晃得他鼻血都快流出來了！「何思遠來不來得了我不知道，我只知道妳此刻就躺在爺的床上，等爺先爽了再說別的！」

四娘看著李子明那一雙手伸向自己胸前的薄紗，臉上還掛著猥瑣的笑意，心彷彿墜入了無盡的冰窟。看來，今天是在劫難逃了！自己和何思遠，怕是要和離定了。

最近還想著要試著和他相處看看的，沒想到，今日又遭此橫禍。

四娘絕望地閉上眼，大顆的淚珠順著眼角流下。

第二十章

就在李子明的手即將觸到四娘白嫩的肌膚時，身後的門被大力的踹開，半扇門禁不住那力道，頓時搖搖欲墜。

冬夜呼嘯的寒風吹進屋內，四娘瞬時冷得發抖，但心內卻突然升起了一絲希望。是不是何思遠來了？他來救她了？

何思遠一眼看到屋內的情景，頓時目眥欲裂！

柳娘剛叫了聲「何人敢闖此處？」，便被何思遠一掌打翻在地，噗地吐出一口血來。

何思遠對著身後遠遠跟著的人喊了聲。「守住門口，誰都不許進來！看看院內都有誰，先抓了綁住！」

李子明被這變故驚得酒醒了大半，何思遠怎麼這麼快就找了來？付海生不是說至少也得好幾天嗎？

何思遠紅著眼，一步一步地走向李子明。

「你怎麼敢？你怎麼敢綁了她來？上次我就該殺了你的！留你一條狗命，沒想到，你竟然還敢下手！」何思遠彷彿是從地獄裡走出來的惡魔一般，一雙眼睛緊緊盯住李子明，彷彿李子明此刻在他眼中已經是一具屍體了。

李子明看著何思遠手中閃著寒光的劍，雙腿一軟，癱在地上，口中不住地喊道：「快來人啊！人呢？都死了不成？快去侯府報信！」

屋外抱著胳膊沒好氣的張虎聽到後，不禁罵道：「院裡會喘氣的都已經捆成死狗了！原還想著能打一架的，沒想到都是幫酒囊飯袋，見到爺爺們都嚇得尿了褲子！呸，晦氣！」

「何思遠，我爹是柱國侯，我姑姑是受聖上寵愛的宜妃，你不能動我！若是傷了我，你滿家都要陪葬！」李子明不死心地對著何思遠喊叫。此時的何思遠像是入魔了一般，駭人得緊！

何思遠走到李子明面前站定，臉上露出一個沒有溫度的笑，一腳踩到李子明雙腿間，用力地來回碾著。

「柱國侯？宜妃？滿家陪葬？你敢動她，你敢動我心尖子上的人，我先要你的命！」

李子明殺豬一般的喊叫穿出房頂，疼得快要昏厥過去。

「何思遠……我冷……」四娘看何思遠此時神態不對勁，她從來沒有在他臉上見過這樣一副表情，心裡不禁也有些害怕。

四娘微弱的叫聲讓何思遠稍微的回過了神，他鬆開腳，不管李子明死狗一般地躺在地上呻吟，大步邁向床前。

四娘想把自己蜷縮起來，可是她動彈不得。一張小臉在滿頭青絲的映襯下沒有絲毫血色，她已經被屋外吹進來的寒風凍得身子都要木了。

何思遠拿起床上的被子，一把裹住四娘，然後將她緊緊摟在懷裡。

四娘覺得自己快被他勒得喘不過氣來了。

「妳有沒有受傷？他有沒有打妳？」何思遠發現自己的手在抖，此刻看到四娘，心裡緊繃的那根弦才鬆了下來。

四娘艱難地搖了搖頭。「我沒受傷，只是被灌了藥，此刻動彈不得。李子明剛進屋，你就趕來了。我還以為、還以為今天逃不了了……」劫後餘生的眼淚奪眶而出，四娘被眼淚模糊了雙眼。

何思遠在四娘的額頭上落下一吻。「莫怕，我來救妳了。以後，再也不會發生今日的事情。都怪我，今天該跟著妳的，要是有我在，妳便不會被人綁了去。對不起，我沒能保護好妳……」

四娘再也忍不住地哭出了聲。「我想回家……何思遠我想回家，我想娘了……我討厭這裡……」

何思遠看到四娘的眼淚，頓時心疼不已，帶著繭子的大手輕輕地擦去她面上的淚珠。四娘此刻在他懷裡，他感到無比的安心。

「我帶妳回家，咱們這便回家。」裹嚴實了被子，打橫抱起四娘，何思遠走出門外。

「這院子裡的人全都綁好，一個也不許跑了，明日我再來處理此事。把你們的嘴巴閉嚴實了，若是讓我知道今夜的事情走漏一絲風聲，小心你們的舌頭！」何思遠冷冷地吩咐。

張虎連忙應了。「大人放心吧，兄弟們辦事你放心。今日跟著來的都是咱們在軍中的舊人，嘴巴最嚴實了。我保管這宅子裡連一隻蒼蠅都飛不出去，大人快帶著嫂子回家，涂夫人一定急壞了！」

涂婆婆和四娘來到京城的這些日子，對張虎他們十分照顧。本就是一群光棍，平日裡也不懂得打理自己。吃住就不說了，安排得極為妥當，連天冷了冬天的棉衣、帽子、手捂子都給做好了送過去，都是上好厚實的料子，比住在自己家裡還貼心。張虎早就把何家人當成了自己的家人，如今自己家人被算計了，張虎豈能不上心？

屋內的柳娘捂住胸口，吐出一口瘀血後，跌跌撞撞地衝向躺在地上、捂住下腹，疼得臉色煞白的李子明。

「爺！爺您要不要緊？讓奴家看看！這可怎麼是好？咱們得找大夫！」

李子明咬著牙，從牙縫裡擠出幾個字。「想辦法……去侯府報信……」

柳娘哪裡見過這種場面？可是李子明是她的依靠，若是在這裡出了什麼事，她更是後半生無望了！

擦去面上的血跡，柳娘站起身來。屋外站著幾個凶神惡煞的壯漢，一眼望去便嚇人得緊。想想屋內已經疼得快要昏迷的李子明，柳娘硬是擠出一個笑，對著張虎說：「大爺，能不能請個大夫來？我家爺疼得不行了。」

張虎雙手環胸，看著衣衫單薄的柳娘。「小娘子，我沒綁妳已經是看在妳是個女人的分兒上了。屋裡那位疼死活該，對著別人使出下作手段的時候，怎麼不想想會有今日？」

身後的幾人則對著柳娘不停的上下打量。娘的！那什麼小侯爺的倒是會享受，還藏了這麼一個小娘子在外宅裡。

柳娘從小被嬤嬤教導著看著男人的臉色長大，當然明白那些男人的眼光意味著什麼。她咬著牙，對著張虎一福身，胸口白嫩的肉呼之欲出。「只要爺能讓妾身出門請大夫，妾身願意做任何事情。」

誰知張虎卻露出一個嫌惡的表情。「妳對妳家小侯爺倒是情深，只是爺們且看不上妳！再說，妳以為誰都跟妳家那位一樣，見到好的，不管有沒有嫁人都只管搶了來？休要廢話了，老實進屋，爺們都是粗人，一根手指頭就能捏死妳！」

柳娘無奈，只得哭著回房了。

何府。

涂婆婆急得坐立不安。

鶯歌的眼睛哭得跟桃子一樣大。

孫小青也在一旁低著頭不住的自責，若是今日跟緊了東家，也不至於就把人給丟了！

何思遠抱著四娘，在大門處下了車，門房慌忙迎過去，看這模樣，人找到了！

「拿我的腰牌，去請大夫來。」何思遠腳下不停地吩咐。

四娘雖裹著厚厚的被子，卻仍然冷得渾身發抖。不知柳娘給她灌了多大的藥量，此刻手腳依舊是動彈不得。

涂婆婆幾人聽到動靜，慌忙迎出來。

看到何思遠懷裡的人，鶯歌一嗓子嚎了出來。「姑娘！姑娘妳終於回來了！」

涂婆婆扭頭罵鶯歌。「閉嘴！大半夜的，是準備嚎得左鄰右舍都聽到嗎？快去準備熱水和吃食！」

鶯歌癟了癟嘴，忍住眼淚，慌忙下去準備了。

四娘被放到房間的床上，孫小青看四娘臉色青白，急忙灌了個湯婆子塞到四娘腳下。

手還被何思遠緊緊地抓著，此刻回到了自己熟悉的地方，四娘終於能放鬆下來。涂婆婆看著坐在床邊、滿眼只有四娘的何思遠，心裡鬆了口氣。「辛苦女婿了，這天寒地凍的，女婿的鞋子都濕透了，回房換一雙再來吧。你風寒還沒好，這又奔波到半夜，若是你們兩個都病倒了，我老婆子一人可怎麼支撐下來？」

何思遠知曉岳母這是要私下問問四娘今日之事，自己在這裡四娘或許會不好意思。雖不捨得離開她半刻，但還是站起身給四娘掖了掖被子道：「我回房換身衣服再來看妳，大夫一會兒就到了。回家了，妳莫再怕。跟娘好好說會兒話，什麼都不用管，一切有我。」

四娘點點頭，此刻才想起來何思遠今天早上還在發燒來著。在寒風裡找了自己一天，想必明日病又該嚴重了。只是想到今日自己滿心絕望之際，他及時趕到，看見他時那一瞬間的心安讓四娘覺得窩心極了。她後知後覺地想著，每一次在危急的時刻，好像他都在。只要他出現，什麼都能解決。

何思遠走後，鶯歌端著薑湯進屋，先伺候四娘把一碗燙燙的薑湯喝下，看她臉上恢復了幾分血色，這才開口問：「姑娘可好些了？今日到底是怎麼回事？姑娘去哪裡了？我和孫姊姊快急死了，夫人也急得都要暈過去了！若是大少爺找不到妳，我都想死了算了！好好地跟著姑娘出了趟門，倒是把姑娘給弄丟了……」涂婆婆在一旁坐著，鶯歌不敢放聲大哭，眼淚卻是一顆接一顆地淌了個滿臉。

「今日到底是誰綁了妳去？發生了何事？」涂婆婆問。

四娘把今日之事說出，她自己都沒想到李子明還不死心，竟然能想出如此下作的主意。

涂婆婆雙眼緊緊閉了一閉。「柱國侯府、宜妃、李子明……好，好極了！老婆子我久不回京，離開太后娘娘身邊許久了，竟不知如今任誰都敢在我頭上踩一腳了！」

此時下人在屋外稟告，大夫來了。

上午才來給何思遠看過病，這大晚上的又被何府叫了來，大夫不由得有些納悶：怎麼這一家人生個病還接二連三的？

大夫把過脈，問了問情況。

涂婆婆急切地問，為何四娘此刻依舊動彈不得？可是被灌的藥有妨礙？

大夫捏著鬍鬚回答道：「聽小娘子描述，那藥應該是十香軟筋散，估摸著量用得有些多，加上小娘子受了驚嚇，故而這會兒還沒緩過勁來。不過不礙事，我開副藥熬好喝下，一個時辰便可解了。只是今夜要當心小娘子會發熱，我觀脈象有些寒氣入體，加上受驚，若是發熱也是正常的。府上可還有清熱的藥材？若是有就備上一些，發熱後喝下便可緩解。」

鶯歌在一旁忙說：「大少爺早上開的不就是清熱的藥？廚下還有呢，若是姑娘燒起來我就煮上可行？」

大夫搖搖頭。「不一樣，妳家大人是因為受了傷，傷口有些不好，合併著吹了風才發熱的，跟這小娘子的病情不同。罷了，我還是再開一副吧。」

四娘聞言，忙問大夫。「受了傷？傷在哪裡？瞅著他今日並沒什麼異樣啊！」

「怎麼小娘子不知嗎？傷在右臂，瞧著是箭傷，整個胳膊都被穿透了，再偏一分就傷到了筋骨。老夫特意交代過，這兩日不要使勁、不要沾水。估計是怕家人擔心，故而沒說吧？倒是老夫多嘴了。」大夫說罷便寫了兩張藥方，交給何府下人抓藥去了。

四娘一顆心都像被泡到了熱水裡，今日他發著燒還頂著寒風找了自己一天，又一路抱著自己回來，臉上絲毫不見痛苦的表情。何思遠，我何德何能讓你如此待我……

大夫離去後，涂婆婆看著四娘，緩緩開口。「四娘，娘也不說別的了。今日得知妳不見的消息，女婿便急著去尋妳，娘當時跟他說了，若是妳被辱，娘願意拿著休書帶妳搬出何府，但女婿說，無論什麼情況，他都不會棄妳於不顧。妳往日裡任性、無心兒女情長，娘都依著妳，妳想觀望觀望也罷，或是一心想著妳的生意也罷。但今日妳看到了，若是沒有女婿，妳一個弱女子會是個什麼下場？妳真的以為只要妳生意做得夠大，銀子足夠多，便能順順利利地在這世間過一輩子嗎？女婿以前縱有再多的不好，但憑著他把妳放在心尖尖上，為了妳不顧一切，這個女婿娘心裡便是一萬個滿意的。」看著四娘陷入了思索，臉上還帶著一絲虛弱和驚惶，涂婆婆也不忍心再說更多。「妳今日也累了，吃了藥就好好睡一覺吧。醒了後想想娘說的話，娘都是為了妳好。女婿是個什麼樣的人，這些日子妳想必也看清楚了，若是妳依舊還抱著和離的想法，娘勸妳趁早的離吧，不然老婆子我也是無顏再耽誤女婿了。」說罷，吩咐鶯歌照顧好了姑娘，便帶著孫小青離開了。

四娘躺在床上怔怔地發愣。娘說得沒錯，自己便是把生意做成了大越朝的頭一份又能怎樣？這個世道，強權才是王道。今日若是真的被李子明得手，自己即便不去尋死，可那種被強迫、被侮辱的經歷，卻會一直跟隨著，成為黑夜中的夢魘，無時無刻地折磨著自己。

何思遠，這個滿心都是自己的男人，自己當真是一點都不喜歡他嗎？不，不是這樣的。全都是自己身為一個自認為異世而來的穿越者的自尊心在作怪，自己便是多活一世又怎樣？知道得比別人多又怎樣？從來沒有過一個男人能讓自己如此安心。被灌了藥躺在那裡任人擺布的時候，她有多希望他能出現，彷彿心底那個認知在告訴自己，只要有他在，自己便能安心，只要有他在，任何人都不能傷害自己。

婚前沒有相處過又怎樣？自己本來就是為了躲避被賣掉的下場才去了何家的，何家父母把自己當親生女兒對待，她何其有幸！何思遠對自己尊重喜愛，自己又何其有幸！

那個男人啊，那個忍著胳膊疼痛的男人，一路上愛若珍寶地抱著自己，彷彿在他眼裡，自己是這個世界上最珍貴的東西一般。自己那顆自以為驕傲的心，早已經不知道什麼時候就把他放在心底了……

藥裡許是加了安神的成分，四娘胡思亂想著，最終抵不住睡意來襲，昏昏沈沈地睡了過去……

冷，好冷！

李子明那張獰笑的臉就在上方，眼裡露出淫邪的光，帶著難聞酒氣的粗重呼吸慢慢逼近，眼看著身上那層薄薄的紗就要被李子明撕扯開來。

四娘想掙扎、想要逃離，甚至想要咬舌自盡，可是她卻動彈不得，連一根手指都動不了。

「從了我家爺吧，留在這兒和我做一對好姊妹……」柳娘的嬌笑聲在耳邊縈繞不絕。

「不要、不要……」睡夢中的四娘被魘住了。到這個世界十幾年，她從來沒有如此的恐懼過。

何思遠回房喝過藥、換過衣服後仍不放心，便又來四娘房外想問一問情況。得知四娘已經喝了藥睡下，他剛想走開，便敏銳地聽到了房內傳來四娘的夢囈。

顧不得許多，何思遠推開房門，快步走向床前。

額上滿是汗，髮絲濕答答地貼在臉頰上，那張小臉泛著蒼白。一雙細眉緊緊皺著，彷彿夢中正在經受著極大的痛苦。

鶯歌在一旁焦急地呼喚著「姑娘、醒一醒」，但四娘卻怎麼都醒不過來。

何思遠執起四娘的手，手指冰涼，手心卻灼熱。

無法，睡夢中的四娘太過於痛苦，何思遠把四娘扶起來，讓她靠在自己懷裡，然後緊貼著四娘的面頰，在她耳邊輕聲說：「四娘不怕，我在呢，我一直都在呢……」

四娘彷彿聽到了何思遠的話語，緊蹙的眉頭慢慢的鬆開，呼吸也漸漸平穩下來。

何思遠碰了碰四娘的額頭，燙得厲害，果真是發熱了。吩咐鶯歌去熬藥，再打盆冷水來，自己則在這裡守著。

冷水端過來，何思遠剛想放平四娘，用涼帕子給她敷一敷額頭，誰知離開了何思遠的懷抱，四娘卻是呼吸又急促了起來。

無法，何思遠便一隻手抱著四娘，一隻手艱難地擰乾帕子的水分，輕輕地放在四娘額頭冷敷。

藥熬好端了來，卻是怎麼都餵不進去。何思遠一邊哄著，一邊用勺子一勺一勺地往四娘嘴裡餵，折騰了半個時辰，才把一碗藥餵完，而何思遠的傷處再次裂開，衣服上隱隱地露出一絲鮮紅色。

鶯歌看著大少爺傷口滲出的血，急忙道：「這可怎麼是好？若是姑娘睡熟了，便把姑娘放下吧！」

何思遠搖搖頭。「無礙，別再折騰她了，讓她好好睡一覺，我今夜守著她便是。」

鶯歌見勸不動，便也不再勸。把燭火調暗，又在何思遠背後墊了個枕頭，好讓他姿勢不那麼難受。

早上，四娘睜開眼睛，映入眼簾的是臉側那張熟睡過去的剛毅面龐。

剛想動一動，卻發現自己靠在何思遠懷裡睡了一夜，何思遠結實的胳膊緊緊地環住四娘的腰身。

四娘伸出一根手指，並沒有觸到何思遠的肌膚，就那樣輕輕地在空中描繪著他的輪廓。

自己好像還沒有好好地看過這個男人的臉，眉毛真黑呀！一雙粗長的眉毛上揚入鬢，那雙深邃的眼睛此刻緊閉著，長長的羽睫在眼下投下一片暗影。鼻梁高挺，唇鋒冷冽，嘴角輕輕地抿出一個弧度。下巴和臉頰上密密的鬍渣長了出來，更顯得何思遠那張臉輪廓分明。

或許是睡舒服了，昨天的事情走馬燈一樣在四娘腦海裡過了一遍。想起何思遠帶著自己回家時落在額頭上的那個吻，四娘的臉忽地紅了。昨天自己被柳娘打扮成那副模樣，也不知何思遠看了多少去？

四娘忍不住拍了拍滾燙的臉頰，卻是驚醒了何思遠。

「醒了？還有沒有什麼不舒服？」何思遠關切地問道。

四娘搖了搖頭。「你就這麼守了我一夜？怎麼不回房去休息？」

鶯歌此時正好端著熬好的藥進來，聽到四娘的話便說道：「姑娘快勸勸大少爺吧！昨天姑娘夢魘了，我怎麼都叫不醒妳，還是大少爺來了後，跟妳說了幾句話，妳才安靜下來。後來只要大少爺一把妳放下，妳便又不安生了，所以大少爺就這麼守了一夜，傷口估計又裂了！妳快讓大少爺去包紮包紮吧，若是落下什麼病根，那可怎麼好？」

四娘急忙扭頭看向何思遠的右臂，昨夜滲出的血已經乾涸，在灰色的布料上留下一片暗紅的痕跡。

「哎呀，都怪我！是不是很疼？昨天抱了我一路，夜裡又折騰你一夜，對不起、對不起……」四娘急得眼淚都快出來了。

何思遠忙安撫四娘。「沒事！不是什麼大傷，這點傷口算什麼？在戰場的時候，我傷得比這嚴重多了，當時藥都沒上便繼續打仗了，現在不也好好的？」

四娘緊緊捏住何思遠的衣襟，手指用力得骨節都泛白了。昨天娘罵得對，是自己沒心沒肺，何思遠這般對自己的一顆心，當真是難得了。

「我沒事了，你快回房去上藥。這裡有鶯歌在，你好好養傷。」

何思遠卻是輕輕順了順四娘的髮絲。「妳才是要趕緊好起來，快過年了，芳華的事情千頭萬緒，都等著妳作主呢！餓不餓？讓鶯歌把早飯端過來，我陪妳吃一點。」

四娘此刻倒是真的餓了，昨日折騰了一天，又出了這麼多汗，只覺得身上衣服濕答答的難受。於是，她不自在地扭了扭身子，發現自己還在何思遠懷裡窩著。

四娘紅著臉，小聲地說：「你快起來吧，我要換身衣服，你在外廳等著我好不好？」

難得見到四娘在自己面前露出如此小女兒神態的何思遠笑出了聲。「四娘害羞了？昨夜不知道是誰離了我的懷抱就難受得不行，如今醒了倒想把我推得遠遠的了？」

四娘又羞又氣，給了何思遠胸口一拳，小貓一樣的勁頭更是逗得何思遠大笑不已。

「好了，不逗妳了，我在外間等妳。吃完飯我還要去處理事情，李子明還在那宅子裡關著。」

四娘聞言問：「李子明畢竟是柱國侯府的小侯爺，你這般處置他會不會不妥？若是他爹和他姑姑問罪該怎麼好？會不會對你不利？」

何思遠面上露出一個厭惡的表情。「無事，四娘放心。柱國侯府牽扯進一件大案，證據差不多都拿到了，本來這幾日睿侯便要動手了。更何況，他竟然還敢打妳的主意，讓妳受這樣的罪，此仇不報，我也無顏再在這京城待著了！」

軍需一案該拿到的證據都拿到了，只是還有些人證需要談。柱國侯在裡面手伸得不短，還牽扯到戶部侍郎等一眾官員。眼看就要收網，柱國侯府大難臨頭，收拾李子明簡直就是手到擒來。

四娘聞言，不再擔心。反正這個男人很可靠，都交給他便是。

胃口極好地用過飯後，何思遠出門前，四娘破天荒地讓鶯歌拿了件披風來，親手為他披上。

「你才退熱，別再著了涼。辦完事情早點回來，不許一熱就解披風，記住沒？」

何思遠盯緊了四娘的眼睛，心裡彷彿有花開的聲音。小四娘這是開竅了？

一隻手覆上四娘繫披風的手，何思遠輕輕地問出聲。「等過完年開春，咱們就把婚禮辦了好不好？妳若是願意，我這就給爹娘寫封信寄回夷陵，爹娘知道了一定開心極了！」

四娘的臉這下子紅了個徹底，瞪了何思遠一眼。「你愛寫什麼寫什麼，別來問我！」說罷便轉身回房，關上了門。

何思遠暗笑，這是害羞了？又戀戀不捨地看了一眼四娘的房門，這才轉身大步的離開。

李子明疼了一夜，勉強被柳娘扶著在床上躺下。屋外張虎幾人就守在廊下，聽他們說，付海生被剝光了，捆得跟粽子似地在院裡凍了一夜，生死不知。

柳娘看李子明疼得翻來覆去，除了拿帕子擦去他頭上的汗水，也別無他法。只盼著，小侯爺一夜未回府，侯府能派個人來問一問。不然被關在此處，連隻鳥都飛不出去。

何思遠到了院裡，張虎急忙迎上去。

何思遠扔給張虎一袋吃食。「你嫂子給你們準備的早點，對付著吃點吧。人都看好了？可有什麼動靜？」

張虎抱著油紙袋，深吸一口氣，還是嫂夫人貼心，給準備了頂飽的醬牛肉，還有一個馬皮做的酒囊！兄弟們守了一夜，冷颼颼的，是得喝兩口暖暖身子。

「大人放心吧，一個不少。昨夜那小娘子想出門請大夫來著，被我三言兩語給打發了，防著他們去侯府報信呢！這些人怎麼處置？大人心裡可有數？」又抬起下巴指了指院裡一個光溜溜、不知是死是活的男人說：「這個聽說是國子監祭酒家的小公子，綁嫂子這件事就是這個小子給李子明出的招兒。一對壞得流膿的傢伙，乾脆就給他剁乾淨了敗敗火！」

何思遠來之前先去了睿侯府跟睿侯道謝，昨日要不是睿侯使人找了江湖上的人打聽消息，恐怕找到四娘的時候四娘已經出事了。還有就是怎麼處置李子明的事情，要先和睿侯通個氣。

睿侯的意思是，軍需案柱國侯府在劫難逃，只需要給李子明留口氣便是，畢竟在軍需案審理時，他也得收監。除了別弄死了，其餘的讓何思遠自便。

只是沒想到，竟還牽扯進來一個國子監祭酒家的小兒子。國子監祭酒是個最古板不過的老頭兒了，整日把聖人之言掛在嘴邊，沒想到倒是生出個這樣的兒子來！

想了想，何思遠招呼張虎過來，在他耳邊低聲交代幾句。

張虎露出一個壞笑。「大人這招真絕！屬下這就安排人去辦。等那祭酒知曉此事後，不知道會不會氣暈過去？」說罷，便拎起死狗一般的付海生出門去了。

李子明蜷在床上，看著何思遠一步步邁進屋。昨夜何思遠的狠戾還歷歷在目，想到他狠絕的一腳，李子明止不住的渾身發抖。「你別過來！還不快放了我？等侯府得了消息，有、有你好看……」

何思遠看著李子明那一副色厲內荏的模樣，用手裡的劍柄抬起李子明的下巴。李子明臉上又是淚、又是汗，狼狽不堪。

「還想著柱國侯府來人救你？勸你還是死心吧，侯府如今都自身難保了，你還是老實些。若不是怕抄家時候少了你一個不好交代，昨夜就了結了你！」

李子明如遭雷擊。「抄家是何意？為何要抄家？我姑姑還受著聖寵，我表妹乃是聖上寵愛的五公主，我爹是柱國侯！不可能的！你騙我！」

何思遠縮回劍柄，在李子明的衣襟上擦了擦。「蠢貨，除了搬出你家這些人，你還會幹什麼？你可知道你這種人最讓人看不起？你投了個好胎是不錯，家裡有爵位，即便你一事無成，只要老老實實做個紈袴、等著襲爵也就罷了，但你偏生狗膽包天，要去做不該做的事情，如今出了事還指望著家人來救你？你爹怕是此刻正在家裡急得想上吊呢！你這個兒子雖重要，但他恐怕還顧不得你！」

柱國侯府。得了消息的柱國侯在書房走來走去，侍女不小心打翻了一杯茶，被他一個巴掌打翻在地。「沒用的東西，找死呢？拉下去杖斃！」

侍女淒厲的呼叫聲在院外漸漸消失，柱國侯依舊煩躁得不行。今晨有人傳來消息，戶部王大人家已經被官兵圍了。雖沒打聽出來所為何事，但想一想若是因為之前軍需之事出了岔子，那侯府恐怕也要完蛋！

柱國侯使了無數銀子去打探消息，卻是一無所獲。跺了跺腳，實在不行，只得讓老夫人藉著進宮給宜妃娘娘請安，探一探口風了。

剛想去找老夫人說此事，柱國侯夫人卻是來到了書房。

「子明昨日一夜未歸，侯爺派人去找找吧？」

柱國侯此刻哪裡還顧得上理會她？只撂下了一句話。「這麼大個人了，丟不了！定是不知跑哪裡去快活了，也不是第一次不回家過夜，妳緊張個什麼勁？」

「侯爺，往日子明不回來的時候總會派人傳個話的，但從昨天出門到現在，他一絲音訊也無。我這心裡七上八下的，侯爺就派人去找一找吧！」柱國侯夫人拉住想往外走的柱國侯的衣袖。

柱國侯不耐煩地一把甩開她。「慈母多敗兒！有妳慣著，兒子才成了這麼個敗家貨！若是他上進一點，我也不會為了他、為了侯府，殫精竭慮地想著多撈點銀子了！」

柱國侯夫人一個踉蹌，撞到了門框上，聽見柱國侯此話，當即怒火中燒。

「我呸！李賢書！你個老王八！你是為了兒子、為了侯府嗎？我看你是為了你自己，為了你那些美人兒！別以為我不知道你打的什麼主意！你怎麼不想想之前沒後的日子？我為了給你生個兒子出來，吃了多少藥、灌了多少苦湯子？如今兒子生出來，好好地長大了，你倒是挑這挑那起來了！怎麼？還想著你那些狐狸精能給你再生個兒子出來，好和我的子明爭家產嗎？作你的好夢吧！你那些愛妾早就被我灌了紅花了，便是你一天睡三回，也別想再下一個蛋出來！」

柱國侯沒想到今日能從柱國侯夫人嘴裡聽到這樣一番話，這個賤人！怪不得從十年前柱國侯府再沒有一個孩子落地！毒婦！有此毒婦，柱國侯府怎能不敗？

一把抓住侯夫人不停地撓向他面門的雙手，使勁一甩，柱國侯夫人被狠狠摔在地上。「來人，把這個毒婦給我關起來，禁足！我有要緊事暫且顧不得妳，等我忙完，妳給我等著！」

管家站在一旁，恨不能縮成個鵪鶉，聞言揮了揮手，兩個粗壯的婆子便扭著滿臉猙獰的侯夫人回房了。

「侯爺，要不要派人去找一找小侯爺？」管家問道。再怎麼樣，那也是柱國侯府未來的侯爺，若是出了事，回頭大小主子還不是要心疼？

柱國侯揮了揮手。「不必，如今他不回來正好，家裡事多，暫且顧不上他。若是回來了，讓他不要亂跑，侯府如今是危急存亡的關頭，都老實點吧！」

何思遠看著李子明狼狽的模樣，面上一片死灰，並沒有再對李子明下手。昨夜下腳極重，恐怕李子明以後再也不能人道了。對於他這麼個貪花好色的人，此舉恐怕比殺了他還讓他難受。何思遠只是吩咐看守的人，不許給食物，一日一杯水足矣，讓他就這麼待著，等待侯府的消息。

柳娘看何思遠即將離開，加上剛才聽到侯府即將被抄家的消息，頓時如同驚弓之鳥。還以為傍上了個小侯爺，以後便能過衣食無憂的日子，誰料到轉眼便要成空。還不如待在揚州好好做她的瘦馬，至少沒有性命之憂啊！

柳娘膝行著一把抱住何思遠的腿。

「大爺，求求你放了妾身吧！妾身只是李子明隨手買來的人，連侯府的門都沒進去過。若是侯府被抄家，妾身這樣一個女子，再沒有活路了啊！」

何思遠差點就一腳把她踢飛。「妳雖沒有進侯府的門，可昨日李子明強擄無辜之人時卻做了幫兇，是也不是？那杯加了藥的水是不是妳親手餵下的？如今眼見侯府即將出事，這就急著要為自己開脫了？妳既然這麼喜歡為妳家小侯爺分憂，那便在此處好好陪著他吧，也好彰顯妳的情深！」說罷，抽腿離開。

何府，四娘房內。

涂婆婆看著四娘已經恢復的面色，還好昨日女婿去得及時，不然後果怎樣真是不堪設想。「怎樣，身子可是無礙了？」

四娘低著頭，扯弄裙襬上的流蘇。「沒事了，今早醒來就覺得好多了。昨日只是嚇著了，讓娘為我擔憂了。」

鶯歌端來一杯熱茶，聞言說道：「夫人不知道，大少爺昨夜守了姑娘一夜呢！姑娘夢魘了，我怎麼都喚不醒，結果大少爺一來，姑娘便睡得安穩了。大少爺頂著傷，就那麼讓姑娘在懷裡靠了一夜，今天一早陪姑娘用過飯才出門辦事去了！」

四娘伸手就要去扯鶯歌的臉。「多嘴多舌！如今妳竟也偏著他來取笑我了！」

鶯歌往涂婆婆身後躲。「我是看大少爺對姑娘一片真心，這才為大少爺說話呢，也好讓夫人安心。咱們大少爺對姑娘真是沒話說，姑娘還不許我說實話了不成？」

涂婆婆看著四娘羞紅的臉，笑著問：「妳這是自己想明白了？打算和女婿好好過生活了？」

四娘本也不是扭捏的性子，聽到乾娘如此問，反正也要告訴乾娘的，便道：「他說、他說寫封信回夷陵告知爹娘，讓爹娘開春來京把婚禮辦了。我想著，他能如此對我，我心裡也有了他，不如就好好的，也不想再讓家人為我們的事操心了。」

涂婆婆忍不住直唸佛，菩薩保佑，終於了卻心裡的一件大事了！

「既然如此，那娘就放心了。當年妳匆忙去何家，也沒什麼嫁妝，如今日子好過了，娘有些積蓄，加上妳也是個能賺錢的，咱們一定要十里紅妝才好！」

「那些都是面子上的，要我說，不必如此麻煩。女兒見過李晴姊姊的嫁妝，瑣碎至極，娘還要費勁去尋摸呢，不如簡單點來。」四娘說道。

誰知涂婆婆卻不贊同地搖了搖頭。「妳在生意場上腦子活絡，怎麼在這事上倒是糊塗了？女婿如今是得用的，大小也是個四品官。京城的人向來勢利眼，妳若是沒個水花地辦場婚禮，旁人還當妳是破落戶裡出來的呢！以後往來人情，到處都有狗眼看人低的人，既然咱們有那個能力，不如都擺到明面上來，也好讓那些人掂量掂量，咱們也是不好惹的。」

四娘聞言，不由覺得受教。旁的不說，便說那李子明為何敢如此欺辱自己？還不是覺得自己一個弱女子，沒權沒勢。侯府權勢滔天，想著便是自己吃了虧，恐怕也不敢和侯府對上，所以才敢直接把人綁走。若是那個草包知道何思遠是睿侯親信，更是明王重用的人，再想伸手也會思量思量的。

「女兒在這種事情上沒有經驗，全都聽娘的。就是要勞累了娘為我們操心，女兒心裡怪不好受的。」

涂婆婆握住四娘的手。「這算什麼？妳既然叫我一聲娘，我便要替妳操心。妳放心，娘還要去宮裡給妳求個恩典，讓妳風風光光地辦婚禮。咱們雖不是高門大戶，但也不能比那些京城的閨秀差！」

明王已經把查來的東西上了摺子給聖上，聖上看完當場摔了杯子。和突厥一場仗打了三年，何其艱難！為了軍需糧草，連宮裡都縮減了用度，戶部整日在哭窮，說國庫空虛。但大軍打仗打的就是個後勤，若是糧草供不上，將士們餓著肚子怎能提得起刀來？聖上想盡辦法，頭髮都要愁白了，才勒緊了褲腰帶，讓將士們不受餓。雖說打了勝仗，從突厥那裡回了些血回來，但這三年花的銀子依舊讓國庫元氣大傷。如今修條運河都要各處斟酌著，生怕哪裡再有個天災什麼的乾瞪眼。

結果這些王八蛋們可好，倒賣軍糧！把新糧轉賣出去賺了錢，換了銀子後再買陳糧送到前線，一來一回，所得白銀百萬之巨。這還不算那些軍中兵器，刀劍等所用的精鐵也敢偷工減料，私下買賣！如此大罪，如同謀逆，讓聖上怎能不氣？

強忍著胸口的那口鬱氣，皇上咬著牙吩咐明王。「摺子上那些人，一個都不許放過！不論用什麼手段，讓他們把吞下去的銀子都給朕吐出來！那些都是民脂民膏，這些人怎麼敢！明日便下旨，按照律法，從嚴處置！若是有反抗的，就地格殺！」

明王低頭應了。「父皇，此事牽扯極廣，從戶部到兵部，還有勛貴侯爵，算起來大大小小幾十位官員，若這些人都抓起來，恐怕要舉國動盪。」

聖上望著窗外寒冬盛開的梅花。「朕老了，再過幾年，這擔子便要交到你的肩上。如今，正好趁著此事好好梳理梳理，那些蛀蟲若是朕不收拾完了留給你，恐怕你剛登基面對的就是這樣一個爛攤子。如今該殺的殺，該流放的流放，空出的位置，你也好安排你得用的人去頂上。熟悉幾年後，待你接了江山，也可平穩的過渡。」

明王聞言，慌忙跪下。「父皇萬不可說這樣的話！兒子還年輕，需要父皇教導。父皇萬要保重身體，否則兒臣如何也撐不起來這麼大個攤子啊！」

皇上疲憊地搖了搖頭。「起來吧。你也大了，這麼久以來朕觀你行事，處處周全又殺伐決斷。朕在這個位置上久了，也累了。這天下說起來全是朕的，可也讓朕疲憊不堪。你好好地再跟著學一學，別讓朕再為了你操心了。」

明王看著皇上頭上已經白了一半的頭髮，也不由得心酸不已。想起自己自幼生下來母妃便去了，養在皇后膝下。皇后無子，一直把自己當親生兒子一般養。父皇更是從自己三歲起便親自教自己讀書習字，漸漸大些請了許多的老師、太傅，學的全是治國之道。對比史書上那些為了皇位爭得你死我活的事情，自己何其有幸！

何思遠處理好李子明那裡的事情後，又被睿侯急急召去。看著睿侯遞給他的那一張寫著名字的紙，上面的人從戶部侍郎到侯爵勛貴都有，還有地方上的一些官員，這些人都是在軍需案中貪墨轉賣的。想起跟突厥打仗的那三年，糧草銜接不上，好幾次將士們不得不吃草根果腹；刀砍得卷刃了，找塊石頭磨一磨又繼續用；冬天大雪紛飛，腳上還穿著單鞋，凍得腳趾頭上全是凍瘡。就是因為這些人的貪墨，在前線的將士們吃了多少苦頭！

為了黃白之物，全然不顧在戰場廝殺的人，這樣的人，死有餘辜！

「接到明王之令，明日這網便能收了。京外的這些人交給殿下的黑虎營，京中這些，你帶人親自去捉拿。聖上有旨，若遇反抗，就地格殺！」

何思遠抱拳領命。這些人，一個都別想跑！

國子監祭酒付大人家今日出了一件醜事，已經在京城各家傳開了。付大人的小兒子付海生，被人從花街柳巷的犄角旮旯裡發現。大冬天的，衣衫不整，見到人便撲，不論男女，撲倒便上手去扯人家的衣服。

聽說是服用了太多的虎狼之藥，人已經瘋癲了。

花樓的老鴇帶著姑娘們站在門口甩著帕子罵道：「快把他家大人叫來！在我這裡賴了一夜了，姑娘、小倌兒叫了無數，胡天胡地的折騰了一夜，好幾個小倌兒如今都起不了床，倒是來個人給我把銀子結了啊！我還要給我們姑娘和小倌兒看傷呢！唉唷唷，別看這麼個小身板，倒是精神頭足得很哪！」

接到信，付大人家的管家帶著小廝來，想把付海生扶上馬車帶回去，誰知卻被老鴇攔住了去路。

「接了人便想走？我的銀子還沒結呢！您家少爺昨夜在我這裡連點了七、八個人，算上喝的酒還有點心，這得有一千多兩銀子呢！」

管家瞪大了眼睛。「妳這婦人，我家少爺成了如此模樣，我還沒有找你們花樓算帳呢！你們到底給我家少爺吃了什麼藥？」

老鴇聞言，立刻扯高了嗓門喊：「天殺的！昨天你家少爺來的時候便是這麼個樣子，瞧著滿面通紅、雙眼發直，進了花樓見人便撲！我問他要點哪位？他說越多越好！

我花樓昨夜那麼多客人都能作證。要不是嬤嬤我多年不接客了，差點都被這小子把裙子扒了去！怎麼，你們這是想賴帳不成？若是不給銀子，我便帶著姑娘去你家門口坐著，看看堂堂國子監祭酒丟不丟得起這個人！」

圍觀的人哄堂大笑，不住地指指點點。

那付海生被小廝扶著還不安生，一把將小廝的褲子扯了下來，把人往地上一摁便想胡來。

小廝不敢反抗，只嚇得不住的哀叫。「少爺醒醒！是我呀……」

管家見此情景，不敢再跟那老鴇掰扯，從袖子裡拿出兩張銀票遞給老鴇，慌忙親自出手，帶著幾個人把付海生抬上馬車。

昨日張虎帶著人給付海生灌了濃濃五碗的春藥，然後把人丟到花街柳巷的巷子口。既然好色，那便讓他玩個夠！國子監祭酒那樣一個愛面子、重名聲的老頭，知道了自己兒子大鬧花樓，醜相盡出，如此的丟人現眼，不知道會氣成什麼模樣？

如此做，何思遠是一點也不心虛。他早就聽睿侯說過，國子監付大人看起來古板至極，張嘴閉嘴都是聖人之言，可是家裡小妾十幾個呢！一把年紀，鬍子都花白了，今年夏天竟還納了個賣花的十五、六歲姑娘，說什麼紅袖添香。

自己為老不尊，怪不得小兒子付海生有樣學樣。如此下場，也是罪有應得了。

柱國侯府老夫人頭一天遞了牌子，第二日便入宮去見宜妃了。

涂婆婆這日恰巧也在太后宮裡，陪著太后說說話，順帶再給柱國侯府上上眼藥。

壽康宮內，太后愜意地靠坐在鳳榻上，尚嬤嬤輕柔仔細地給太后推拿腿，涂婆婆則坐在一旁的繡花凳上陪太后說話。

「妳那女兒覲上的玉女神仙膏果真好用，哀家用了這些日子，自己照鏡子打量，臉上的細紋都少了。前日皇上來陪哀家用膳，也說哀家彷彿年輕了似的。後宮如今都換了芳華的面脂水粉，嬪妃們來給哀家請安時也都紛紛誇讚呢！」太后輕睇著眼睛說。

「太后娘娘用著好便好了，小女沒有什麼別的長處，就是在這些東西上還有幾分鑽研。我回家後跟她說一說您的話，保管她能高興得睡不著覺呢！」涂婆婆順著話逗太后娘娘高興。

服侍著太后喝了一碗燕窩粥後，涂婆婆對著尚嬤嬤使了個眼色，尚嬤嬤便知涂女官這是有要事跟太后講了。

「太后娘娘，下官有件事要稟報太后，因牽扯到小女的名聲，所以請太后屏退宮人。」

太后坐直了身子，對著尚嬤嬤點點頭。

尚嬤嬤揮手把宮人屏退，關上了門。

涂嬤嬤跪在下首，面上帶著屈辱，把柱國侯府李子明所做之事一一道來，從天津時的初遇，到如今在京城李子明仍然賊心不死，私下綁了四娘去。涂婆婆眼含熱淚，話語中滿是憤慨。

「太后娘娘，若不是有睿侯相幫，我那女婿得了消息及時趕到，怕是我這後半輩子都不得安生了。您也知道，若是女子失貞那是個什麼樣的下場，我女兒和女婿還未圓房呢，連個孩子都沒有，若是那李子明得手了，我那女兒還如何苟活於世？更過分的是，女婿趕到後要把小女帶走，那李子明還口出狂言，竟說他爹是柱國侯，姑姑是得寵的宜妃，表妹是得聖上喜愛的公主，要殺我們滿門！我那女婿也是上過戰場的血性男兒，聽得此話如何忍得住？當下便教訓了李子明，使人封了那宅子。女婿私下關了他，有罪，所以下官今日來和太后娘娘說一聲，若是柱國侯府或是宜妃娘娘降下怒火，我們接著便是。但若是忍氣吞聲受了這屈辱，下官是無顏再活在世上的。」

太后聽了來龍去脈後，面上也不由得露出了一絲怒氣。滿京城誰不知道涂女官曾是自己身邊第一人？更何況在壽宴上，太后還單獨叫了何思遠小倆口來見。那李子明憑著自己是侯府的獨苗，姑姑是宜妃，竟在外欺男霸女，囂張跋扈，真是無法無天！

「涂女官快起來，此事哀家知道了。怪不得妳女婿，是個男人都不能看著自己的妻子被辱。妳放心，這事哀家心裡有數，李子明無理在前，若是宜妃為了此事在皇上耳邊吹風顛倒黑白，那哀家也不能容她。這幾日哀家聽皇上提起過，柱國侯府怕是要壞事了，難怪能養出李子明那種兒子來。莫怕，打了就打了，這樣的紈褲，不教訓一番，還留著他繼續禍害別人不成？」

見此事已經在太后心裡留下印象，涂婆婆也不再多言。宜妃再得寵也大不過太后去，既然太后知道了此事，也就不怕宜妃再因為她姪子而報復了。

「還有一件事要給娘娘報個喜，娘娘也知道，我那女兒當年入何家時本是給何思遠守寡去的，當時戰亡的名單傳來，我那一對親家天塌了似的。後來得了消息，女婿回來了，還升了官，我和親家都覺得如今既然已經團聚了，便想著等開春給兩人辦一辦婚禮，也算是熱鬧熱鬧。兩人年紀也都到了，辦完婚禮，我就等著給兩人帶孩子了！」

太后聞言，露出了一個饒有興趣的笑。「倒是件喜事！哀家在壽宴上見了那兩個孩子，是極般配的一對。哀家年紀大了，就喜歡看小輩們高興地過生活。辦喜事前記得提醒哀家，哀家這裡有賞賜，定讓妳那女兒有面子！」

涂婆婆謝過太后。

尚嬤嬤跟著打趣道：「涂女官如今是過上好日子了，青天白日地撿了個能幹的好女兒，又找了個英武的女婿，這等好事兒，真是羨煞我等！也不知道，我們這些往日的姊妹們，有沒有福氣去喝杯喜酒？」
「尚女官別急，妳們這些姊妹們按輩分都算是四娘的姨母，外甥女兒婚禮，姨母們哪個能不給添妝呢？尚女官如今在太后身邊伺候著，手指頭裡漏一點點太后娘娘的賞賜，便夠我家四娘吃喝一輩子了！」
「太后娘娘，您瞧涂姊姊，離了宮後，如今竟像個潑皮一般，竟來跟我們這些人打秋風了！您快治治她這貪財的模樣！有了女兒、女婿，恨不能把我們都掏空了來填補她女兒呢！」
太后笑得眼淚都要出來了。「瞧妳們兩個，也就比哀家小個幾歲，還跟小姑娘似的逗嘴呢！不過涂女官說得對，她家的女兒成婚，妳們這些姨母都得添妝！到時候哀家再給妳們放一天假，帶著賞賜去喝一杯喜酒。說不定也能撿到個好女兒，也就不用再羨慕涂女官的好福氣了！」
這倒是意外之喜呢！若是婚禮當日，太后身邊的貼身女官們帶著賞賜來喝喜酒，那便是天大的榮耀了。
此時宮人來報，柱國侯府老夫人進宮來見宜妃娘娘，按例要先給太后和皇后請安的。
不過太后剛聽聞李子明的混帳事，連帶著厭了柱國侯府一幫人，於是對宮人說道：

「哀家今日不適，便不見她了，讓她直接去宜妃宮內便是。記得跟宜妃說一聲，近日哀家常常作夢，夜裡不太安生，讓宜妃若是有空便常去小佛堂抄抄經書吧，也算是幫哀家分憂了。」

在宮裡，若是高位者想懲戒一個人，通常是不用說得太直白，去佛堂禮佛抄經書便是變相的懲戒了。

若是禮佛，便要齋戒。臨近過年，宮內的大大小小宴會正多，宜妃娘娘替太后禮佛，便什麼宴會都去不得了，想見到皇上更是不能。如此懲戒，那宜妃還得面上歡喜地接著，怕她自己都不明白，好好的怎麼就礙了太后的眼了？

在太后這裡告了狀，又得了太后娘娘許諾的添妝後，涂婆婆心滿意足地告退了。尚嬤嬤送涂婆婆出宮的路上，打趣涂婆婆。「我看妳今日進宮就是專門來找太后告狀的吧？如今狀也告了，還得了娘娘賞賜的承諾。姊姊這脾氣可真是沒變，一點委屈都不能忍著呢！」

涂婆婆看著一眼望不到頭的宮牆，對尚嬤嬤說：「妹妹，妳跟著我在太后身邊伺候了許多年，我也不瞞妳。剛進宮時，我是想著做奴婢的，做低伏小也就罷了，否則萬一惹了哪宮的主子便要大難臨頭。後來吃了許多虧，受了許多罰，才漸漸明白，這世上多的是欺軟怕硬的人。妳越是怕，他們便越是要欺辱妳。說句託大的話，咱們都是太后娘娘身邊得用的人，若是隨隨便便就被人踩了臉，想來太后娘娘面上也不好看。如今太后身邊左右都離不了妳，妳也算是熬出來了。若是想出宮也可跟太后求個恩典，如今我已經算是有家的人了，妳若是找不到家人，咱們姊倆也可做個伴。我那女兒和女婿都是知禮的人，妳大可放心，定如同待我一般待妳。」

尚嬤嬤嘆了口氣。「我在宮裡也待習慣了，太后娘娘身邊的老人也沒剩幾個，娘娘還需要我伺候一日，我便在娘娘身邊待一日。若哪日娘娘不需要我了，我再出宮去找姊姊。到時候還求姊姊收留，萬不能擺出一副不認識我的模樣來啊！」

涂婆婆聽得此話，也不再強求，畢竟各人有各人的選擇。

如今一同從潛邸出來的老人只餘她們幾人，唯願她們都過得好。

——未完，待續，請看文創風902《何家好媳婦》3

2020年10月出版

佳窈送上門

文創風 890～892

這麼一個冷面清俊的郎君，
吃起辣來嘴唇嫣紅、多了些人氣，
配著這美景，她能再多吃一碗飯～～

字句料理酸甜苦辣，
終成一道幸福佳餚／春水煎茶

能吃就是福，可姜舒窈的娘卻非得把她餓成窈窕淑女，
偏偏她不是塊君子好逑的料，反而得尋死逼人娶自己，
這一上吊可好，原主的黑鍋，全得由她這個「外來客」背了。
幸虧她什麼沒有，就是心大，新婚見著夫君——謝珣，
那張謫仙面容和翩翩君子風範，讓她很是滿意。
他不是自願娶她，定然不肯與她親近，但也不會苛待她。
果然，婚後她沒人管束，成日在小廚房內鑽營美食，
玉子燒、麻辣鍋、蛋糕……香氣四溢，
不但小姪子們被勾來，偶爾還能吸引美男夫君陪吃，可逍遙了！
好景不常，也不知怎的，老夫人想給她立規矩了……
晨昏定省能回去補眠，可抄經書是怎麼回事？她不會寫毛筆字呀！
正當她咬著毛筆桿苦惱時，有了飯友情誼的他說道：
「母親只是想磨妳的性子，與其趕工，倒不如白日多表現。」
這話的意思……是讓她耍心機，賣乖抱大腿？
咦？總是板著一張冷臉的夫君，也沒想像中古板嘛！

11/10、11/17強勢上市！

喜歡一個女子，便要讓她過上她想要的生活，
她喜歡待在後宅操持，他便盡量多待在家裡，吃她做的飯、穿她做的衣；
她喜歡做生意、有抱負，他便幫她出主意，給她一片天空讓她飛。
她不應該因著他的喜歡而改變自己，因為他喜歡的是她這個人，
只要是她，無論做什麼，他都喜歡……

不歸客／紅顏彈指老，剎那芳華留

文創風 900-903

《何家好媳婦》全四冊

投生在一個重男輕女的家庭中，黃四娘注定得不到爹娘的關愛，
她也知道自個兒爹不疼、娘不愛的，所以向來安分低調不惹事，
可即便這樣，親娘仍是生了將她以二十兩銀子賣掉的心思，
倘若真被賣至那煙花之地，她這輩子還有什麼盼頭？
正好，她聽見鄰居何家父母想為戰死的大兒娶媳，以求每年有人上墳祭拜，
明知嫁過去是守寡的，可眼下這是她逃出黃家的唯一機會了！
婚後，公婆待她極好，將她當親閨女般疼愛，也相當支持她創業自立，
短短幾年，她一手創立的芳華閣已遍布整個大越朝，
芳華出產的保養品炙手可熱，連皇宮裡的后妃娘娘們都愛用，
可她不滿足於此，她還想當上皇商，畢竟誰當靠山都不及皇帝大啊！
這日，她女扮男裝出遠門巡視分鋪之時，竟巧遇了她的亡夫，
原來這人當年根本沒死，還立下汗馬功勞，只是因著戰事而未能返家團聚，
她試探地跟他說，父母已為他娶妻，豈料他竟說返家後會給妻子一筆錢和離，
四娘聞言，簡直都要氣笑了，現在是在跟她談錢嗎？她最不缺的就是銀子！
要和離就來啊，反正她也不是會乖乖在家相夫教子的人，正好一拍兩散，哼！

嘉玲，我來了

我寂寞寂寞也好棒，謝謝！

咱們成雙成對永浴愛河吧！

抽獎辦法

只要在官網購書並成功付款，單筆交易就有一次抽獎機會。11/9-11/14抽出單身快樂獎、11/18-11/23抽出雙人甜蜜獎，不用特地戴口罩上廟宇求姻緣，在家爽爽等愛情來敲門！

得獎公佈

12/15(二)於狗屋官網公佈

獎項

單身快樂獎　紅利金 **100**元 …………… **6**名

雙人甜蜜獎　紅利金 **200**元 …………… **6**名

Family Day 購書注意事項：

1. 請於訂購後**三日內**完成付款，最後訂購於**2020/11/25前**完成付款才算有效訂單喔！
2. 購書滿千元(含)以上免郵資。未滿千元部分：
   郵資65元(2本以下郵資50元)／超商取貨70元(限7本以內)／宅配100元。
3. 特賣書籍因出書時間較久，雖經擦拭、整理，仍有褪色或整飾痕跡，故難免不如新書亮麗。
   除缺頁、倒裝外無法換書，因實在無書可換，但一定會優先提供書況較良好的書給大家。
   若有個人原因需要換書，需自付來回郵資。
4. 各書籍庫存不一，若遇缺書情形可選擇換書或退款。
5. 歡迎海外讀者參與(郵資另計)，請上網訂購
   或是mail至love小姐信箱(love@doghouse.com.tw)詢問相關訊息。

※狗屋有權修改優惠活動的實施權益及辦法。

風 文創
901

何家好媳婦 2

國家圖書館出版品預行編目資料

何家好媳婦 / 不歸客著. --
初版. -- 臺北市 : 狗屋, 2020.11
冊 ; 公分. --（文創風）
ISBN 978-986-509-158-3（第2冊：平裝）. --

857.7　　　109015072

著作者　不歸客
編輯　黃淑珍　李佩倫
校對　周貝桂
發行所　狗屋出版社有限公司
地址　台北市104中山區龍江路71巷15號1樓
電話　02-2776-5889～0
發行字號　局版台業字845號
法律顧問　蕭雄淋律師
總經銷　知遠文化事業有限公司
電話　02-2664-8800
初版　2020年11月
國際書碼　ISBN-13　978-986-509-158-3

本著作物由北京晉江原創網絡科技有限公司授權出版

定價260元
狗屋劃撥帳號：19001626
網址：love.doghouse.com.tw　E-mail：love@doghouse.com.tw